Adorável CRETINO 2

Universo dos Livros Editora Ltda.
Rua do Bosque, 1589 – Bloco 2 – Conj. 603/606
CEP 01136-001 – Barra Funda – São Paulo/SP
Telefone/Fax: (11) 3392-3336
www.universodoslivros.com.br
e-mail: editor@universodoslivros.com.br
Siga-nos no Twitter: @univdoslivros

CAMILA FERREIRA

Adorável CRETINO 2

São Paulo
2017

© 2017 by Universo dos Livros

Todos os direitos reservados e protegidos pela Lei 9.610 de 19/02/1998.

Nenhuma parte deste livro, sem autorização prévia por escrito da editora, poderá ser reproduzida ou transmitida sejam quais forem os meios empregados: eletrônicos, mecânicos, fotográficos, gravação ou quaisquer outros.

Diretor editorial: **Luis Matos**
Editora-chefe: **Marcia Batista**
Assistentes editoriais: **Aline Graça e Letícia Nakamura**
Arte: **Aline Maria e Valdinei Gomes**

Dados Internacionais de Catalogação na Publicação (CIP)
Angélica Ilacqua CRB-8/7057

F44c

Ferreira, Camila

Adorável cretino 2 / Camila Ferreira. –São Paulo : Universo dos Livros, 2017.

256 p.

ISBN: 978-85-503-0240-9

1. Literatura brasileira 2. Literatura erótica 3. Ficção I. Título

17-1581   CDD B869

Jason

Um ano juntos...

Eu e os lábios mais incríveis deste planeta. Entretanto, isso não significa que nesse período eu não tenha feito algumas merdas. Não, não a traí, se foi isso o que pensou. Digamos que eu não tenha muita familiaridade com um sentimento chamado ciúme. Ver minha mulher sendo simpática com outros homens, definitivamente, não é nada agradável. Andei pensando muito sobre tudo que vivi e no fato de não ter programado nada disso para minha vida. Eu tinha regras claras sobre meu envolvimento com mulheres nunca ir além de um ato sexual prazeroso, e veja só onde me encontro. Exato! Estou, literalmente, de quatro por aquela mulher.

Quer saber? Não há nada mais patético que um homem com problemas afetivos. Sim, isso é deprimente. Nós nos tornamos idiotas improdutivos, esquecemos de analisar relatórios importantes e andamos por aí como se estivéssemos com uma maldita cólica renal. É assim que me sinto desde que Hellen se afastou...

Calma, não tire conclusões precipitadas. Ainda vou chegar lá...

Penso que todo mundo, ou ao menos a grande maioria das pessoas, quer alguém em sua vida. Acredito também que essa maioria acaba trilhando um caminho conhecido e esperado, numa progressão que parece natural e certa; caminhos definidos pelos nossos pais, antes mesmo de nascermos, os quais, no decorrer do tempo, devemos seguir. Resumindo: somos criados para casar, ter filhos e o caralho.

Obrigatoriamente... todos nascem, defecam, dormem, defecam e dormem de novo. Todos crescem, estudam, aos 15 têm espinhas, repetem de ano, se formam, conhecem alguém, se casam, têm filhos e... acho que você entendeu, não é?

Não sei se isso é bom, só sei é que o correto mesmo é fazermos aquilo que temos vontade. Claro, desde que não prejudiquemos ninguém. Se você gosta de estar sozinho, fique sozinho. Se gosta de alguém do mesmo sexo ou se gosta de viver sem essas malditas regras e rótulos que, na verdade, são ditados pela sociedade, ligue o foda-se e seja feliz.

Sua cabeça, neste momento, deve estar imaginando um milhão de coisas sobre esses meus pensamentos ideológicos, mas sabe por que estou dizendo tudo isso? Porque estou embriagado. Sim, estou bêbado. Você sabe que bêbados sabem de tudo, certo? Bêbados são filósofos. No entanto, há diferenças entre bêbados e bêbadas. Homens guardam a dor para si e conversam com os amigos, enquanto mulheres choram e ligam para toda a sua agenda telefônica. No geral, porém, todos se humilham. É deprimente, eu sei, mas, quando vir um bêbado, ouça-o ou torne-se um deles. Adrian foi prudente e decidiu me ouvir.

— Jason, cara, foi apenas uma discussão. Você não acha que está exagerando? Hellen vai te perdoar.

Levanto a cabeça levemente e encaro um ponto fixo.

— "O fraco jamais perdoa; o perdão é uma característica dos fortes" — termino a frase, e ele ergue as sobrancelhas.

— Não faço a mínima ideia do que, diabos, você está falando.

— Nem eu — afirmo. — Acabei de ler isso... ali. — Aponto para o antebraço de uma mulher com o cabelo de três cores ao nosso lado. Adrian me observa, pensa e, de repente, cai na gargalhada.

— Mesmo bêbado, você consegue ser um idiota.

Respiro profundamente com uma expressão de desânimo.

— Eu sei. — Pego mais um copo de tequila e viro de uma só vez. O líquido desce queimando a garganta, fazendo que meu rosto se contorça automaticamente.

Por acaso você acha que eu fiz alguma merda por estar bêbado em um bar, parecendo um indigente? Na verdade, você deveria imaginar algo pior. Não foi exatamente uma "merda".

Você já foi ao zoológico? Já viu um hipopótamo? Mais que isso: já viu um hipopótamo defecando? Eu já vi e posso garantir que não é nada agradável. Aquele animal solta um verdadeiro bombardeio pela bunda. O rabo de um hipopótamo parece uma metralhadora de merda fedorenta. Neste momento, sou um hipopótamo e fiz exatamente isso: "um bombardeio de merda".

Hellen e eu brigamos por causa do maldito ciúme. Eu disse a ela para ficar com seu colega de trabalho. Não entendia qual o motivo de ela sempre ir almoçar com aquele cara. Ela argumentou, dizendo que ele é apenas um amigo e que eu deveria entender. Mas o cara é novo no trabalho e já se tornaram "amigos"? Não, Hellen não trabalha mais no Hotel Hoffman's. Decidiu ficar longe de mim para, segundo ela, "não misturarmos as coisas".

Há dois dias, fui buscá-la, e eles se despediram com um abraço. Ele a beijou no rosto e... merda. Eu queria arrancar os olhos dele e jogar golfe com eles.

Disse a ela que não queria vê-la perto dele. Claro que Hellen não aceitou e tentou me explicar, mas eu, o verdadeiro idiota de merda que sou, não a deixei falar. Perguntei se eles haviam transado, e isso foi o bastante para que ela se afastasse de mim. Hellen foi para o hotel em que trabalha. Eu até tentei ligar, mas, como resposta, recebi apenas uma foto pelo WhatsApp. Sabe qual era a foto? De seu amiguinho "Joe" beijando... outro homem na boca, em um casamento que, presumo, seja o deles. O que eu sou? Preciso dizer novamente que sou um maldito idiota de merda?

— Acho que vocês já moram juntos tempo suficiente — Adrian interrompe meus pensamentos.

— O que tem isso? — pergunto, meu olhar interrogativo. Ele balança a cabeça com um sorriso irônico.

— Jason, você já foi mais esperto. Não acha que deveria pedir a Hellen em casamento?

Junto as sobrancelhas e penso sobre o que acabei de ouvir. Não vou negar que já pensei nisso, mas tive medo de que ela não aceitasse, que se afastasse de mim, sei lá, que pensasse que ainda não nos conhecemos o suficiente. Há quem diga que demoramos muitos meses para conhecer de fato nossa parceira, mas nos primeiros meses Hellen já deu muitos indícios de quem verdadeiramente é. Ela não é o tipo problemática. Sim, aquelas mulheres que, com o passar do tempo, se tornam excessivamente ciumentas ou controladoras. Precisamos nos ater a esses indícios importantes logo no início, porque depois, meu caro, será tarde demais. Mas como farei isso?

— Eu não sei fazer isso — minha voz sai quase inaudível.

— Peça do seu jeito. Simples. Diga a ela o que sente, Jason. Seja natural como sempre foi. — Ele tem razão, ao menos tenho de tentar. Se eu a pegar desprevenida, não há como ela negar... Eu acho...

— Adrian, seu filho de uma vaca esperto.

Ele sorri.

— Eu pedi a Kate em casamento por muito menos. Além disso, você se transformou em um capacho da Hellen há alguns meses. O inferno já está congelado. Vai por mim, peça a Hellen em casamento.

— Ele se levanta e me dá tapinhas nas costas. — Vamos passar em uma loja e comprar essa aliança. Não posso demorar muito... Kate fez o jantar.

— E eu que sou um capacho? Seu fraldão de merda! — Ele parece nem se importar com o que eu disse. Adrian me surpreendeu com a Kate; confesso que cheguei a pensar que eles fossem terminar na mesma velocidade que começaram.

Mesmo bêbado, eu comprei, com ajuda do meu amigo, uma aliança no shopping ao lado do bar em que estávamos. Não teria a mínima condição de fazer isso sozinho. Ele parece satisfeito com minha atitude.

— É isso aí, cara... Vai fundo. Agora é com você. Preciso ir, já que não tenho de me humilhar para a Kate. Vê se não se humilha tanto, ok?

— Valeu — sussurro com o dedo do meio na direção dele. Ele sai com um sorriso sarcástico no rosto e eu fico estático. Esfrego o rosto exaustivamente com as mãos e saio pela porta como um homem decidido. Bêbado, mas decidido.

Esse é o momento em que eu deveria dizer: "hora de mijar no poste", certo? Errado. Hora de consertar minha cagada.

HELLEN

Nós, mulheres, temos a fama de querer falar e discutir a relação. Temos consciência de que somos assim. Agimos de forma imprevisível e gostamos de argumentar, de falar sobre como seriam determinadas coisas e de fazer que nossos homens entendam na marra. Melhor dizendo, somos manipuladoras. Entretanto, muitas situações saem de nosso controle devido aos hormônios em ebulição, que, muitas vezes, nos deixam cegas, incoerentes e completamente suscetíveis a qualquer palavra dita com mais energia ou excessivamente sincera... Claro, às vezes elas realmente são rudes. Jason foi capaz de me dizer o que quis sobre mim e meu colega Joe. "Puta da vida" não seria o termo correto para definir o que senti naquele momento, mas entendo que Jason sentiu ciúmes. Na verdade, Joe não havia me contado abertamente, mas eu já suspeitava. Na verdade, meu maior aborrecimento foi por imaginar que Jason se esquecera de que, em todos esses meses, tive de aturar as mulheres com quem ele provavelmente trepou. Fui tolerante, tirando o fato de desejar secretamente que algumas delas engordassem infinitamente.

Estou hospedada no hotel em que trabalho. Aqui é luxuoso, mas não se compara à nossa cama, ao nosso cantinho. Não se compara com o conforto que sinto estando ao lado dele. Hotéis são sempre impessoais, principalmente quando estamos sozinhos. Jason agiu como um menino mimado, mas eu também não o contei sobre Joe. Meu amigo ficou absolutamente louco pelo Jason e com raiva de mim por brigar com ele. Bem, pelo menos há uma vantagem em dormir aqui: não terei de acordar cedo para ir ao trabalho, pois já estarei nele.

Acabo de sair do banho; quando olho para o relógio ao lado da cama, percebo que já são onze da noite. Não posso evitar um suspiro desanimado. Menos de quarenta e oito horas longe do Jason e já sinto sua falta. Sinto falta do cheiro dele. Nesse tempo todo em que estamos juntos, discutimos muitas vezes, mas nunca havíamos dormido longe um do outro. Não enquanto estávamos brigados. No máximo, ficávamos sem nos falar por algumas horas, mas logo um de nós acabava cedendo. Será que é algum tipo de crise de um ano? Apesar de algumas atitudes imaturas, Jason estava se saindo muito bem e, confesso, me surpreendeu muitas vezes. Sempre fez questão de irmos à casa dos meus pais, e hoje minha família já o tem como um filho. E ele se sente igualmente feliz por tê-los em sua vida, em especial minha avó, que deixa bem clara sua predileção pelo Jason. Ela tem tanta adoração por ele, que chegou a me ameaçar caso eu me separasse dele.

Observo as luzes pela janela quando, inesperadamente, ouço batidas à porta. Entro em alerta. Corro para abrir, mas, quando me aproximo, recuo e respiro profundamente. Será o Jason? Com os olhos fixos na porta, decido abrir, e lá está ele, Jason. Está encostado no batente da porta com um olhar de cachorro arrependido. Muitas vezes, ou quase todas as vezes, ele consegue me convencer com apenas esse olhar.

— O que faz aqui? — tento parecer firme, mas falho miseravelmente. Acho que, no fundo, ele sabe que já o perdoei.

— Eu... — Deus, ele encheu a cara!

— Que cheiro de álcool. Você andou bebendo?

Ele suspira profundamente e sorri.

— Não. Nas horas vagas gosto de tomar banho de tequila na banheira lá de casa. Isso se tornou meu *hobby* — responde com uma voz lenta e arrastada, mas ainda com o tom sarcástico.

— Não deixa de ser um idiota nem depois de bêbado, não é?

— E derrotado — complementa.

Sorrio com o seu senso de humor, mesmo que não haja clima para isso.

— Não quero criar raízes plantado na porta. Não vai me deixar entrar? — Ele fixa os olhos abatidos nos meus. Quero beijá-lo, agarrá-lo, e dizer que já o perdoei pela cena patética de ciúmes, mas apenas me afasto, resistindo ao ímpeto de voar nele. Jason passa por mim e eu fecho a porta em seguida.

— O que está procurando? — pergunto, intrigada, ao reparar que ele revira o bolso de sua calça jeans.

— Eu comprei uma coisa para você. — Ele levanta o dedo indicador da mão esquerda. — Um segundo. — Jason está cambaleando e mal se mantendo em pé. Observo-o, sem poder evitar um sorriso. Percebo logo que é um jogo perdido e me aproximo dele.

— Seja lá o que for, amanhã você procura. — Expiro sem poder evitar um gesto complacente. — Você é um idiota, mas eu ainda te amo, Jason, e quero que durma aqui... comigo.

Ele pisca algumas vezes, com uma expressão claramente surpresa, mas logo sorri, acolhendo meu rosto com as duas mãos.

— Você é tudo pra mim. Eu jamais viveria sem você, e muito menos sem o seu... boquete. Meu pau já sabe identificar a quem ele pertence, Hellen — diz com a voz arrastada, e eu tento segurar uma risada, mas é quase impossível quando se está perto dele.

— Durma — ordeno e, em seguida, ele se joga sobre a cama, como se estivesse mergulhando em uma piscina. Não demora muito para que fique totalmente imóvel e pegue no sono. Aproximo-me dele e retiro seus tênis, calça e camisa, deixando-o apenas de cueca. Retiro meu roupão e me deito ao seu lado. Mesmo que ele esteja rescendendo a bebida, ainda posso sentir seu cheiro natural, viciante, que me acalma imediatamente, como se meu corpo soubesse a quem pertence.

Acordo ao som de uma música distante. Abro os olhos, e a primeira coisa que vejo ao lado da cama são... girassóis... Estou sonhando? Um sorriso se abre em meu rosto. Quando Jason comprou essas flores? E por que diabos eu apaguei? Acho que o cheiro de tequila nublou meu cérebro.

Esfrego o rosto e me levanto. Sigo em direção ao banheiro. A porta está encostada... Abro-a lentamente e... lá está ele, apenas enrolado em uma toalha, com a TV LCD ligada. Ironicamente, o clipe que passa agora fala sobre como ele era convencido quando o conheci. **Bruno Mars canta "Uptown Funk".**

Sou gostoso demais (caramba)
Chamem a polícia e os bombeiros.
Sou gostoso demais (caramba)
Faço um dragão querer se aposentar, cara...

Ele faz a barba e não nota minha presença. Eu apenas me encosto no batente da porta, admirando o homem seminu à minha frente. De repente, ele se vira e eu tenho total visão do seu peito nu. Jason desliga a TV e caminha, lentamente, em minha direção.

– Hellen, eu sou um grande merda. Você me perdoa?

Seguro o rosto dele com as duas mãos. Jason cheira maravilhosamente bem agora; um cheiro que me induz a pensamentos sórdidos.

– Sim, eu te perdoo, seu idiota. Você entendeu errado e foi movido pelo ciúme. É aceitável a sua reação.

Ele curva os lábios em um sorriso e se afasta. – Já volto. – Sai do banheiro, e eu o sigo com os olhos, intrigada. Provavelmente, vai pegar em sua calça o que ia me dar ontem, quando foi vencido pelo sono. Observo atentamente enquanto Jason mexe no bolso, até que, finalmente, se vira para me encarar. Sua mão está fechada, e ele se aproxima de mim com uma expressão estranhamente tensa.

– Hellen, já estamos juntos há exatamente um ano... – Parece engolir em seco e eu faço o mesmo. Jason faz um ruído com a garganta, e acredito que jamais o vi tão nervoso. Isso me assusta. Seus olhos passeiam pelo espaço em volta, enquanto ele parece refletir sobre o que vai dizer, e, em seguida, se fixam intensamente nos meus.

– Não acha que tá na hora de você participar do meu plano de saúde?

Devo estar com cara de boba agora, os lábios entreabertos e os olhos ampliados. Meu coração parece que vai explodir dentro do peito. Com os olhos fitos nos meus, Jason segura minha mão e faz um gesto, indicando que vai colocar uma bela aliança de ouro, com três diamantes de tirar o fôlego, em meu anelar.

– Apenas diga sim. Casa comigo?

Estou estática agora. As palavras simplesmente sumiram. Desapareceram. Sou tomada por uma emoção sem tamanho e lágrimas começam a se formar em meus olhos. Confesso que jamais imaginaria que ele fosse me fazer esse pedido. Ao menos, não agora. Inspiro profundamente para tentar me acalmar e ele afunda o sobrecenho.

– Droga, eu sabia! Fui precipitado, não fui? – questiona, sua voz levemente alterada. Jason está nervoso como jamais vi; ele está tenso, esperando minha resposta.

Eu sorrio e respondo:

– Não. Não foi. Eu te amo, Jason, e sim, eu adoraria fazer parte de seu plano de saúde – afirmo, deixando que a emoção transborde em lágrimas.

Jason me encara com os olhos um pouco marejados e coloca a aliança desajeitadamente em meu dedo.

– Esse plano é o melhor – ele afirma, e eu abro um enorme sorriso.

– Acho que esse plano é o melhor – repito suas palavras e pulo sobre ele, enlaçando minhas pernas na sua cintura. Beijo-o descontroladamente e Jason segura minha nuca. Nossos beijos se intensificam a cada segundo. Nossas línguas dançam furiosamente e sinto o gosto da língua dele misturado ao do creme dental.

Segundos depois já estamos em cima da cama, completamente entregues um ao outro...

Jason

Posso ainda não ser tão bom em relacionamentos, mas se existe algo que aprendi a identificar com a Hellen são os efeitos da maldita TPM (já estou totalmente familiarizado com isso). Quem inventou a tensão pré-menstrual não tinha a mínima ideia do significado da expressão "amor próprio" e, menos ainda, do amor a nós, pobres coitados homens. Há uma semana, fiz o pedido de casamento e, para minha felicidade, ela não estava passando por esses dias críticos.

Os primeiros sinais de uma TPM demoníaca começam quando a mulher se sente com mania de perseguição, que logo resulta uma sequência ininterrupta de falatórios e, consequentemente, leva ao choro. Sabe qual é o motivo para que tudo isso aconteça? Nenhum. Simplesmente, não existem motivos. Tá, eu sei que existem, mas as mulheres tendem a intensificá-los, a dar-lhes mais importância do que realmente merecem.

Hoje pela manhã aconteceu exatamente isso comigo. Discutimos, e até agora estou tentando entender o motivo. Sabe a que conclusão cheguei? Nenhuma.

Para os homens, um aviso: se sua mulher estiver "naqueles dias" e você insinuar que quer transar com ela no chuveiro ou na banheira, você levará o certificado de maior monstro insensível do ano. Nunca faça isso, entendeu? Nunca.

Ah, e um boquete? Nem pensar.

O importante é que Hellen Jayne será minha no papel, minha mulher... Minha. Totalmente minha. Nenhum abutre dos infernos se aproximará dela enquanto aquela aliança estiver em seu dedo. Isso mesmo. Ela aceitou. Mas você já sabia disso, não é mesmo?

O que foi? Você esperava um pedido maior, com direito a fogos, balões, grupo de dançarinos sincronizados, pedidos exagerados e música melosa ao fundo? Decepcionei você? Espero que não. Esse, simplesmente, foi meu pedido. "Pedido Jason Hoffman de qualidade." Este selo é só meu.

Nada contra esses pedidos mais, digamos, incrementados, mas sou agitado e afobado demais, sei lá... Acho que não daria certo. Se você ama uma pessoa, o que vale mesmo é o que você faz, não a situação em si. Aliás, tudo é válido para ter a mulher que você deseja loucamente, mas eu tinha certa urgência. Queria ouvir o tão esperado sim e ter a certeza de que aqueles lábios sempre estariam grudados aos meus... Bom, esqueça.

Tudo o que quero é a Hellen inteira para mim. E falei sério quando disse que queria que ela fizesse parte do meu plano de saúde. Ele realmente é muito bom. Hellen me pegou, me amarrou e fez um nó cego. Eu amo aquela mulher e não vou mais deixar esses merdas chegarem perto.

São três da tarde e estou voltando de um almoço chato com alguns empresários chineses. Chego ao meu hotel e encontro Adrian na entrada. Ele veio a pedido do pai, parece que estão preparando uma festa de aniversário surpresa para a mãe dele.

Na verdade, hoje fui a uma palestra pela manhã e somente agora pude vir ao meu escritório, já que fiquei o dia todo ocupado. Meg, minha secretária, ou "maga patalógica" para os íntimos, entrou de férias hoje e, praticamente, implorou que eu deixasse sua sobrinha ocupar o lugar que deixaria vago durante seus trinta merecidos dias de descanso. Acabei cedendo, já que ela mesma treinaria a sobrinha, que, para evitar dores de cabeça, faria exatamente o que Meg sempre fez.

— Sabe, andei pensando... Poderíamos marcar um jantar lá em casa. Kate decidiu fazer um assado essa semana para inaugurarmos nossa nova casa — Adrian diz, quebrando o silêncio.

— Havia me esquecido que vocês se mudaram. Seria bom. Vou falar com a Hellen — digo, e a porta do elevador se abre em meu andar. Seguimos pelo corredor em direção à minha sala, e eu mantenho os olhos fixos no visor do meu aparelho celular. Preciso saber se a Hellen está melhor depois dessa manhã caótica que tivemos. Sua TPM, provavelmente, vai durar mais um dia. Tomar cuidado com as palavras será meu segundo passo para não criar brigas desnecessárias e uma eventual dor de cabeça ao dormir. Sei que vocês, mulheres, inventam que estão com dor de cabeça para não transar. Sim, usam o velho truque da "dor de cabeça". Será que se esquecem que dizer isso é uma desculpa clássica e que já passou da hora de inventar outra? Vou te dar uma ideia nova: diga que está com dor no dedão do pé. Acho que essa será uma desculpa um pouco mais original.

— Amor? — Hellen atende com uma voz surpreendentemente calma. Não se engane, isso faz parte de seu humor demoníaco. Ela fica mais amorosa que o normal, com oscilações a cada hora.

— Estive o dia todo ocupado e quero saber se você está bem.

Ouço o som da respiração dela. Parece pesada.

— Um pouco irritada ainda, mas vai passar.

Enquanto falo com a Hellen, passamos pela nova secretária, que está de cabeça baixa. Quando ela ergue o rosto, meus pés fincam no chão e eu a encaro como se, de repente, uma segunda cabeça brotasse de seu pescoço. Adrian me observa curiosamente.

— Merda! — praguejo quando meu cérebro assimila quem é a mulher sentada no lugar da minha secretária; uma mulher com quem eu... já trepei algumas vezes no passado.

— Aconteceu alguma coisa? — Hellen me chama do outro lado da linha, enquanto a secretaria sorri amplamente, permanecendo em seu lugar.

— Não. Nada. Apenas... esqueci uns documentos... no carro.

Hellen não responde, e isso, definitivamente, não é bom. Acho que ela não caiu. Adrian observa a mulher e logo percebe meu desespero. Ele olha para o teto, com os lábios prensados, e eu tenho certeza de que esse idiota está segurando uma risada.

— Hellen... preciso desligar. — Desligo rapidamente, sem esperar sua resposta.

— Boa tarde, senhor Hoffman. Será um prazer trabalhar com o senhor — a secretaria diz em um tom profissional, mas eu sei quais são suas intenções.

Adrian já está com a mão direita sobre a boca, reprimindo a risada.

— O que faz aqui? — questiono com uma expressão de poucos amigos.

— Sou a sobrinha da senhorita Meg. — Dá uma pausa e sorri levemente. — Não se lembra de mim? É uma grande coincidência, não acha? — pergunta com dissimulada surpresa. — Sou a Ashley.

Ergo as sobrancelhas e forço um breve sorriso.

— Acho que não me lembro — minto, obviamente.

— Você me chamava de anjo sempre que nos encontrávamos, não é possível que não se lembre — diz, mostrando-se decepcionada.

Abro ligeiramente a boca, mas as palavras não saem.

— Acabei de me lembrar de algo que você havia me contado... — Adrian nos interrompe, exibindo o mesmo sorriso irônico de sempre. — Qual era mesmo o nome de sua antiga cadela? — pergunta, e Ashley une as sobrancelhas sem entender.

— Claro, sim... Eu me lembro de você — digo com os dentes cerrados, tentando mudar o foco da conversa, e ela se levanta. Seus cabelos castanhos estão amarrados como uma bola no alto da cabeça, em um arranjo que as mulheres chamam de coque, mas que eu chamo de "quero parecer seria".

Apesar de não me lembrar dela, principalmente vestida, Ashley parece formal e nem um pouco exagerada. Imaginei a sobrinha da

Meg como uma pata ou algo do tipo, nunca como uma gostosa que eu desejasse nunca mais ver. Ela estende a mão e sorri.

– Não se preocupe. Aqui eu serei extremamente profissional, senhor – afirma, e eu simplesmente não tenho mais tempo de expulsá-la. Meg me colocou em uma grande enrascada, tudo o que quero é colocar meus dedos em volta de seu longo pescoço e matá-la lentamente, com requintes de crueldade, até ver seus olhinhos pularem para fora.

– Parece que não tenho escolha, não é mesmo?

Ela arqueia as sobrancelhas e trava os lábios em um sorriso de desculpas.

Estou literalmente ferrado quando Hellen souber que minha secretaria temporária é nada menos que uma ex-foda, apelidada carinhosamente como "lábios de ouro". *Por quê?* Adivinhe.

Aceno lentamente e entro em meu escritório com o idiota do Adrian ainda tentando não rir enquanto me segue. Ele fecha a porta, nós nos encaramos e, de repente, o imbecil explode na gargalhada. Eu me sento à minha mesa, apoiando os cotovelos e esfregando o rosto com as duas mãos.

– Cara, quando a Hellen descobrir que a Ashley, vulgarmente chamada de "anjo", é uma de suas antigas aventuras, vai arrancar suas bolas.

– Tô ferrado. – Fecho os olhos e tento apagar imagem que a fala de Adrian acaba gerando em minha mente.

HELLEN

– Jason, amor? Aconteceu alguma coisa?

– Não, nada. Apenas... esqueci uns documentos no... carro. – ele responde e eu junto as sobrancelhas. Jason, de repente, me pareceu estranho. Tenho certeza de que aconteceu alguma coisa.

— Amor... preciso desligar! — ele se apressa em dizer.

— Jason, conte-me o que... — Droga! Ele desligou o telefone na minha cara.

Levanto da minha cadeira e ando de um lado para o outro. Agora trabalho em um escritório de contas de outro hotel. Joe me observa com o cenho franzido.

— Menina, dá para parar de andar como uma louca? Está me deixando tonto — ele diz, mas eu o ignoro. Joe se transformou em um bom amigo, mas agora sua amizade não será suficiente para aplacar meu estado de ânimo. Jason simplesmente desligou o maldito telefone na minha cara.

Ele se levanta e caminha na minha direção. Paro de andar e encaro o chão com um olhar perdido.

— TPM, amor? — pergunta, enquanto um sorriso se estampa em seu rosto.

— Sim, estou de TPM e sendo ignorada por meu noivo ao mesmo tempo — explico, e Joe volta a sorrir.

— Du-vi-do... Aquele deus grego não seria capaz de ignorar a loira mais linda desse universo.

— Você é um fofo — respondo, comovida por sua delicadeza em querer me animar, e sorrio.

Ele me encara de modo condescendente e me puxa de volta para a cadeira.

— Volte a trabalhar. Cuide desses documentos e depois vamos tomar um café.

Concordo, oferecendo um sorriso forçado, e volto ao trabalho. Definitivamente, a TPM acaba com tudo. Em dias normais, eu imaginaria qualquer coisa, exceto que ele estivesse fazendo algo errado, mas nesse período ficamos sensíveis e vulneráveis além da conta. Nos sentimos feias e rejeitadas. Decido parar de pensar no Jason e faço o possível para focar no trabalho.

No fim do expediente, Joe e eu saímos do hotel. Ele foi um fofo e tentou me animar durante todo o dia. Não consegui mais falar com Jason, e penso que talvez ele esteja realmente preocupado com algo no trabalho, já que não retornou minhas chamadas.

— Anime-se... Essa TPM só pode ser coisa do demônio — Joe diz, arrancando-me uma risada.

— Hellen. — Ouço a voz grave do meu noivo me chamando. Quando me viro, vejo-o encostado ao seu carro. Minha raiva se esvai instantaneamente. Deus, por que tanta beleza em um homem só?

— Jason? — chamo-o, um sorriso já se estampando em meu rosto.

— Surpresa! — Ele parece muito feliz, além do normal. Eu deveria me preocupar? Talvez não.

Sorrio amplamente e puxo Joe pelo braço. Meu amigo observa Jason descaradamente.

— Jason, quero que conheça Joe, meu colega de trabalho e amigo aqui no hotel.

Os olhos de Joe examinam todo o corpo do meu noivo.

— Muito prazer, sou o motivo da última briguinha de vocês.

Jason sorri e ergue as sobrancelhas.

—Você é o motivo de a Hellen participar do meu plano de saúde — diz, pegando-me de surpresa.

Componho um expressão admirada ante essa amistosidade em relação ao Joe.

— Então, fico feliz por isso — Joe responde animadamente. Claro que eu já havia contado a Joe sobre o pedido e ele achou inusitado... como o Jason sempre é. Sei que meu amigo deseja discretamente meu noivo; talvez não tão discretamente assim.

O semblante de Jason se altera, demonstrando compreensão; finalmente, entende quais são os pensamentos do meu amigo. Não culpo Joe, afinal, meu noivo está delicioso hoje (aliás, quando é que ele não está?).

Jason faz um barulho com a garganta, nitidamente incomodado com os olhares descarados do Joe.

— Vamos? – peço.

— Sim, claro... – Jason responde e segura meu braço, enquanto observa meu amigo, que parece sem reação. Por fim, Jason lhe estende a mão e diz: – Muito prazer.

Joe segura prontamente a mão de Jason e praticamente ronrona:

— O prazer é... todo meu.

— Certo. – Jason força um sorriso e puxa a mão de volta com um pouco de força, e a única palavra que diz é "okay".

No percurso do meu trabalho até a nossa casa, Jason ficou estranhamente calado. Parecia preocupado; alguma coisa aconteceu. Tentei me segurar ao máximo e esperar que ele tomasse a iniciativa de me contar, mas realmente me sinto ansiosa e curiosa além do normal. Preciso perguntar.

— Jason... O que houve hoje enquanto falávamos ao telefone? – indago, e ele me encara com os olhos interrogativos.

— Hoje? – ele responde, parecendo não se lembrar, mas acho que está fingindo.

— Você sabe que encerrou aquela maldita ligação bem na minha cara. Não se faça de desentendido. – Percebo que ele engole em seco antes de lançar um sorriso. Jason tem um sorriso forçado, o que me deixa ainda mais desconfiada.

— Hellen, eu estou com alguns problemas no escritório com a Meg, que quer tirar férias em um momento ruim. Isso me pegou desprevenido. – Ele parece sincero agora.

Ao menos a tensão se foi. Acho que essa TPM está me fazendo ter alucinações...

Jason

A mentira tem razões que a própria verdade desconhece. Eu sei, às vezes, posso ser um puta poético.

Afinal, por que mentimos? Essa é, sem dúvida, uma excelente pergunta que eu adoraria responder. Aliás, não posso responder, já que sou um maldito mentiroso de merda, ou, pensando bem, nem tanto. Talvez eu não seja tão mentiroso assim, já que, na verdade, apenas omiti um fato para... poupar minha noiva de um constrangimento ou de um estresse desnecessário. Muitos "talvez" e nenhuma resposta, certo? Só estou pensando no bem-estar da Hellen. Apenas isso. Na verdade, omitir a identidade da minha secretária substituta não é uma mentira, e sim uma verdade incompleta. Isso. Exatamente: uma verdade incompleta.

Nesta semana, Hellen esteve atarefada o bastante para não ir ao meu escritório. Durante todos os dias, eu fazia questão de me trancar. Antes, porém, é claro, sempre pegava meus documentos com a Ashley. Não sei o motivo, mas tenho a sensação de que a qualquer momento ela vai entrar em meu escritório nua e... ferrar minha vida de vez. Evito contato visual e conversar pessoalmente com ela; tento, ao máximo, resolver tudo por telefone. Bom, até agora está funcionando perfeitamente, mas a história me deixou tão louco, que nem tive cabeça para contar ao meu avô sobre meu noivado. Na verdade, nem a Hellen contou para a família dela. Decidimos fazer isso juntos, mas os dias foram passando e agora eu noto que teremos de resolver essa pendência o mais rápido possível.

Saio do banho e ouço meu celular, que toca sobre a cama. Pego-o e vejo o nome "fraldão" na tela principal... É o Adrian. Atendo.

— Fala, seu Fraldão de merda — cumprimento-o como de costume.

— E aí, capacho — ele responde e eu já sei qual é meu apelido em sua agenda telefônica. Idiota.

— Será que até ano que vem vocês chegarão? — pergunta ainda rindo. — Kate está preparando o assado desde cedo.

Hoje Hellen e eu iremos à nova casa deles e teremos uma noite de casais. Dependendo do estilo, uma ocasião como essa pode significar uma noite romântica. Para os homens, é apenas uma noite qualquer, mas nos valeremos dela para agradar e, mais tarde, receber um sexo oral. Acredite, isso funciona. Tente lavar a louça do jantar e o sexo oral pode vir em dobro.

Hellen está muito animada em poder passar um tempo com a amiga, e eu em assistir aos jogos da grande temporada do Superbowl, que também tem suas atrações femininas nos intervalos. Não que eu me importe com isso, afinal, tenho a Hellen, que é muito melhor que todas aquelas mulheres juntas. Sim, no intervalo essas mulheres jogam futebol vestidas apenas de... lingerie. O que foi? Eu ainda não me tornei um monge, caso queira saber.

— Não precisa esperar até o próximo ano. Acredito que estaremos aí dentro de uma hora — informo, mas logo um perfume floral delicioso me distrai. Sinto mãos macias sobre meu abdômen nu e um calafrio percorre meu corpo. Quero apenas transar com ela. Viro-me, encontrando a mulher mais incrível que conheci... Infelizmente, já vestida. Desço os olhos para o seu decote e ela curva os lábios em um sorriso.

— Oi, noivo.

— Oi, noiva — respondo. Sim, às vezes nos tratamos assim, e antes que você queira vomitar, tenha em mente que não nos apelidamos com nomes infantis ou diminutivos idiotas, o que é extremamente broxante.

— Hoje você está especialmente... comestível — afirmo, e um grande sorriso se desenha em seu rosto.

— E nos outros dias? — ela pergunta, com dissimulada expectativa.

— Também — informo e afasto meu corpo do dela, para me livrar da toalha na qual estou enrolado. Hellen tem uma vista privilegiada da minha "área de lazer", carinhosamente apelidada de "rocha". Em seguida, dou passos predatórios em sua direção, mas sou interrompido por suas mãos abertas sobre meu peito.

— Pare e vista-se — ela diz pausadamente e eu a beijo nos lábios.

— Eu me arrumo em dez minutos — informo, enquanto entrelaço os dedos de ambas as mãos em seus cabelos. — Mais tarde você não vai escapar.

Ela me devolve um sorriso luminoso.

— Nunca quero escapar de você. Hoje eu esperarei, afinal... meu noivo trabalhou até mais tarde.

Engulo em seco.

Na verdade, não trabalhei até mais tarde, a não ser que jogos no celular tenham se transformado em trabalho. Por outro lado, sim, tive um grande trabalho tentando explodir doces pelo celular. Se eu gosto de jogos de celular? Definitivamente, não, mas tive de fazer algo para me distrair, já que fiquei trancado em meu escritório esperando que a secretaria fosse embora. A pilantra parecia querer ficar por lá até 2020, impedindo-me de sair.

Com esse pensamento, eu me afasto instintivamente de Hellen. Ela parece intrigada, e espero que não pense merda sobre os meus atrasos. Vou ter de me livrar da Ashley antes que Hellen descubra. Amanhã vou resolver isso de uma vez por todas. Prefiro ficar sem secretária a ficar sem minha noiva.

A casa do Adrian e da Kate é tão grande como a de um casal que tem pelo menos nove filhos. Meu amigo, assim como eu, é um pouco... exagerado, mas tudo pelo espaço e conforto. Estou esparramado no sofá de sua confortável sala de TV, assistindo aos jogos do Superbowl, enquanto Hellen e Kate estão terminando os preparativos do jantar. A sala é conjugada com a enorme cozinha; uma casa moderna e bem funcional.

    — E aí, cara, falou com a Hellen sobre o..."anjo" de secretaria que você arrumou? — Adrian sussurra e, em seguida, dá um gole em sua Corona. Não respondo e viro minha cerveja de uma vez.

    — Eu sabia. — Ele solta um ar pesado e fala baixo: — Diga logo, seu imbecil, antes que ela descubra e pense que você está transando com ela.

    — Não posso — sussurro com a voz um pouco apavorada e ele balança a cabeça.

    — Idiota! — ele diz, e eu lhe mostro o dedo do meio.

    — Vou resolver essa merda.

    — O que estão sussurrando, meninos? — Kate e Hellen entram na sala e eu fico gelado. Encaro Adrian, que parece sem fala.

    — O que foi, aconteceu algo? — Hellen questiona, percebendo a nossa reação.

    — Não. Estávamos... apenas debatendo sobre o jogo — explico e ela arqueia as sobrancelhas.

    — Ah, é? Seriam... aqueles jogadores?

    Finalmente olho para a tela LCD e vejo mulheres de lingerie. Droga, estamos no intervalo e eu nem havia percebido.

HELLEN

— Não é impressão minha. Jason está estranho há alguns dias — sussurro, e Kate me observa com interesse.

Às vezes eu me pergunto se ele realmente quer se casar. Será que se arrependeu de ter me pedido em casamento? Será que eu fiz algo? Será que se cansou de mim? Afinal, não dá para ignorar o homem que ele sempre foi. Jason tinha e pode ter qualquer mulher que quiser, na hora que bem entender.

— Não acho que seja alguma coisa — Kate diz, interrompendo meus pensamentos. — Jason nasceu estranho, e Adrian não é diferente — ela conclui enquanto lava a louça do jantar.

Fixo meus olhos na sala, onde Jason ainda está assistindo ao Superbowl. Ele e Adrian conversam animadamente, mas de vez em quando falam baixinho. Sei que é coisa de homem e sei que, provavelmente, falam sobre mulheres, mas algo me diz que meu noivo está me escondendo algo.

— Acho que ele está escondendo algo — verbalizo meu pensamento, e Kate me encara, parecendo intrigada.

— Será, Hellen? Jason não tem cara de quem sabe mentir ou esconder algo de você. — Ela sorri. — Além do mais, acho que ele tem muito amor às suas bolas — ela diz e, quando estou prestes a responder, meu celular toca. Olho para o visor e vejo que é o avô do Jason. Atendo imediatamente.

— Oi, senhor Ted! — É assim que eu o chamo agora. O senhor Hoffman praticamente me obrigou a chamá-lo dessa forma.

— Hellen, minha querida! Como vai? — cumprimenta-me. Sempre que dá, conversamos por telefone, mas confesso que não é comum receber ligações dele nesse horário.

— Estou bem, e o senhor?

— Ótimo! Mas poderia estar melhor se vocês tivessem me contado que ficaram noivos. Fiquei sabendo pelo pai do Adrian.

Pisco algumas vezes, surpresa com as palavras dele. Jason e eu havíamos combinado de contar juntos, não imaginei que o avô dele já soubesse.

— Estávamos nos preparando para contar. Ainda nem comemoramos. Ele... apenas me pediu, sabe? Do jeito dele — justifico, meio sem jeito.

— Não diga para o Jason que liguei. Amanhã quero fazer uma surpresa na hora do almoço. Sei que vocês estão muito ocupados ultimamente, mas quero que almocem comigo. Quero dar um presente a vocês dois — Ele não parece nem um pouco chateado, e estou me sentindo uma idiota por não ter contado logo para o senhor Ted, que é um homem generoso, legal, que sempre nos deu força. Pretendo consertar isso.

— Claro. Vou falar com o Jason e tirarei o resto da tarde de folga.

— Não fale para o Jason. Vamos fazer uma surpresa no escritório dele e depois almoçamos. Que tal? Tenho certeza de que ele vai adorar ver a noiva em um momento inusitado do dia...

Sorrio e aceno com a cabeça, mesmo que ele não esteja me vendo. Kate continua entretida com os afazeres domésticos em sua cozinha. Espio Jason, que está deitado no sofá segurando uma cerveja e completamente imerso na TV.

— Certo, o senhor tem razão.

Conversamos mais um pouco e, depois de muito entusiasmo, nos despedimos.

Como combinei, e com ajuda de Joe, consegui tirar o restante do dia de folga. Acho que vai ser legal. Jason vai amar me ver em seu escritório inesperadamente. Em geral, ligo antes para não nos desencontrarmos, mas hoje será diferente. Sigo para o estacionamento e dou partida em meu carro, que me leva diretamente para o hotel, em que meu noivo deve estar trabalhando arduamente. Falo com o avô dele por telefone e ele diz que já está a caminho do hotel Hoffman's.

Assim que meu carro estaciona no sexto andar, vou em direção ao elevador, que rapidamente me leva para o andar do escritório de Jason. As portas se abrem e eu caminho pelo corredor, ansiosa para encontrá-lo. Estou louca para ver a reação dele. Ele tem trabalhado muito ultimamente; acho que esse almoço será um bom momento de distração. Assim que chego, noto que a antessala está vazia. Meg não está, e então eu decido bater.

Bato levemente e tento entrar, mas a porta está trancada. Coço a cabeça sem entender e bato outra vez. Penso em desistir, mas, segundos depois, a porta se abre. Quando me vê, Jason parece sem reação.

O termo estupefato não descreveria o estado dele nesse instante.

Jason

Freud, o criador da psicanálise, sempre apontou a infância como a principal causadora de muitos problemas que ocorrem na vida adulta; contudo, eu tenho um exemplo de que isso está errado. O exemplo sou eu.

Sim, eu, Jason Hoffman, atingi um nível de burrice inaceitável, e isso não tem absolutamente nada a ver com minha infância. Estudei nas melhores escolas, fui o queridinho da mamãe e o presente de Deus do vovô. Quando criança, os empregados lambiam o chão por onde eu passava, e depois de adulto, as mulheres lambiam outras coisas. Como posso atribuir meus problemas àqueles que me criaram? Apesar de eu ter perdido meus pais de uma maneira abrupta, não posso colocar a culpa de minhas merdas de hipopótamo na minha criação. Não, meu caro, não tenho motivos para ser um revoltado ou burro, mas acredite: eu só posso ter me tornado um burro. Definitivamente, Freud não conseguirá explicar isso.

Meus olhos mal conseguem acreditar que Hellen, pela primeira vez durante todo esse tempo em que estamos juntos, veio me fazer uma visita surpresa. Ela jamais apareceu sem avisar. Talvez seja porque hoje não é meu dia ou, talvez, seja a Lei de Murphy tentando ferrar com minha vida.

— Que cara é essa? Não gostou de me ver? — Hellen indaga, seu olhar curioso sobre minha expressão de cólica renal. De repente, percebo que ela não esmagou as minhas bolas nem parece nervosa. Olho discretamente por cima de seu ombro e não vejo a causadora de minha futura desgraça. Claro, ela está em horário de almoço. Solto um leve suspiro de alívio. *Ashley* não está *aqui. Ufa!*

Repentinamente, puxo-a pelo braço e a conduzo para dentro de meu escritório, trancando a porta logo em seguida. Olho para o relógio. Pelos meus cálculos, Ashley chegará em dez minutos.

— Jason, o que foi isso? — Hellen está completamente perdida diante do meu comportamento.

— Amor... que saudade! — Aproximo-me e a surpreendo com um beijo profundo nos lábios. Ela retribui, mas logo se afasta, observando-me com as sobrancelhas unidas.

— Jason Hoffman, está acontecendo algo e eu quero saber — ela impõe de forma inquisidora, enquanto eu faço uma anotação mental para providenciar acesso às câmeras de segurança da empresa. Não gosto de ser pego de surpresa. Abro a boca para responder quando, de repente, ouço um barulho na porta. Alguém está batendo. Merda. Agora só pode ser a Ashley. A infeliz chegou mais cedo. Encaro a porta intensamente, como se, por magia, a criatura do outro lado fosse desaparecer. Meu corpo permanece imóvel.

— Não vai abrir? — Hellen questiona, e é como se uma supercola tivesse grudado meus pés no chão, impedindo-me de andar. Não me movimento.

— Okay, Jason, eu abro. — Ela caminha em direção à porta e eu prendo a respiração. Fecho os olhos apertados, como se uma bomba estivesse prestes a explodir. Ouço o abrir da fechadura e...

— Hellen, que bom que já chegou.

Abro primeiro o olho direito, em seguida o esquerdo, e... tudo o que vejo é meu avô. O que ele está fazendo aqui? Inclino a cabeça para o lado e os observo com curiosidade.

– Surpresa! – dizem em uníssono, e eu finalmente posso respirar aliviado. Forço um grande sorriso e caminho na direção deles.

– Vô, que bom te ver aqui – digo sinceramente, dando-lhe um abraço apertado, mas, enquanto isso, olho novamente para o relógio. Faltam três minutos e cinquenta e cinco malditos segundos para Ashley chegar. Preciso tirá-los daqui... Agora.

– Já que os dois decidiram me fazer uma surpresa agradável, que tal... almoçarmos agora?

– É o que viemos fazer, Jason. Roubar você para um almoço agradável. Seu avô e eu combinamos tudo. Ele ficou sabendo sobre o seu pedido... – Hellen confessa. Merda, não posso pensar sobre isso agora. Tenho de tirá-los daqui imediatamente. Então, eu os empurro para fora da sala.

– Ótimo, então teremos muito o que conversar. Estou faminto. – Digo isso e fixo novamente os olhos em meu pulso, vendo que faltam menos de dois minutos para que Ashley esteja de volta.

– Jason, onde está a Meg? – Hellen interrompe a caminhada e fixa os olhos sobre a mesa vazia da secretaria.

– É... Meg... está...

– De férias. – Sou interrompido pela última voz que gostaria de ouvir na face da terra... Ashley. Ela chegou um minuto adiantada. Definitivamente, ela é uma vaca!

Encaro minha noiva, que, neste exato momento, está escaneando Ashley de cima a baixo. Hellen sabe sobre nunca contratar mulheres gostosas, e Ashley é o oposto da Meg. Para piorar, hoje a secretária exibe um generoso decote e, em consequência, boa parte de seus exuberantes seios. Fecho os olhos e cubro o rosto com a mão esquerda. Ferrou.

– Quem é você? – Hellen questiona em tom baixo. Seu olhar curioso está sobre Ashley, que sorri amplamente.

– Sou a sobrinha da Meg – ela responde e se aproxima de Hellen com a mão estendida. – Meu nome é Ashley. Estou substituindo minha tia enquanto ela está férias – explica com formalidade, mas a impressão que tenho é de que ela parece se divertir.

Surpresa, Hellen me fuzila imediatamente, e seu olhar mortal é uma promessa do inferno.

— Como vai... Ashley? – Hellen enfatiza o nome da secretária enquanto a cumprimenta. – Acho que vim na hora errada – diz, sua voz soando um pouco triste. Hellen parece sem reação e, ao mesmo tempo, muito surpresa. Meu avô, por fim, percebe o que está acontecendo e aproxima-se dela.

— Hellen, vamos almoçar como havíamos combinado. Tenho certeza de que Ashley tomará conta dos recados do Jason enquanto almoçamos, certo? – Ele se vira para Ashley, que ergue as sobrancelhas pensativa.

— Claro! – ela responde, enquanto se posiciona em seu posto de secretária.

— Ótimo! – meu avô continua. – Parece que Ashley foi muito bem instruída para ocupar o cargo da tia nesses poucos dias de férias – dá ênfase à palavra: "poucos", enquanto olha para Hellen, que, surpreendentemente, se acalma.

Não se engane. Mulheres podem ser frias e calculistas quando querem.

— Certo. Vamos... almoçar – Hellen finalmente diz e meu avô sorri, olhando-a nos olhos. Não sei como ele fez isso, mas preciso agradecê-lo pelo resto da vida.

Em silêncio, seguimos em direção ao meu carro. Eu não me atreverei a me aproximar de Hellen enquanto não estivermos dentro do veículo, lá ela não terá acesso às minhas bolas. Meu avô se senta ao meu lado, no banco da frente, e minha noiva continua em um silêncio ensurdecedor no banco de trás. Isso é pior que se ela tivesse jogado Ashley pela janela e gritado comigo. Isso é torturante.

Confesso que a atitude dela me surpreendeu. Não que Hellen seja o tipo de mulher que faz escândalo ou algo do gênero, mas não contei a ela sobre Ashley, então, no mínimo, era para ela estar brava comigo. Esse silêncio me mata. *Será que está esperando que meu avô saia de perto para arrancar as minhas bolas?*

Certo, você, provavelmente, agora, deve estar me chamando de burro em vários idiomas, mas antes que me recrimine, saiba que hoje eu iria mandar Ashley embora. Sim, eu estava preparando meu discurso, e jamais, eu disse jamais, imaginei que Hellen apareceria em meu escritório antes que eu chutasse a sobrinha da Meg de lá.

Meu avô também está em silêncio. Enquanto paro o carro no estacionamento do Caesar Palace, arrisco um olhar pelo espelho retrovisor e encontro Hellen com os olhos cravados em mim. Suas sobrancelhas estão arqueadas, e eu abriria mão de seu boquete espetacular só para saber o que ela está pensando neste exato momento. Okay, eu não abriria mão, mas queria muito saber.

Assim que chegamos ao Cheesecake Factory, um restaurante que fica dentro do hotel Caesar, somos conduzidos à mesa. E ela, muda e impassível! Nem mesmo um sorriso se esboça em seu belo rosto. Hellen parece pensativa; acho que jamais a vi assim. Ela parece decepcionada. Não sei explicar, mas não gosto de vê-la assim.

Nós nos sentamos e logo fazemos o pedido. Meu avô escolheu para todos, Alfredo Spaghetti, o nosso preferido, e o da Hellen também.

— Bom, antes de mais nada — meu avô começa seu discurso —, quero dizer que estou muito feliz em saber que vocês vão finalmente se casar. — Ele segura a mão da Hellen e minha ao mesmo tempo. — Sou um homem muito agradecido por ter tido a honra de ter um neto que só me deu alegrias.

Engulo em seco, e finalmente, depois de um longo momento de tensão, Hellen abre um leve sorriso.

— Quero dar um presente para o Jason. Algo que guardei a sete chaves e que representa toda minha vida. — Ele retira do bolso de sua calça uma caixa de veludo vermelha, e Hellen parece curiosa. Será que é uma... – Aqui está – ele diz e abre a caixa, revelando uma belíssima aliança de ouro *rosé,* cravejada de diamantes.

— Vô? — Minha voz falha ao perceber o que ele está fazendo. — Essa aliança é...

— Sim, meu filho. Esta aliança foi dada para a sua avó. Claire ficaria muito feliz em saber que seu neto amado estará presenteando uma mulher muito especial.

Confesso que estou sem palavras. Não imaginava que esse pedido significasse tanto para meu avô.

Ele fecha novamente a caixa e une nossas mãos sobre ela.

— Isso significa tudo para mim. Agora, vocês são meus filhos. — E olhando diretamente nos olhos de Hellen, ele prossegue: — Continue fazendo-o feliz. Quero que Jason construa a sua própria família. Tudo está se repetindo. Nos olhos do Jason vejo meu filho Richard, que era um apaixonado incorrigível. Richard amava Sarah assim como Jason te ama.

Um nó se forma em minha garganta. Meu avô não costuma falar do meu pai.

HELLEN

Confesso que não esperava por isso. O senhor Theodore parece emocionado, enquanto me coloca em uma situação, digamos, complicada. Quero matar o Jason por ter escondido uma secretaria gostosa, mas, ao mesmo tempo, quero esquecer esse episódio que ele causou. Afinal, por que razão ele mentiu? Todo o tempo, desde que saímos de seu escritório, questiono-me sobre a sua demonstração de nervosismo, sobre as vezes em que chegou em casa mais tarde, e absolutamente tudo me leva a crer que Jason me traiu. Porém, o olhar dele me diz outra coisa. Sinto o seu amor, mas também posso sentir o seu nervosismo, e tudo isso me deixa tão confusa que não sei o que pensar.

Logo meus pensamentos são preenchidos por um sentimento incomum: pena. Pela primeira vez em todo esse tempo de relacionamento vejo Jason chorar. Sim, ele está chorando de verdade. Vejo lágrimas caírem de seus olhos, algo incomum, quase impossível de se ver. Esse detalhe me deixa completamente estarrecida, mas feliz. Meu coração acelera, porque apenas com este gesto ele me deu a certeza de que... não é mais aquele cretino; que talvez realmente tenha uma explicação sobre aquela secretária gostosa. Quero que ele seja sincero comigo, já que iremos nos casar oficialmente. Preciso que ele se abra e que confesse seus desejos.

Lágrimas já transbordam descontroladamente dos meus olhos e, neste momento, percebo que estou diante de pessoas que em tão pouco tempo se tornaram essenciais na minha vida.

Jason decidiu tirar o restante do dia de folga. Fomos para casa de mãos dadas e nada foi dito durante o trajeto. Apenas "Stay With Me", a canção de Sam Smith, ecoou em nossos ouvidos.

Entramos em casa, e assim que coloco a bolsa sobre o sofá, Jason me segura pelos braços e me puxa, para que meu corpo fique colado ao dele.

– Diz alguma coisa... – pede ele.

Encaro-o firmemente e posso afirmar que Jason está com medo. Ele me observa com expectativa.

— Não tenho nada a dizer. Você é quem deve me dizer o que aquela secretária significa e por que você ficou tão nervoso, como se tivesse feito algo errado – respondo.

— Sei que errei em não ter te contado, mas fui pego desprevenido, Hellen. Eu não sabia que...

— Que ela é gostosa? – interrompo-o, tentando adivinhar o que ele irá dizer, mas Jason nega com a cabeça lentamente.

— Que eu já... que nós...

Ele não precisa continuar. Abro os meus olhos exageradamente e um mal sentimento toma conta de mim. Merda. Ela não é apenas uma secretaria gostosa. Eles já transaram.

Meu coração dispara. A raiva domina meu corpo e, inesperadamente, dou uma joelhada bem no meio das bolas de Jason, que cai de joelhos com um urro gutural. Jason consegue me fazer ultrapassar todos os limites.

— A pergunta é: com quem você não transou em Las Vegas? Será que terei de conviver com isso para sempre?

Ele não diz nada, como era de se esperar, já que seu rosto está desfigurado de dor.

Eu me afasto, seguindo em direção às escadas.

— Hellen? – Ele continua ajoelhado, me observando, ainda com os olhos cheios de lágrimas. – Não... vá – implora, mas sua voz falha.

Arqueio as sobrancelhas. – Quem disse que vou a algum lugar?

Ele me encara com surpresa. – Não? – Agora, a voz dele é chorosa.

Balanço a cabeça lentamente, negando.

— Eu ainda sou uma idiota, continuo te amando. – Olho-o intensamente nos olhos. – Durma em qualquer lugar da casa, porque hoje eu vou para o nosso quarto... sozinha. – Sem dizer mais nada, viro-me e subo as escadas, ignorando-o completamente.

De soslaio, ainda posso vê-lo ajoelhado, com as duas mãos sobre suas bolas e de cabeça baixa. Amanhã será outro dia.

Jason

Nós, homens, em geral, encaramos a vida de uma maneira mais simples e descomplicada que as mulheres. Porém, com a Hellen, a situação ficou ainda mais tensa. Ela guarda mágoa por causa do meu passado, o que faz uma simples omissão ser comparada a bombardeios nucleares.

Okay, chame-me de exagerado se quiser... Eu nem ligo.

Quero dizer que estou, literalmente, sentindo dor nas bolas, e antes que você pense que isso é resultado do esmagamento provocado pela Hellen, digo-lhe que você errou. Claro que é por causa dela, que, por sinal, demonstrou excelente forma física quando esmagou minhas pobres e indefesas bolas. Porém, isso não tem relação com aquela maldita joelhada, e sim com sexo... ou com a falta dele.

Faz quatro dias que Hellen está em greve sexual. Sabe o que significa isso? Que ela não tem o mínimo de amor por sua "área de lazer". Sim, ainda estou me referindo às minhas bolas. Hellen continua sendo aquela vaca destruidora de ovos desprotegidos, e eu, um idiota que não se importa mais com isso. Por quê? Não está óbvio?

Hellen e eu não dormimos no mesmo quarto e quase não nos falamos. Em vez de sair em seu horário habitual pela manhã, ela sai mais cedo para não se encontrar comigo. Tentei argumentar, dizendo-lhe que iria chutar a secretária para fora, mas sabe o que ela foi capaz de me dizer? Que Ashley poderia continuar ocupando o cargo da Meg, e que ela é melhor do que isso. Também disse que, por mais irritada que esteja, confia em mim.

Depois disso, constatei que, além de frias e calculistas, mulheres podem ser contraditórias ao extremo. Imagino que, se eu tivesse um manual sobre como entender as mulheres, provavelmente ficaria ainda mais confuso que já estou. Imagino que o tamanho de um livro desses seria o equivalente a três livros do Harry Potter. Obviamente, estou falando do primeiro volume de uma série sem fim. Mesmo que conseguisse ler tudo em trinta anos, receio que não chegaria a nenhuma conclusão. Mulheres são verdadeiros enigmas.

Bem, continuando...

Não entendi essa lógica, mas acatei o que ela disse. Deixei Ashley ocupando o cargo de secretária e estou esperando ansiosamente que Hellen saia dessa maldita greve que não faz nenhum sentido. Afinal, ela já esmagou o que tinha que esmagar, já me humilhou, e sabe que me tem em suas mãos. Claro que eu deveria ter contado antes sobre a Ashley, mas já me sinto um idiota por isso, e hoje percebo quão aliviado estou pelo fato de ela saber. Nunca desejei tanto que a Meg voltasse. Estou contando os dias.

— Isso é resultado de suas idiotices — Adrian me acusa, enquanto corremos lado a lado nas esteiras. Estamos na academia do meu hotel e estou tentando liberar a carga de estresse e frustração que tenho recebido nos últimos dias. O pior é que não posso culpá-la. Hellen está me deixando de castigo e, se você quer saber, prefiro que ela aja assim; antes isso a chutar minha bunda. Isso eu não conseguiria aceitar.

— Eu sou um idiota — respondo, ofegante, enquanto aumento a velocidade do aparelho. Estou suando e meu coração está acelerado em razão da corrida pesada.

Ficamos na esteira por uma hora; enquanto isso, meus pensamentos tentam arrumar uma maneira de fazer que Hellen me perdoe de uma vez. Essa situação está ficando insuportável. Quero tocá-la, tê-la novamente em meus braços, e, por incrível que pareça, não sinto falta apenas do sexo, mas também... de apenas dormir ao lado dela. Esses dias serviram para que algo eficaz surgisse em minha cabeça e preciso botar em prática o mais depressa possível.

Depois de estar de banho tomado, sinto-me um novo homem, mesmo com as bolas ainda doloridas. Dessa vez, nem me aliviando com meus pensamentos consegui tirar essa dor. Parece que até meu órgão genital grita por Hellen, e sinto que estou perdendo quase totalmente o controle de meu próprio corpo. Minha "rocha" precisa se acomodar e, pelos meus cálculos, isso acontecerá em breve.

— Tive uma ideia — digo ao Adrian, que enxuga os cabelos com uma toalha.

— Qual é? Vai subir o Monte Evereste? Vai para o Haiti acabar com a pobreza? Vai doar seu dinheiro para uma instituição filantrópica? Se for, acho que Hellen, talvez, perdoaria você.

— Não seria uma má ideia, imbecil, mas não é isso... por enquanto. — Sorrio. — Farei uma festa de noivado surpresa em casa e trarei todos os familiares da Hellen. Inclusive a avó e o cachorro, Mike. Ela já estava pensando em trazê-lo para morar com a gente.

Adrian me encara, alçando as sobrancelhas, surpreso.

— Uau! Se conseguir isso, Hellen provavelmente fará uma pirueta invertida na cama por um ano seguido — diz, enquanto caminhamos para fora da academia.

— Eu já consegui uma vez, esqueceu?

Ele acena com a cabeça, sorrindo, e sem perder mais tempo saio para colocar meu plano em prática.

Dois dias. Esse foi o tempo que os familiares da Hellen pediram para estarem aqui. Enquanto isso, criei calos nas mãos. Abstinência sexual, definitivamente, é algo com que não estou acostumado.

Os familiares da Hellen tiveram de pedir autorização ao médico da avó para que ela viesse com segurança. Todos estão vindo em voo normal, exceto a avó Elise, que virá de primeira classe com a mãe da Hellen.

Hellen contou-me que chegaria às oito da noite, e isso será tempo suficiente para que eu organize tudo. Aliás, o mutirão de empregados que escalei para que tudo saia de maneira rápida e perfeita está se empenhando muito. Meu avô está mais que animado, e à noite pretendo surpreender Hellen, como fiz da última vez.

Pode dizer que sou um filho de uma vaca esperto. Eu sei.

Os quartos de hóspedes foram preparados para os pais e demais parentes da Hellen, e o outro, que fica no primeiro andar e que originalmente era uma sala de... de nada, hospedará a avó e uma enfermeira, que fiz questão de escolher a dedo. Sim, decidi que a feiura da moça seria o requisito número um para a contratação.

Surpreso? Pensou que eu cometeria o mesmo erro duas vezes, acertei? Acho que você me subestimou...

Agora, estou em uma floricultura em busca de muitos girassóis. Sei que isso parece doentio, mas acho que presenteá-la com girassóis é uma maneira de dizer quanto a amo. É como se eu pudesse transformar aquelas flores em palavras.

— Acho que elas serão entregues hoje, às dezoito horas, já que estão em falta. Você acabou com nosso estoque — informou-me um homem de expressão mal-humorada e de compleição magra, enquanto fazia alguns arranjos no balcão.

— Eu ouvi direito? Você disse "acho"? — questiono-o, exasperado. *Por que não pensei nessas flores antes?*

— Pagarei antecipadamente e preciso que essas flores estejam na minha casa, no máximo, até as dezoito horas — ordeno de modo imperioso e ele se aproxima do caixa perto de onde estou.

— Senhor, vamos nos empenhar e fazer o possível.

Afasto-me instintivamente e meu rosto se contorce em uma careta. O hálito dele fede tanto que dá a impressão de que ele passou as últimas horas com a boca enfiada na bunda de um gambá.

— Certo, não se atrase, por favor — peço de longe, e ele tenta se aproximar ainda mais de mim. Afinal, por que, diabos, todas as pessoas que têm mau hálito gostam de falar tão próximo das outras? Nunca entendi isso.

Afasto-me ainda mais e estendo a mão, entregando-lhe meu cartão de crédito. Ele estica o corpo magro para pegar e eu o entrego, desejando sair desse esgoto o mais depressa possível.

Resolvido o problema com as flores, saio do lugar, fazendo uma anotação mental de que devo mandar outra pessoa no meu lugar da próxima vez.

HELLEN

O "sexo frágil", que nem sempre é tão frágil assim, certamente pode surpreender vocês, homens, que pensam que faremos tudo da maneira que querem. Meus caros, a força feminina é muito maior do que pensam; portanto, não nos provoquem.

Com o passar dos anos, nós, mulheres, demonstramos a duras penas o nosso lugar na sociedade. Preenchemos postos importantes e funções que, antigamente, eram privilégio apenas dos homens. A maioria de nós enfrenta uma jornada dupla ou tripla com muita determinação. Conquistamos autonomia financeira e provamos que somos muito mais fortes. No entanto, ainda somos mulheres. Queremos cuidados, carinho e, sim, somos o sexo frágil para outras coisas, como abrir uma lata de ervilha, carregar algo pesado ou simplesmente dormir de conchinha. Gostamos de nos sentir protegidas e amadas.

Há quase quatro dias, isso é o que mais desejo. Aliás, estou praticamente subindo pelas paredes. Porém, prometi a mim mesma que deveria dar um castigo ao Jason por mentir descaradamente. Não contei a ele que o senhor Hoffman e eu conversamos longamente por telefone no dia seguinte àquele em que almoçamos. Ele me contou que não vê Jason chorar desde a morte dos pais dele. Disse que seu neto é completamente imaturo e que eu deveria castigá-lo. Então, lembrei-me daquilo que meu noivo mais ama e fiz com ele como uma mãe faria com um filho. Aliás, fiz o que minha mãe fazia comigo. Sempre que eu agia de forma errada, fosse na escola, fosse em casa, ela me privava daquilo que eu mais amava na vida: minhas Barbies e a TV. Estou privando o Jason de sexo, mas confesso que o feitiço está virando contra a feiticeira. Sim, tive de mandar meu noivo dormir em outro quarto, para que eu mesma não caísse em tentação. Funcionou, mas dormir sem ele é uma verdadeira tortura.

– Certo, amanhã nos veremos – Joe diz, enquanto me abraça na porta do hotel onde trabalho.

– Sim – concordo com ele.

Joe se afasta, segurando meus ombros, e me encara com um olhar significativo.

– Hora de tirar aquele gato do castigo, certo? – sugere.

Sorrio maliciosamente.

– Eu estava pensando sobre isso.

– É até um desperdício ver um bofe daqueles de castigo sexual – Joe comenta, curvando os lábios em um sorriso.

– Eu sei... mas ele mereceu – respondo, começando a rir.

— Certo. Mas bem que você poderia fazer uma surpresinha para ele, não acha?

Ergo as sobrancelhas.

— Gata, você já foi mais esperta. — Ele revira os olhos e suspira profundamente. — No caminho para casa, passe na Victoria Secret, compre uma lingerie vermelha, um sobretudo preto e arrase com esse homem.

Abro um sorriso e beijo-o no rosto.

—Você é um gênio. — Seguro o rosto dele com as duas mãos.

— Eu sei! — responde, convencido.

Despedimo-nos e, com animação além do normal, sigo rapidamente até o manobrista, que me entrega a chave do meu carro. Entro no veículo e vou direto à Victoria Secret, que fica em um shopping próximo daqui. Assim que chego à loja, experimento algumas lingeries e acabo saindo com a mais sensual, já vestida. Não quero perder tempo.

No trajeto para casa, sorrisos escapam involuntariamente dos meus lábios. Jason vai ficar louco quando deparar com a surpresa ousada que preparei.

Assim que estaciono, vejo que o carro de Jason já está na garagem. A essa hora, ele provavelmente já está nu, como de costume, assistindo a alguma série na TV enquanto me espera.

A casa está totalmente escura, e a impressão que tenho é de que houve uma queda de energia por aqui. Desço do carro, olho ao redor, e percebo que em todas as casas há luzes acesas. Estranho, naturalmente, observando a fachada da casa com cuidado. Jason deve estar dormindo, presumo. Afinal, abstinência sexual, malhação pesada e trabalho devem ter derrubado esse touro.

Aproximo-me da porta de entrada e um sorriso travesso escapa dos meus lábios. Hoje eu o acordo com esta lingerie.

Giro a chave na fechadura e abro a porta lentamente, jogando a bolsa e o sobretudo no chão. Fecho a porta e abro a única roupa além da íntima que me resta. Estou decidida a ir até o quarto de hóspedes, onde Jason provavelmente está.

Quando estou prestes a acender as luzes, elas se acendem como mágica e... sou surpreendida com uma visão surreal. Sim, bem diante de meus olhos, estão meus familiares e o senhor Hoffman, todos na sala de entrada, cercados por girassóis. Eles parecem estátuas, enquanto me encaram vestida com esses trajes provocantes.

Sim, estou de lingerie vermelha, espartilho e um sobretudo transparente, preto, completamente aberto, diante de todos os presentes.

Isso não pode estar acontecendo.

O senhor Hoffman, com a boca semiaberta, arqueia as sobrancelhas. Minha mãe arregala os olhos, enquanto tapa a boca com as duas mãos. Meu pai está de costas e Jason já está ao meu lado, fechando o sobretudo... Deus... Estou tão chocada com a cena, que me esqueci completamente de meu estado de nudez... *Que vergonha.* A única pessoa que sorri como se nada estivesse acontecendo é minha avó.

— Minha neta e eu somos muito parecidas. Também tive meus momentos de travessura com seu avô. Adorava fazer surpresinhas, e isso me lembrou da vez em que cheguei nua na sala e deparei com homens jogando cartas. Havia esquecido que era dia de pôquer — minha avó conta, e todos voltam a atenção a ela, que apenas sorri sobre sua cadeira de rodas.

— Faço uma surpresa para o amor da minha vida e, no fim, sou surpreendido? — Jason sussurra, enquanto me abraça. Olho-o nos olhos e vejo que ele parece se divertir.

— E agora, como resolvo isso? — Ele encosta sua "potência" em mim e, definitivamente, preciso de um buraco para me enfiar.

Sinto algo lambendo meus pés e, quando olho para baixo, vejo meu Mike abanado o rabo, extremamente feliz.

Jason

Quando vê uma pessoa caindo de nariz no chão, você, na hora, sente uma certa dor, como se fosse com você, não é assim? Isso se chama empatia; é uma das coisas que nos caracteriza como humanos e nos diferencia dos psicopatas. Mas também sentimos vergonha alheia, e se essa pessoa que passa por algo constrangedor é alguém que você ama muito, esse sentimento se transforma em um misto de perplexidade e compaixão, mas ainda é vergonha alheia. No meu caso, além de tudo isso, tenho um sentimento de culpa e... um pau extremamente duro.

Hellen estava em completo estado de choque, e eu, rapidamente, corri para pegar o sobretudo que ela atirara ao chão quando abriu a porta. Felizmente, só estão seus familiares por aqui. Ela estava com outro sobretudo, mas este era bem transparente e combinava com o restante da peça, que, por sinal, eu adorei ver enrolado em seu delicioso corpo. Minha noiva estava incrível e obscenamente gostosa, mas... no momento errado. Devido à abstinência sexual da qual ela é a única culpada, vê-la totalmente safada me deixou como uma rocha, e acho que nem minha calça jeans conseguiu disfarçar.

Depois da vergonha do século, Hellen foi para o quarto na velocidade de um peido e ainda não retornou. Se a avó dela pudesse subir as escadas, já estaria lá. Não consegui alcançar minha noiva antes que ela se trancasse no quarto, por isso acabei voltando para a sala.

– Vamos, Jason, mexa seu traseiro e vá novamente atrás da sua futura esposa – ordena a avó, enquanto desço as escadas frustrado.

– Hellen não abre a porta – digo quando me aproximo, e ela me encara com um olhar assassino.

– Arrombe aquela maldita porta ou eu ficarei... NUA! – ameaça, brandindo a bengala de madeira, com a qual espeta minha barriga. Temo que essa bengala vá parar em um lugar que está muito cansado de sofrer. Engulo em seco, pois ela parece falar muito sério.

– Você não faria isso... Faria?

Com seu rosto enrugado, a idosa ergue as sobrancelhas brancas, dando-me a certeza de que cumpriria a ameaça.

Os pais da Hellen ainda não falaram comigo sobre o pequeno incidente. Embora não sejam bobos a ponto de pensar que entre mim e ela não há sexo, já que vivemos há um ano juntos, eu os entendo; não deve ser legal ver a filha se exibindo e se oferecendo em um traje erótico. Aliás, não há com o que se preocupar, já que não havia outros homens por aqui, além de mim, meu avô, o pai da Hellen e o Mike.

Antes de ser esmagado por uma bengala, subo as escadas pulando os degraus. Aproximo-me da porta do nosso quarto e, quando estou prestes a bater, ela finalmente abre e me encara com um olhar de desculpas.

– Não sei o que dizer ou fazer. – Hellen parece um coelhinho assustado, agora dentro de um vestido formal.

– Não faça nada. – Sorrio, tentando acalmá-la. – Todos que estão lá em baixo sabem que transamos feito coelhos, Hellen. – Finalmente, vejo um breve sorriso estampando em seu rosto.

– Acho que paguei o mico do ano, principalmente com o seu avô. O que ele deve estar pensando de mim?

– Que eu sou o homem mais sortudo do mundo por ter ao meu lado uma mulher linda, inteligente, esperta e, ainda, gostosa nas horas vagas... – Desço meus olhos por seu corpo. – Por sinal, ainda mais gostosa que me lembro.

Ela sorri novamente e se aproxima de mim. Hellen enlaça os braços em meu pescoço e fixa os olhos nos meus.

– Obrigada por ter trazido minha família. Apesar do incidente, juro que amei a surpresa. – Ela expira em um gesto lastimoso. – Pena que pensamos em uma surpresa no mesmo dia e horário.

– Esqueça isso, amor. – Olho para meu pulso. – Pelos meus cálculos, agora devem estar chegando os demais convidados.

Hellen me encara surpreendida. – Sério? Então meu *mico*...

– Poderia ter sido um King Kong – interrompo-a, e novamente um sorriso surge em seus lábios.

– Acho que um mico já está de bom tamanho.

Concordo com a cabeça e beijo-a nos lábios, mas me afasto antes que a leve para o quarto e não saia de lá nunca mais.

Convidei alguns funcionários da empresa, quer dizer, meu avô convidou e eu acabei não interferindo. Acho que ele gosta de se sentir parte da minha vida, e isso é bom. Gosto da forma como sempre agiu, tentando suprir a falta do meu pai.

Pessoas se aglomeram em minha grande sala de estar. Ainda bem que optei por um encontro reservado entre Hellen e seus familiares antes da chegada dos outros convidados. Ela já conseguiu superar o constrangimento causado por sua seminudez há alguns minutos e, finalmente, abraçou sua família. Acho que o principal motivo de sua vergonha, afinal, era a presença de meu avô. Ele parecia se divertir com o constrangimento dela e disse que há muito tempo não passava por algo tão marcante e engraçado. No fim das contas, tudo ficou bem.

Hellen e Kate, neste exato momento, parecem que vão desmaiar de tanto rir enquanto conversam. Acredito que minha noiva esteja contando a ela o seu momento erótico em família.

Dou um gole em minha cerveja enquanto "Thinking out loud", de Ed Sheeram, ecoa em todo o ambiente. Sigo determinado em direção a Hellen e puxo-a pelo braço, afastando-a de Kate. Surpresa, ela me olha nos olhos.

— Dança comigo? — murmuro no ouvido dela.

Ela curva os lábios em um sorriso e seu corpo se junta ao meu. Seus braços envolvem meu pescoço e nossos corpos se movimentam lentamente ao som da música.

Coloque sua cabeça em meu coração que bate...
Estou pensando alto
Talvez tenhamos achado o amor bem aqui, onde estamos

Tê-la dessa forma, em meus braços, remete-me à sensação de quando dancei com ela pela primeira vez, por culpa do meu avô. Eu não sabia, mas, naquele momento, já estava completamente apaixonado, se é que essa palavra serve para definir o que senti. Eu sei, isso é meloso, doentio, mas é assim que me sinto em relação a ela. O que posso fazer?

Hellen encosta o rosto no meu pescoço e sinto que ela inspira profundamente, sorvendo meu cheiro. É como se dentro dessa sala repleta de gente não existisse mais ninguém. Com o rosto enterrado em seus cabelos, aspiro também seu aroma de lavanda, e é como se estivesse sentindo o mais perfeito dos perfumes. Quero que Hellen sinta meu amor. Certo, talvez agora você queira vomitar.

Depois da noite incrível que tivemos, Hellen e eu transamos feito coelhos e, claro, eu a fiz vestir novamente toda a lingerie que ela havia escolhido para mim.

Pra mim, lingeries são como embrulhos... É como se Hellen estivesse embrulhada para presente. Um presente que tive o prazer de desembrulhar bem lentamente e com muito cuidado, sabe por quê? Porque, dessa vez, ela e eu fizemos amor. Obviamente, tive de me segurar para não estragar nosso momento. Na verdade, eu queria arrancar aquela calcinha, mas, ao mesmo tempo, queria sentir cada centímetro de suas curvas. Queria que o tempo parasse.

HELLEN

E foi assim... A noite que deveria ter sido uma tragédia acabou se transformando em uma das mais incríveis e memoráveis da minha vida.

Afinal, Jason me surpreendeu em todos os momentos. O senhor Hoffman entendeu o acontecido e Jason agiu de forma natural, como sempre. Quanto aos meus pais, eles são demais, e não me repreenderam em momento algum.

Minha avó está radiante por estar aqui e, claro, por poder me presentear com suas valiosas dicas sexuais. Não sei como pude ser tão ruim com o Jason, já que ele me faz sentir a mulher mais amada desse mundo.

Ao chegar em casa, já na entrada, ouço os gritos da minha avó. Ela parece bastante alterada. Aproximo-me do quarto dela e a vejo deitada na cama. A enfermeira está em pé, ao lado, com as duas mãos na cabeça.

— O que está acontecendo, vó?!

Ela levanta a cabeça para me encontrar, com uma expressão surpresa.

— Essa idiota quer limpar minha bunda!

Ergo as sobrancelhas.

— Mas vó... você precisa de alguém para limpar sua bunda.

— Eu já estava acostumada com o John, o cuidador mais lindo da Pensilvânia. Ele, sim, fazia o trabalho direitinho... Não ela! — Aponta com o dedo indicador para a senhora de cabelos grisalhos, que está em pé e visivelmente assustada.

— Certo... fiquem à vontade. — Afasto-me e sigo para encontrar meus pais na cozinha. Eles fizeram um passeio pela cidade. Gostaria de tê-los acompanhado, mas, devido a uma reunião no trabalho, não pude.

— Jason não veio com você? — meu pai pergunta e eu nego com a cabeça.

— Por causa da festa surpresa, ele provavelmente chegará mais tarde... Trabalho acumulado. — Informo, enquanto me sento em uma das cadeiras altas do balcão da cozinha.

— Filha, nem acredito que vocês vão se casar. Já marcaram a data? — minha mãe pergunta com entusiasmo e eu abro a boca levemente. Não havia pensado nisso.

— Bom, acho que não precisamos "marcar uma data", afinal estamos em Vegas — opino e eles se olham, mas logo sorriem.

— Bem, não podemos ficar, minha filha. Temos compromissos, e teremos de voltar ainda nesta semana — meu pai nos informa e meu sorriso se esvai rapidamente.

— Que pena! Planejei tantas coisas para fazermos juntos.

Eles seguram minhas mãos, um de cada lado.

— Jason provou que te ama, filha. Você está feliz e isso é o que realmente importa — diz minha mãe, e eu vejo um brilho diferente em seu olhar.

Depois de conversarmos, como sempre fazíamos, vou outra vez até o quarto da minha avó, mas, antes de entrar, ouço a voz de Jason. Ele chegou. Entro e vejo que minha avó está com seus óculos e um tablet nas mãos. Ela parece compenetrada em algo que vê na tela do aparelho e Jason nem nota minha presença.

– Você está indo muito bem – ele diz e eu faço um barulho com garganta. Minha avó nem se mexe. Jason me vê e um sorriso se desenha em seu belo rosto.

– O que estão fazendo? Como conseguiu fazer a vovó ficar mais calma? – pergunto, com as sobrancelhas estão unidas. Eles não respondem, e quando me aproximo vejo que ela está jogando no tablet.

– Achei que ela fosse gostar – Jason apenas diz, com os olhos presos no jogo.

– Gostar? Você está brincando? Estou amando... acabei de ganhar um *cupcake*! – exclama vovó muito feliz.

– Jason, você joga? – pergunto, incrédula.

– Estourei esses doces algumas vezes e achei que sua avó fosse gostar.

Sorrio, não consigo acreditar que Jason estava preocupado com a vovó, muito menos que tivesse familiaridade com esses jogos. Sento em seu colo e passo as mãos sobre seus cabelos macios. Ele apenas fecha os olhos e sente meu carinho.

– Comprei um tablet para o jogo ficar maior e...

Eu não o deixo terminar de falar e o beijo nos lábios profundamente.

– Se quiserem transar, vão para o quarto. Deixem-me estourar esses doces em paz – resmunga vovó com naturalidade, sem tirar os olhos do jogo.

Acho que estava sentindo falta disso... das pessoas que amo ao meu lado.

Jason

Posso ser um idiota, mas sempre soube dar valor a um bom momento. Para mim, cada momento é único. Não gasto meu tempo fazendo algo de que não gosto, de maneira nenhuma. Okay, às vezes acontece... Você sabe, somos humanos. Mas isso, sem dúvida, é uma das coisas que aprendi com meu pai e posteriormente com meu avô. Hoje, decidi vir a um lugar que eu, particularmente, gosto muito. Um lugar que muitas vezes, há anos, eu vinha apenas para uma finalidade: trepar. Não em mulheres, realmente. Se pensou em algo relacionado a sexo, errou. Fique sabendo que você tem uma mente muito poluída.

Bem, continuando... Estou falando das montanhas vermelhas do Red Rock Canyon, um lugar que eu sempre vinha para escalar, mas eu prefiro a palavra "trepar". Acho que soa melhor.

Nunca contei a ninguém, mas quando eu queria me sentir próximo de meus pais, sempre vinha para cá, embora na fase adolescente gastasse mais tempo sozinho e com meus cinco dedos.

Acredite, eu praticava esse esporte como ninguém, mas depois que atingi meus tão esperados vinte e um, acabei vindo cada vez menos e procurando mulheres cada vez mais. Sei que isso faz você pensar que eu sou um depravado incurável, e seus pensamentos estão totalmente corretos. Não há o que fazer em relação a isso. Sempre fui um tarado. Continuo e continuarei sendo um tarado... A diferença é que, hoje, sou tarado por apenas uma mulher.

— Incrível! — Hellen diz, enquanto se senta em uma das muitas rochas que ficam no alto da montanha. Há tempos queria trazê-la aqui, mas sempre surgia algo que me impedia. Subimos as trilhas até chegarmos ao alto da montanha, apenas para ter o privilégio da bela vista do deserto inóspito que nos cerca. Mesmo sem árvores ou qualquer vegetação abundando ao nosso redor, somos presenteados com um cenário impressionante.

— Senti falta daqui — confesso, com o olhar perdido sobre uma imensidão desértica.

Sento-me ao lado da Hellen, que me observa pensativa.

— Esse lugar é especial para você, não é? — ela pergunta, e eu aceno com a cabeça positivamente. Apoio os braços sobre os joelhos. Meus olhos ainda estão vidrados no cenário que, mesmo morando aqui desde que nasci, continuo achando que é de tirar o fôlego. Vegas é de tirar fôlego.

Um dia li uma frase do escritor Chuck Palahniuk que dizia o seguinte: "Las Vegas é como o Paraíso deve parecer à noite". E é exatamente isso. Ela brilha, pulsa e não para nunca.

— O reflexo do sol nas rochas vermelhas é... fascinante! — Hellen diz, deslumbrada com a vista. É a primeira vez que ela vem até aqui, e eu me culpo por não tê-la trazido antes.

— Sinto-me mais próximo dos meus pais quando estou aqui — confesso e, de repente, o dorso suave de sua mão acaricia lentamente a lateral de meu rosto. Um carinho bem-vindo.

— Fico feliz que tenha me trazido aqui — ela diz e eu me viro para olhá-la nos olhos.

— Eles iriam adorar você — afirmo, e um sorriso se desenha no rosto dela.

— Queria ter tido a honra de conhecê-los. Na verdade, eu teria muito que falar com seus pais. — Ela exala o ar de modo profundo. — Principalmente, agradecê-los por terem trazido você ao mundo... ao meu mundo.

Seguro a mandíbula de Hellen e encosto meus lábios lentamente nos dela. Beijo-a profundamente. Chegamos no exato momento em que o sol está se pondo, o que nos garante uma visão espetacular do horizonte. Imagino que nem passou pela cabeça dela que eu estaria no alto de uma montanha apreciando o pôr do sol ao lado da mulher da minha vida. Para falar a verdade, nem pela minha.

– Quero poder sempre trazê-la aqui, Hellen – afirmo. Isso é exatamente o que desejo fazer, trazê-la para apreciar tudo isso e, bom, quem sabe, um dia, transarmos até nossos miolos saírem para fora, bem no meio dessas rochas. Dessas "rochas", entendeu?

Certo, sem trocadilhos.

Hellen e eu tivemos um momento incrível, mas você não achou, realmente, que esse dia intenso, com direito a pôr do sol, em pleno deserto de Nevada, nos traria apenas flores e alegrias, achou? Não, meus caros, Hellen é uma mulher difícil em alguns aspectos, principalmente quando se trata de outras mulheres. Calma. Vou explicar.

As mulheres com gênio forte se dividem em dois grupos: as que são difíceis e as que fingem ser difíceis.

Definitivamente, Hellen se enquadra na categoria "difíceis ao quadrado". Isso é bom, eu realmente valorizo uma personalidade forte, mas quando pessoas como ela colocam algo na cabeça, é quase impossível convencê-las do contrário. Quero dizer que, na volta do Red Rock Canyon paramos em um restaurante, e quando estávamos prestes a sair, uma mulher com quem eu, obviamente, já saíra algumas vezes me parou. Ela me abraçou e selou minha face com seus lábios. Como não esperava tal reação, eu apenas fiquei estático, enquanto Hellen nos encarava, perplexa. Justificar que aquela mulher de um metro e oitenta, de vestido colado e seios fartos saltando despudoradamente pelo decote não significa nada para mim e nunca significou foi uma missão difícil. Na verdade, ela nem foi uma grande trepada, se você quer mesmo saber. Daria nota quatro para ela. E o boquete? Ruim. Muita informação? Desculpe. Queria ser claro.

Na maioria das vezes, não é a beleza que diz quanto a mulher é gostosa ou boa em determinadas coisas. Não adianta em nada a beleza física se a mulher tem o cérebro do tamanho de uma ervilha.

Graças aos céus, existem outros dias e outros momentos. Hellen convenceu-se de que essas mulheres fizeram parte de meu passado. Certo, ela não se convenceu realmente, mas a avó dela a alertou sobre algo que, nem em um milhão de anos, ela encontraria em outro homem. Sim, estou falando dos meus incríveis olhos, que nos remetem à sensação de estarmos nadando nos mares do Caribe e que hoje pertencem completamente à minha noiva.

Depois disso, vovó merecia um prêmio. Então eu a trouxe, juntamente com meus sogros e com a Hellen, a um passeio por um lugar que ela disse querer conhecer: a Fremont Street Experience. Trata-se de uma área coberta, que ocupa aproximadamente cinco quarteirões da Fremont Street, em que, desde 1994, só é permitido o trânsito de pedestres. Foi aqui que tudo começou. Vovó Elisa disse que queria retornar aos velhos tempos; isso significa que, de alguma forma, ela faz parte da história de Vegas. Muitos podem achar brega essa "Velha Las Vegas", mas eu acho essa parte da cidade carregada de histórias impressionantes. Por incrível que pareça, bem aqui, neste lugar, era totalmente proibido jogar e havia muitas casas de jogos clandestinas.

Empurro sua cadeira de rodas pela iluminada Fremont, que hoje, cobrindo todo o teto, fica o maior telão do mundo. Ela parece muito satisfeita com o que vê. Seus olhos cansados não perdem nada quando passamos em frente aos cassinos mais antigos de Las Vegas.

Hoje é o último dia em que os familiares da Hellen estarão conosco; amanhã eu os levarei para o aeroporto.

— Vá até ali — Elisa diz, apontando na direção a dois homens sem camisa, em pé, logo à nossa frente. Os homens são dançarinos eróticos e estão ali para fazer propaganda do antro demoníaco em que fazem suas apresentações. Não sei o que uma senhora de oitenta anos quer fazer ali. Hellen, que está na frente, acompanhando seus pais, vira-se, observando-nos curiosamente.

— O que foi? — pergunta ela.

Não respondo.

— Quero que Jason me leve até aqueles homens sarados logo ali.

Hellen olha para onde Elise aponta e uma expressão admirada transforma seu semblante.

— Vó, são *strippers*...

— Eu sou velha, não burra. Sei muito bem quem são. Pode ser que eu esteja com o pé na cova, mas ainda não morri — retruca vovó, nitidamente irritada.

— Mãe, vamos conhecer os lugares, depois voltaremos — Grace diz com sua habitual paciência, enquanto o pai de Hellen parece não se incomodar.

Elisa cruza os braços em recusa.

— Vocês que cuidem dela. Nós vamos passear — diz meu sogro, afastando-se com Grace e deixando-nos com este dilema. Hellen me observa, esboçando um sorriso cheio de significados.

— Certo. Vamos — diz, surpreendendo-me.

— O quê? Você vai levá-la? — pergunto, incrédulo.

Hellen arqueia as sobrancelhas em resposta, e algo me diz que ela quer se vingar por causa da mulher peituda que me agarrou. Mas que merda!

— Vamos levá-la — corrige, incluindo-me na empreitada.

Vovó ri.

— Isso, minha neta. Mostre quem manda!

Encaro-a entre surpreendido e cético. Vovó me chama com o dedo indicador. Aproximo-me e me abaixo, ficando rente a ela.

— Deixe que ela acredite que manda. À noite, quem ganhará com isso é você — vovó sussurra próximo ao meu ouvido, e não posso conter um sorriso. Não havia pensado nisso. — Vamos logo, não estou morta. Quando voltar para Pensilvânia, a única coisa que verei na minha frente será neve e pessoas vestidas até as orelhas. Sempre gostei de sol, de pessoas nuas, e quando vejo homens nus, vocês querem me privar? De jeito nenhum!

Inconformado, levo a avó da Hellen até onde estão os *strippers* seminus, vestidos apenas com uma gravata borboleta idiota. Como dizer não para uma velhinha que se transformou em uma avó para mim? Imediatamente, essa visão me lembra da vergonha que passei tentando tirar a Hellen de dentro daquele inferno em que esses idiotas fazem sexo a seco.

Elisa parece estar em um parque de diversões, e chego a me perguntar nós dois temos algum parentesco. Ambos somos tarados, e isso é algo incontestável.

Hellen olha furtivamente para os abdomens despidos, e tudo que quero neste momento é vendá-la; talvez congelá-la olhando diretamente para mim, só para mim. Como ela pode? — Encaro-a com total perplexidade e ela curva os lábios com desfaçatez.

— Eles fazem parte do meu passado — informa Hellen, lembrando-me sobre o que eu disse a ela quando encontramos a mulher no restaurante. Além de frias e calculistas, mulheres podem ser vingativas...

HELLEN

Certa vez, uma amiga me perguntou se eu sentia ciúmes. Sabe o que respondi? Respondi que não. Nunca senti ciúmes na vida, ao menos dessa forma. Aliás, eu não apoiava de forma alguma a agressividade de algumas mulheres.

Afinal, eu ainda não conhecia Jason e, obviamente, nunca havia gostado de alguém como gosto dele. Sempre me considerei uma mulher controlada; hoje, porém, tudo isso se tornou passado. Consigo entender um pouco o lado de algumas mulheres, já que me sinto descontrolada quando estou diante dessas situações que me fazem querer voar e arrancar os olhos dessas mal-amadas que insistem em ciscar no quintal alheio. E quando digo arrancar seus olhos, não estou dizendo de forma metafórica. Não mesmo.

Acho que me tornei uma psicopata, só pode.

Se não fosse por minha avó, que me lembra todos os dias quão incrível Jason é por dentro... – claro que ela enfatiza seus atributos físicos também –, eu não o teria perdoado tão facilmente. Além disso, há aqueles olhos intensos e outras partes que, sinceramente, acho difícil encontrar com tamanha proporção em outros homens. Bom, acho que você entendeu, não é?

É isso aí. Meus familiares voltam para casa amanhã, e neste momento estamos todos reunidos para um jantar em família na casa do senhor Hoffman. Adrian e Kate também estão aqui. Acho que até o Jason sentirá falta da minha família, principalmente da minha avó. Falando em família, preciso deixar algo claro aqui. Se seu homem trata seus familiares bem, pode ter a certeza de que tratará você ainda melhor. É isso o que penso em relação ao Jason. Tudo o que ele faz, sinto que vem do coração. Ele se sente parte da família. Na verdade, ele já é.

O jantar, em si, foi bastante monótono, tirando alguns poucos momentos em que minha avó dizia algo constrangedor. Obviamente, ela é a única que não se sente constrangida com o que diz.

– Esperamos voltar em breve para o casamento – diz mamãe, lançando um olhar questionador para o Jason, que, neste momento, está se fartando com uma torta de maçã feita por mim. Eu não te contei? Sim, estou aprendendo a cozinhar algumas novas receitas para o Jason e ele parece bem feliz com isso. O problema é que, agora, temos de ir mais vezes à academia.

– Claro, quando Hellen quiser – Jason responde e continua a comer feito louco.

– Vocês estão em Las Vegas e podem se casar a qualquer momento. Por que não o fizeram ainda? Quero bisnetos! Vocês não perceberam que estou fazendo hora extra na terra? – questiona minha avó, olhando para Jason, que, finalmente, para de comer e a observa com as sobrancelhas erguidas.

– A senhora ainda viverá muito – diz, mas não a convence, já que ela o observa ainda com um olhar questionador. Jason, então, continua. – Achei que Hellen quisesse um tempo para se acostumar. Uma cerimônia grande – argumenta, e todos parecem esperar por mais, mas ele se cala.

– Acho que vou discordar do Adrian quando te chama de "fraldão" – Kate diz. – Para mim, o adequado seria "bundão".

Adrian observa a esposa com um olhar divertido, e Jason ergue seu olhar para Kate, que apenas ri.

– Bundão, Fraldão... taí mais um apelido para minha coleção – Adrian diz e todos sorrimos, menos vovó, que também parece ter gostado muito da minha torta, já que não pode comer doces quase nunca. Hoje abrimos uma exceção.

Todos, menos a vovó, que estava dormindo sentada em sua cadeira de rodas, fomos para a sala de estar. A empregada do senhor Hoffman nos serviu café. Adrian e Jason estão bebendo cerveja.

Kate parece nervosa, como se quisesse dizer algo sem saber como.

– Kate, o que está havendo? – pergunto com o cenho franzido, e ela sorri de forma dramática.

Adrian, que está ao lado dela em uma poltrona de dois lugares, observa a esposa com um semblante nervoso também.

– Quer contar? – pergunta ele, incentivando-a, enquanto segura sua mão.

Ela faz que sim e, de repente, a atenção de todos está voltada para os dois. Kate limpa a garganta e começa:

– Hoje de manhã, eu... descobri que estou grávida!

Arregalo os olhos exageradamente.

– Sério? – pergunto.

Ela concorda com a cabeça e um sorriso se amplia em seu rosto. Levanto-me e, ainda paralisada pela a notícia, dou-lhe um abraço apertado.

– Kate, isso é... maravilhoso!

– Então vocês fazem sexo? Achei que Adrian havia esquecido o significado dessa palavra – Jason provoca, e Adrian, discretamente, mostra o dedo do meio.

Passado o susto, os momentos seguintes foram sobre fraldas, quartos fofos... Como eu adoraria ser a madrinha desse bebê.

Depois de um tempo, Jason se levanta e se afasta com o celular, que apita em suas mãos. É uma mensagem. Ele lê e esboça um breve sorriso. Ciúmes. Sim, aquele, o mesmo de sempre. Pode parecer fácil, mas a insegurança e o medo de que ele possa encontrar alguém melhor que eu me deixam louca. Na verdade, tudo o que tem relação com o Jason, definitivamente, me tira dos trilhos.

O problema é que isso não vem apenas e exclusivamente de mim. Não. Isso vem de todas as mulheres. Você fica com ciúmes, pensando que pode ser outra mulher. E talvez seja. Talvez ele queira mesmo sair com outra mulher apenas para trepar. Talvez não tenha mais o mesmo amor e tesão por mim como tinha há um ano. Entretanto, o que fazemos juntos e a nossa conexão é incomum. Fazemos amor, fazemos sexo, e, a cada vez, é como se eu não pudesse mais viver longe dele. É como se meu corpo não quisesse mais ninguém. E na verdade, minha cara, ele não quer.

Jason

Você vê meu rosto? Bem aqui, em um bar, sentado em um banco alto, de frente para o balcão. Notou que meu rosto se contrai? Não sei se você percebeu, mas estou tentando não rir.

O bar está repleto de pessoas, principalmente homens, dentro do hotel Hard Rock Cassino. Não entendeu? Vou explicar.

Para começar, acho que toda mulher deveria desconfiar de homens muito certinhos, que não comem de tudo ou que se masturbam o tempo todo depois que atingem certa idade, o que é bastante saudável se ele for um "Forever alone" ou estiver na adolescência. Quando entramos na fase adulta e estamos em um relacionamento, isso não faz o menor sentido. Okay, eu já me rendi aos meus cinco dedos, mas isso acontece de vez em quando e, na maioria das vezes, é culpa da Hellen com suas greves idiotas. Resumindo: prefiro guardar toda minha potência para Hellen em vez de desperdiçá-la com os meus cinco dedos aleatoriamente, assistindo a filmes pornôs.

Por que estou dizendo isso? Porque estamos em um encontro de caras, falando sobre essas merdas.

Estamos recepcionando Matthew, um antigo amigo que chegou do Canadá depois de ter passado muitos anos por lá.

Sim, é dele que estou falando.

Ele voltou diferente e, como perdemos o contato, confesso que me surpreendi quando o vi. O garoto franzino e cheio de espinhas deu lugar a um homem alto, forte e, segundo ele próprio, metrossexual; para mim, uma nova maneira de dizer que é gay.

Queria entender como um cirurgião dentista consegue ter "nojinho" de tudo. O cara se transformou em um "mala". Acho que é algum tipo de TOC, sei lá. Porra! Ele mexe no interior da boca de pessoas desconhecidas. Como pode ter nojo de tudo? Em minha mente, posso imaginá-lo fazendo uma cirurgia com uma expressão de ânsia de vômito, enquanto trabalha em um canal, sei lá. Isso não faz sentido.

— Acho que você deveria vir com certificado de qualidade — provoco, e ele, "carinhosamente", mostra seu dedo do meio. Esse gesto, você já deve saber, significa: "Foda-se, estou cagando para o que você diz ou pensa".

— Jason, meu amigo, você não muda nunca. — Sorri amplamente, exibindo os dentes muito brancos. Ele está tentando ser irônico? — Sou um homem cuidadoso e as mulheres gostam disso.

Ergo o sobrecenho.

— Você faz sexo oral? — Adrian pergunta sarcasticamente.

— Ele deve fazer sexo oral de canudinho! — provoco novamente, e agora a risada é generalizada.

Matthew apenas eleva as sobrancelhas perfeitamente pinçadas, mas nada responde. Parece não se importar e dá um longo gole em sua cerveja.

Você deve estar se perguntando onde está a Hellen enquanto estou me divertindo com os caras, certo? Bem, este é um bar esportivo, repleto de homens, e as únicas mulheres presentes no local são as garçonetes seminuas. Okay, daqui posso ver suas rugas de preocupação. Se a Hellen sabe? Claro. Se ela ficasse com ciúmes de cada mulher que aparecesse seminua na minha frente, teríamos de nos mudar de Vegas.

Quer mesmo saber? Eu não a convidei, presumindo que ela não gostaria de ouvir nossas conversas depravadas; então, neste momento, minha noiva está com a Kate, em algum lugar nesse cassino, tentando jogar blackjack, que promete milhares de dólares, mas que, no fim, nos deixa ainda mais pobres do que quando entramos. Na verdade, os principais ganhadores nos cassinos de Vegas são os donos e os mentirosos. Por isso, nunca jogo.

Continuando...

Matthew é um homem que se deu bem na vida por ter estudado nas melhores faculdades e ter o QI acima do normal. Sim, além de boa pinta, higiênico e rico, o filho de uma cadela é inteligente pra caralho. Por isso acho que ele só pode ser gay. Sim, um homem como ele não pode ter tantos adjetivos. Simplesmente, não seria justo com os outros homens.

Agora, neste momento, Matthew está sendo simpático com uma das garçonetes, que sorri a cada gesto. As mulheres parecem hipnotizadas, mesmo que ele seja um idiota, o que me deixa intrigado.

— O cara é foda e nem se incomodou com nossas piadas irônicas — Adrian diz, enquanto observamos Matthew fazendo sucesso com a mulherada. Dou um gole na minha cerveja e, de repente, percebo uma garçonete parada ao meu lado. A expressão dela diz: "Foda-me".

— Mais uma cerveja? — ela oferece, e meus olhos caem automaticamente bem no meio de seu decote.

Calma, não me crucifiquem.

Vocês, mulheres, precisam entender que, independente da situação amorosa de um homem, ele sempre irá travar uma guerra interna para não olhar os seios de outras mulheres. Isso é simplesmente instintivo. Essa é a parte em que nos identificamos cem por cento homens. Muitas vezes, uso o mantra: "não olha, não olha, não olha, não...", mas, quando percebo, ali estão eles novamente, meus malditos olhos, bem no meio das dobras voluptuosas. Porra, isso parece um imã do demônio. Simplesmente, não conseguimos nos controlar.

— Jason, então você tem uma namorada? Isso é algum tipo de piada? — Matthew diz enquanto se aproxima e se senta no banco ao meu lado. Posso sentir seu sarcasmo. Dou um gole demorado em minha cerveja e o encaro.

— Exatamente — respondo apenas, sem dar detalhes da minha vida. Aliás, eu não o conheço mais. A última vez em que o vi, ele era um adolescente cheio de espinhas e tímido por causa da aparência. Não vou simplesmente me abrir para ele.

— Saiba que já me tornei fã dessa mulher, seja ela quem for — ele afirma.

— Eu também me tornei fã da Hellen, pode acreditar — Adrian declara, e Matthew o olha sem ocultar o interesse.

— Hellen? Esse é o nome da mulher que o tirou do eixo?

Abro a boca para responder, mas sou interrompido por uma mão feminina tapando meus olhos. Pelo cheiro, sei exatamente quem é. Sim, essas mãos macias e esse cheiro inconfundível pertencem a uma única mulher. Hellen.

— Alguém disse meu nome?

Viro-me e Hellen senta-se ao meu lado. Kate já está enrolada como um macaco em torno do pescoço do Adrian.

— Viemos fazer uma surpresa — Hellen confessa e me beija rapidamente nos lábios. Quando me viro novamente, percebo que Matthew está com os olhos grudados nela.

— Prazer, eu sou o Matthew — apressa-se em cumprimentá-la, estendendo a mão. Ela o observa e sorri educadamente.

— Muito prazer, sou a Hellen. — Ambos se cumprimentam e suas mãos se tocam. Neste momento, sinto-me um animal irracional. Conheço esse olhar do Matthew sobre minha mulher. Sim, eu fazia isso. Não posso deixar de reparar no modo como ele contempla minha noiva. Obviamente, reconheço isso. Um filho de uma puta sempre reconhece outro a quilômetros de distância. Na verdade, tecnicamente, sou um ex-cretino. No entanto, isso não me impede de reconhecer qualquer um.

— Você não ouviu errado, Hellen. Estávamos falando sobre a mulher que transformou o Jason em um cara apaixonado. — Ela eleva as sobrancelhas e sorri. O que esse idiota tem que deixa as mulheres completamente tímidas? Hellen só fica tímida para mim.

Aonde está o espinhento e MUDO que eu conheci?

— Vamos embora? — Tento parecer calmo para Hellen, que me encara claramente confusa.

— Mas acabamos de chegar — ela responde e eu tento esconder que meu ciúme está cada vez maior. Matthew parece ter certo magnetismo, principalmente com as mulheres.

— Vamos, Jason. Fiquem mais um pouco. Faço questão de pagar a próxima rodada! — incentiva o ex-espinhento.

Kate e Hellen sorriem animadamente e eu tenho de aceitar; do contrário, serei o chato.

Minutos depois, cervejas para os homens e coquetéis para as mulheres. Matthew pede um Mojito de morango para Hellen, que, surpreendentemente, adora.

— Nossa, há muito tempo não tomava um desses — ela diz, segurando o canudo entre os dedos. Matthew dá um sorriso vitorioso, um sorriso que eu conheço muito bem. As mãos deles haviam se tocado, e esse pequeno gesto me fez ter pensamentos assassinos.

Sinto vontade de trancar Hellen em casa, de tirá-la de perto desse imbecil. Quero que ela olhe, fique feliz e sorria, mas apenas para mim. Hoje, mais que qualquer outro dia, queria agir como um cão. Sim, você sabe. Os cães, quando vão a qualquer lugar, seja na rua, nos parques, nos campos, sempre mijam em cada parte do lugar para demarcar seu território. Parece uma maldita incontinência urinária, mas não é. O cão é territorial, e eu, se pudesse, mijaria na minha mulher, bateria no peito e berraria em alto e bom som: "Ela é minha, seu otário".

Deus, preciso me concentrar ou eu irei arrancar a cabeça desse imbecil.

HELLEN

Definitivamente, não se pode "brincar" em cassinos.

Perdi aproximadamente duzentos dólares apenas aprendendo como se joga. Uma dica: jamais entre em qualquer jogo valendo dinheiro se você não tiver a mínima ideia de como se joga. Quero dizer que eu e a Kate não tínhamos a menor ideia do que estávamos fazendo no blackjack, e se você quer mesmo saber, ainda não temos.

Certo, vamos deixar isso para os experientes.

Kate e eu decidimos ir até nossos homens, mas, quando chegamos ao bar, fui surpreendida com uma das garçonetes muito perto do Jason. Vi os olhos dele sobre o decote dela e confesso que pensei em ir para casa, mas eu sabia que se tratava de uma vadia. Decidi ir até ele, ignorando a mulher babando no homem que tem dona. Depois que me viu abraçada a ele, ela se afastou e não voltou mais. Isso é bom.

Agora, estou segurando um Mojito delicioso que Matthew, que acabo de conhecer, me ofereceu. Jason parece não ter gostado, mas não achei nada de mais, já que ele foi totalmente educado e um verdadeiro cavalheiro. Kate tomou um coquetel sem álcool, por causa da gravidez.

Neste momento, os braços de Jason enlaçam minha cintura de maneira possessiva. Não consigo dar um passo para a frente, que sou puxada de volta. Encaro-o de modo repreensivo, mas ele sorri naturalmente, como se isso fosse algo normal.

– O que foi? – pergunto, e ele exibe uma expressão interrogativa.

– O quê? – pergunta, parecendo confuso, mas tenho certeza de que está fingindo.

–Você nunca me aperta assim, tão possessivo – explico, e ele olha para os próprios braços, olhando-me novamente nos olhos.

– Senti a sua falta – ele sussurra, e minhas sobrancelhas se unem ainda mais.

–Você nem me convidou para vir e agora sente minha falta?

–Vamos fazer um brinde – Matthew nos interrompe e ergue a sua cerveja. – Um brinde a Hellen, a única desse universo capaz de transformar o Jason em um homem...

Eles se encaram.

– Em um homem apaixonado! – Matthew completa, e todos começam a berrar, mas Jason permanece estranhamente sério.

Depois de muita conversa, descubro que Matthew já viajou pelo mundo como voluntário. Ele é dentista e dedicou-se a morar alguns meses na África. Ganhou prêmios por isso, e hoje é muito respeitado naquilo que faz. Jason parece tenso o tempo inteiro, e acredito que não esteja confortável em ver sua mulher rodeada por homens. Bem, somos um casal... e noivos. Às vezes, isso simplesmente será inevitável.

– Preciso de um favor seu. – Joe aproxima-se da minha mesa, enquanto analiso alguns relatórios. Já estamos quase no fim do expediente e não posso deixar de reparar a tensão em seu rosto.

– O que está acontecendo? – pergunto, olhando-o nos olhos.

Ele solta o ar, perecendo angustiado.

– O novo chefe do meu bofe não para de dar em cima dele. Não tem jeito, gay reconhece outro gay.

Dou risada de seu comentário. Em pé, Joe apoia os braços sobre a cadeira e suspira novamente.

– Você é linda, simpática e ninguém vai desconfiar.

– O que você está insinuando? – pergunto, já imaginando do que ele precisa.

– Quero que vá, como acompanhante do meu bofe, ao mesmo restaurante que o chefe dele frequenta... mas tem de ser ainda nesta semana.

Olho-o com estranhamento.

– Oi? Você bebeu? Por que eu faria isso?

– E por que não faria? Sou seu amigo e...

– Sim, mas...

– Combinado. Ele vem te pegar aqui na empresa na quarta, às sete em ponto. Você precisa ser pontual – dito isso, ele se vira e volta aos seus afazeres.

Tento argumentar, mas não consigo dizer nada.

O meu expediente terminou. Hoje, Jason me trouxe para o trabalho e disse que fazia questão de vir me buscar. Não sei o motivo, mas estou amando esse carinho.

Estou esperando por ele na entrada do hotel, mas ele ainda não apareceu. Olho para o relógio e vejo que está dois minutos atrasado.

– Esperando alguém? – A voz masculina vem de trás de mim. Viro-me e vejo o Matthew, amigo do Jason, segurando uma mala.

– Você não é daqui?

Ele sorri educadamente. Não posso ignorar que é muito bonito. Matthew tem a mesma altura que o Jason, talvez um pouco mais alto e um pouco mais forte, e cabelos e olhos castanhos. Usa barba por fazer e, além de tudo, é supergentil.

– Sim, sou. Na verdade, minha casa estava precisando de alguns reparos – ele diz e se aproxima com os olhos fixos nos meus. Tenho a impressão de que ele pode ler meus pensamentos. Matthew é muito seguro de si e isso me constrange. Forço um sorriso, tentando ser simpática.

– Hellen... – Ele coloca a mão sobre meu ombro. – Queria saber qual é o seu segredo, afinal, Jason é outro.

Dessa vez sorrio mais relaxada. Poderia pensar que ele está dando em cima de mim, mas está claro que não.

– Você é muito gentil e...

– Estou atrapalhando alguma coisa? – Somos interrompidos pela voz inconfundível de Jason. Quando me viro, vejo-o em pé, perto de mim, de braços cruzados.

Jason

Uma das coisas que me motivou a trazer toda a família da Hellen até Vegas foi o fato de seu cão vir junto. Afinal, Hellen sempre demonstrou grande interesse em trazê-lo para viver aqui. A "toalha amassada", mais conhecida como Mike, ficou conosco quando os familiares dela voltaram para a Pensilvânia. Apesar de sempre me repreender, Hellen, bem no fundo, sabe que aquele cão tem o aspecto de uma bola murcha. Não há como negar.

Independente de seu aspecto, Mike e eu nos tornamos grandes amigos, já que temos algo em comum. Isso mesmo, somos completamente apaixonados pela Hellen.

Na verdade, o "bola murcha" e meu avô me fizeram sair de casa atrasado: o cão, por querer vir e não me deixar em paz com sua expressão de tristeza, e meu avô, por me ligar no momento em que eu estava saindo de casa. Isso tudo resultou no que meus olhos estão vendo neste exato momento. A intenção não era que a Hellen me esperasse, e sim o contrário. Acabei trazendo-a ao trabalho pela manhã, justamente para que ela não encontrasse nenhum abutre pelo caminho.

Enquanto Mike espera dentro do carro, estou diante de uma situação que, em outra ocasião, certamente despertaria o demônio dentro de mim. Sei que você pensou que eu daria uma voadora, estilo Chuck Norris, bem no meio das fuças do Matthew, mas não posso fazê-lo, mesmo que isso seja minha maior vontade.

O fato é que não há o que fazer quando se está diante de um filho da puta profissional. Por esse motivo, eu, surpreendentemente, estou calmo e preparado para o combate... Okay, não estou calmo e muito menos preparado pra porra nenhuma. Meu sangue ferve dentro de mim, e eu seria um homem muito sortudo se a cabeça dele batesse acidentalmente em meu joelho agora. No entanto, isso não vai acontecer. Não pense que sou um ciumento possessivo, pois não sou. A Hellen é livre para fazer o que quiser, mas isso não significa que eu tenha de fingir que estou feliz com determinadas situações e simplesmente dizer: "Ah, meu amor, você quer dar para ele? Poxa vida, sem problemas, pode dar". Não, porra. Não aceitaria isso nem sob tortura e, menos ainda, deixaria algum merda tentar se apossar do que é meu.

O que foi? Você me achou possessivo agora? Isso não é ser possessivo. É apenas uma maneira de cuidar do que é meu.

Devo admitir que a esperteza e a cara de pau do Matthew venceram hoje, mas isso não vai se repetir. O trânsito também não colaborou, e por causa de três malditos minutos o filho de seiscentas putas está aqui, bem diante dos meus olhos.

Eu sabia, meu sexto sentido cafajeste não se enganou. Meus pensamentos não eram infundados: o Matthew quer a Hellen e, para minha total tristeza, o metrossexual não é gay. Por incrível que pareça, minha noiva demonstra gostar dele de alguma forma, e um nó parece se formar na minha garganta. Se isso é ruim? Não, isso não é ruim: é uma verdadeira catástrofe. O que me importa realmente é tê-la sempre aqui, ao meu lado, e algo me diz que, se eu não for esperto o bastante, vou me ferrar.

Depois de eu perguntar descaradamente se estava atrapalhando alguma coisa, os dois me encaram.

— Jason! — Hellen me chama como se não estivesse me esperando. Será que ela esqueceu que eu vinha buscá-la? — O Matthew está hospedado aqui. Ele acabou de me contar – Hellen revela, e eu encaro o ex-espinhento com um semblante inquiridor.

– Que eu saiba, você tem uma imensa casa na cidade. – Ergo o sobrecenho, esperando uma resposta, e percebo que ele pensa um pouco antes de falar.

– Minha casa está em reforma – responde calmamente. – Além do mais, gosto desse hotel – ele diz, com os olhos cravados na minha mulher, e eu, instintivamente, a seguro pelo braço, puxando-a e fazendo o corpo dela bater com força no meu. Pegando-a de surpresa, seguro sua mandíbula e forço um breve beijo nos lábios. Olho de soslaio para notar que Matthew nos observa atentamente.

Pareço infantil agora? Sim, eu sei, mas não dou a mínima. Esse idiota precisa saber quem é o maldito alfa aqui. Mijarei no poste se for preciso.

– Senti sua falta – confesso, e ela sorri, retribuindo meu beijo.

– Eu também.

– Bom, o papo está ótimo, mas preciso ir. Depois nos falamos. – Ele se volta novamente para a Hellen, e é exatamente neste momento que eu quero arrancar seus malditos olhos. – Até mais, casal. – Matthew se vira, seguindo em direção à entrada do hotel, puxando uma pequena mala. Olho para Hellen, que parece perdida em seus pensamentos.

– Vamos? – chamo-a, afastando-me e dando a volta para entrar no lado do motorista. Hellen entra no lado do carona, e Mike rapidamente pula no colo dela.

– Ei, garotão! – Ela passa as mãos sobre as dobras do cão e ele deita, camuflando-se sobre o tecido bege do vestido dela. Hellen me observa pensativa; acredito que tenha percebido que há algo totalmente errado comigo. Afinal, depois que Matthew foi embora, não consegui olhá-la novamente nos olhos.

Alguns homens, ou a maioria deles, têm dificuldade de expressar seus sentimentos. Raramente desenvolvemos um vocabulário emocional.

Assim como devemos adivinhar o que as mulheres querem, muitas vezes as mulheres tentam adivinhar o que pensamos, mesmo que essa não seja a nossa intenção.

Hellen me perguntou se estou bem, e eu imediatamente respondi que estava cansado. Sabe o que isso significa, de verdade? Que estou completamente puto da vida.

Em geral, ficamos calados, algo bem mais comum vindo de nós, homens. O que foi? Não me interpretem mal. Vocês, mulheres, devem admitir que falam pelos cotovelos. Quando estamos aborrecidos, ou malditamente putos, não conseguimos expressar, falar, dividir nossos sentimentos e, principalmente, discutir a relação. As mulheres, contrariando a nossa natureza objetiva, encontram sempre um modo de se meter nesse nosso pequeno momento de paz para fazer exatamente o contrário. Hellen queria saber por que motivo eu estava tão calado, algo incomum vindo de uma pessoa como eu que, geralmente, quer saber de tudo o que aconteceu no dia. Principalmente quando estamos no carro a caminho de casa, costumamos conversar sobre o nosso dia, falar de amenidades, mas não hoje. Hoje, a presença de Matthew me deixou com uma sombra nos olhos, com um medo avassalador de perder a mulher por quem sou completamente louco e apaixonado. Sim, estou sendo piegas, mas foda-se. Não dou a mínima.

Nada como um dia após o outro...

Ontem, fiquei mal ao ver Matthew perto da minha mulher e hoje estou chegando ao escritório animado, já que minha querida secretária, Meg, estará me esperando em seu posto novamente. Durante os últimos dias, eu vinha fazendo chantagem financeira para que ela voltasse o mais rápido possível... e, adivinha? Ela está de volta. Na noite do último jantar com os familiares da Hellen, na casa do meu avô, ela me deu a grande notícia por mensagem. Eu não disse nada para Hellen, simplesmente porque não sabia o que significava o seu "mais cedo". Ela apenas disse que retornaria "mais cedo", trazendo minha paz de volta. Pensei que fosse rápido, mas acabou demorando alguns dias. Bem, o importante é que ela estará aqui quando eu finalmente sair deste elevador.

Como música para meus ouvidos, a voz do além anuncia a chegada ao meu andar. As portas se abrem, e eu caminho com um meio sorriso. No breve percurso, mando mensagens para Hellen, já que ela não aceitou que eu a levasse para o trabalho. Tenho de me certificar de que o Matthew não irá cercar minha mulher outra vez. De qualquer forma, sinto-me bem. Ontem mostrei a Hellen que o alfa aqui está em plena forma, e nenhum idiota tomará meu lugar. Mostrei-lhe o que faço de melhor na cama e..., bom, você entendeu, certo?

Aproximo-me da antessala, na esperança de ver minha querida Meg, mas o que encontro é apenas um maldito espaço vazio.

Onde ela está?

Crispo o sobrecenho e meus olhos vão direto para meu relógio. Ela está trinta minutos atrasada. Lamento mentalmente, e faço o caminho até minha sala. Quando abro a porta, congelo.

Merda!

O que eu mais temia está acontecendo bem diante de meus olhos. Ashley está nua, deitada sobre minha mesa, com um sorriso escancarado no rosto. Engulo em seco e meus pés parecem grudar no chão.

— Você me mandou para a casa mais cedo, mas... que tal uma despedida? — Percebendo que eu não saio do lugar, Ashley se levanta, caminha lentamente na minha direção, e diz: — Posso ouvir seu pensamento daqui, gritando para que eu desapareça.

Sim, meu pensamento gritava para que ela desaparecesse, mas você deve entender sobre o tal ímã do demônio, que me impede de olhar para outro lugar. Meus malditos olhos estão fixos sobre o corpo nu, que, nem de longe, se compara ao da Hellen, mas que é inegavelmente bonito. Okay, não vamos comparar uma Ferrari com um Mercedes, mas convenhamos que um Mercedes pode nos proporcionar um bom e confortável passeio, concorda? Porém, jamais dará aquela sensação única de estar dentro de uma Ferrari, que é sublime, e é exatamente como me sinto com a Hellen.

Quando minha mente tenta reunir algo coerente, as mãos de Ashley já estão sobre meu colarinho e o rosto dela muito próximo ao meu. Consigo sentir sua respiração, e seus olhos imploram apenas por uma coisa: que eu a foda sobre minha mesa. Jamais neguei isso a qualquer mulher, mas havia um pequeno detalhe: eu não conhecia a Hellen. Antes de conhecê-la, eu fodia e usava, sem qualquer resquício de culpa, todas as mulheres que surgiam na minha frente.

Abruptamente, afasto-me, empurrando-a para longe. Ashley me encara, e seus olhos se arregalam com surpresa.

— Olhe para mim, Jason. Você não me deseja mais? Fui uma ótima secretária.

— Ashley, você estava muito boazinha ultimamente. Que tal continuar assim por alguns minutos?

Ela me encara como se tivesse nascido uma abóbora em meu ombro direito.

— Jason, você não entende. Não usei meu corpo antes, porque tive a esperança de que você me olhasse...

— Do que, diabos, você está falando? — interrompo-a, e ela ri amargamente. Encaro-a com uma expressão confusa.

— Jason, sou completamente apaixonada por você desde a primeira vez em que nos vimos. — Suspira. — Você era tão fofo e me chamava de anjo. Cadê aquele Jason de antigamente?

Minha boca se abre. Não sabia que a palavra "anjo" me traria tantos problemas. *Apaixonada?*

— Anjo, quero dizer... — Fecho os olhos rapidamente e encho os pulmões. Volto a olhá-la e vejo que parece desesperada agora. — Ashley, não tenho a mínima intenção de...

— O que você está fazendo? — Meg surge na porta, e o ar automaticamente volta a circular em meus pulmões. Sinto-me tão aliviado que, automaticamente, coloco-me atrás da Meg, como que me protegendo de algo. Seguro seus ombros magros, enquanto ela encara a sobrinha, ainda nua, que neste momento já está em busca de suas roupas.

— Que descarada! — Meg a repreende, mas Ashley apenas tenta se vestir.

— Eu... eu vou sair. Vocês podem conversar à vontade — informo e, sem esperar uma resposta, saio praticamente correndo em direção aos elevadores.

Hoje não quero problemas, quero que ela desapareça do meu escritório e que a tia se encarregue disso.

HELLEN

Fiquei até mais tarde no trabalho, e quando finalmente chega a hora de ir para casa, saio às pressas apenas por um motivo: Jason. Ele parecia triste desde ontem, e hoje, por telefone, também notei certa apatia em sua voz. Disse que estava com dor de cabeça e que ficaria em casa. Raramente ele sente enxaquecas, e quando isso acontece é devido a algum tipo de estresse por que passou. De certa forma, sei que Jason ficou irritado ao me ver conversando com o Matthew, mas eles são amigos e não acredito que tenha sido algo tão ruim. Afinal, Jason deve confiar em mim, e não nas pessoas à minha volta.

    Estaciono o carro em nossa garagem, e dessa vez decido não usar nenhum artifício para animá-lo. Não sei, mas vai que essa dor de cabeça do Jason seja, na verdade, apenas uma desculpa para me fazer outra surpresa? Melhor não arriscar.

    Giro a maçaneta devagar e abro a porta lentamente. Fecho-a e, em seguida, acendo as luzes, respirando com alívio. Caminho em direção às escadas, mas, antes de alcançar os degraus, algo me faz parar. Ou melhor, um barulho de TV vindo da sala me faz parar.

    Faço o caminho até lá e, quando chego, sou inebriada pela visão mais incrível do mundo: Jason dormindo esparramado no sofá e Mike em cima da barriga dele. Meu noivo está vestindo camisa branca e calça de pijama azul. Vê-los assim me dá a sensação de que Jason precisa ser cuidado. Ele não teve os pais por perto e, de alguma forma, isso me entristece. Dormindo, parece uma criança desprotegida.

    Tiro os sapatos, para não acordá-lo, e me aproximo lentamente. Abaixo-me, ficando rente ao rosto dele, que está calmo e sereno. Passo os dedos vagarosamente sobre seus cabelos macios e, aos poucos, olhos incríveis vão se revelando. Jason curva os lábios, mas seus olhos não desviam um só segundo dos meus. Ele segura minha nuca, puxando meu rosto em sua direção. Meus lábios estão prestes a tocar os dele, e sinto algo peludo entre os nossos rostos.

— Oi, garotão! — cumprimento, e Mike lambe meu rosto.

— Sai pra lá, ela é minha — Jason diz, fingindo irritação. Mike se senta exatamente em cima do rosto dele e não consigo conter a risada. Jason apenas levanta a pelanca do Mike para me encarar.

— Acho que tem alguém com ciúmes aqui. — Começo a rir, e ele se levanta, colocando Mike no chão.

—Vá passear, dobra.

Ergo as sobrancelhas.

— Do que você o chamou?

Ele sorri.

— Qual é, ele parece uma roupa dobrada. Esse cão é uma dobra. — Jason não me deixa argumentar e logo me puxa para um longo e apertado abraço.

Abruptamente, ele me carrega nos braços e me leva para o nosso quarto. Subimos as escadas como se meu corpo não pesasse nada. Assim que chegamos, Jason me coloca na cama e apoia o cotovelo no colchão, mantendo seu corpo sobre meu.

— Promete que nunca não vai se separar de mim? — ele pede, e consigo sentir uma pontinha de desespero em sua voz. Jason encosta a testa na minha. Consigo ver as minúsculas pintinhas pretas no fundo de seus olhos cristalinos.

— Promete? — ele insiste.

Sorrio e concordo lentamente com a cabeça.

— Não precisava perguntar duas vezes. Eu te amo, Jason Hoffman.

Ele sorri mais uma vez e me beija profundamente. Segura minha nuca, e nossas línguas dançam em um ritmo lento e saboroso. Não sei o que há com o Jason hoje, mas, definitivamente, estou amando essa versão insegura em que ele se transformou.

Jason

Discutir a relação é algo extremamente complexo. Você cria uma estratégia, pensa em um questionamento e imagina muitas respostas, mas, na hora "H", isso não funciona. Hellen me chamou para conversar; então, na hora do banho matinal, dei um tempo para tentar me preparar psicologicamente. Afinal, não quero cometer "sinericídio", ou seja, falar a verdade quando não se deve.

O que foi? Acha que sou um idiota? Que homem, em sã consciência, contaria para a namorada – no meu caso, noiva – que sua secretária gostosa estava nua sobre a sua mesa de trabalho? Não vamos nos enganar, porque isso não acontece.

– Jason... – Hellen está na poltrona, de frente para cama em que estou sentado. Consegue ver meu rosto? Estou sério, calado, apenas observando-a e esperando que continue.

– Sinto que você tem estado estressado. – Ela suspira profundamente, parecendo escolher as palavras. – O que há de errado, Jason? – Seus olhos estão fixos nos meus e não piscam. Posso dizer que ela está preocupada.

– O que há de errado? – Sopro o ar. – Estresse no trabalho e... um filho da puta chamado Mathew no meu caminho.

Ela arqueia as sobrancelhas e lança um olhar conhecedor.

– Percebi a sua reação quando estive próximo a ele. – Ela diz e segura as minhas mãos. – Não precisa se preocupar, a única pessoa que amo está bem aqui — confessa, e meus lábios se curvam instantaneamente.

— Posso pedir que não se aproxime mais dele? — Minha expressão de medo faz que Hellen dê um ligeiro sorriso, e sorrio também ao perceber que ela entende meu apelo.

— Jason, ele não me desrespeitou em momento algum. Não tenho motivos de tratá-lo mal — Hellen explica, e então meu sorriso se esvai lentamente. Porra, o que ela está pensando? — Não darei motivos para desconfiar de mim, mas não vou, de repente, fingir que não o conheço por causa do seu ciúme — afirma calmamente, e sinto como se me faltasse o ar. *O que quer dizer com isso?*

— Não olhe para mim desse jeito. Você manteve uma secretária e *ex-foda* em seu...

— Você *a quis* como minha secretária — interrompo. — Eu disse que faria o que você quisesse.

— Não. *Você* a quis. Eu apenas dei minha opinião sobre mantê-la. Não mando em você e não o faria dispensá-la por um capricho meu.

— Isso quer dizer que manterá a "amizade" com o Matthew? — questiono com uma voz grave e sem nenhuma emoção.

— Não somos amigos. Matthew é apenas antigo amigo seu, que me encontrou ocasionalmente e...

— Ocasionalmente? — pergunto com incredulidade na voz. — Ele não é meu amigo.

— Não acredito que ele esteja interessado em mim e não acho que Matthew seja uma má pessoa, embora não o conheça o suficiente.

O quê? Ela está defendendo aquele merda?

— Eu ouvi direito? Você está defendendo aquele cara? Uma mulher esteve nua sobre minha mesa e eu a dispensei por sua... — Ops! *Falei merda.* Obviamente, não concluo a frase, e um silêncio constrangedor se instala. Hellen estreita os olhos e me lança um olhar assassino.

— Jason, quem esteve NUA sobre a sua mesa? — Hellen pergunta calmamente e se levanta. Minha boca se abre levemente, como se eu não tivesse palavras. Na verdade, não tenho.

— Fala logo, Jason! — ela grita e, instintivamente, eu me levanto. Afasto-me estrategicamente e Hellen cruza os braços, me observando. Enquanto nos encaramos, meu cérebro tenta ponderar sobre o que dizer. Engulo em seco.

— Fala... LOGO! — Intimidadora é a palavra que define Hellen nesse momento.

— Ashley... ela estava nua sobre minha mesa — despejo de uma vez e Hellen arregala os olhos, como se eu tivesse dito... exatamente isso. Aperto os olhos com força, como se esperasse uma bomba explodir a qualquer momento.

Não sei explicar certas coisas, apenas me vejo dizendo exatamente o contrário daquilo que pensei em dizer. Afinal, eu programei, bolei uma estratégia, assim como faço em minha empresa. No âmbito do trabalho, consigo ser um homem centrado, mas com a Hellen eu me sinto um adolescente de merda, ou seja, tudo o que planejei não serviu para absolutamente nada. Porra, seria muito bom se todos os homens, quando decidissem conversar com suas mulheres, o fizessem acompanhados de um bom analista, já que a mulher tem o poder de nos fazer acreditar que estamos completamente errados.

— Eu a dispensei e desapareci do escritório. Até quando soube, Meg estava cuidando dela. Sim, ela voltou e, no mesmo dia, Ashley queria uma despedida. — Meus ombros caem, enquanto Hellen está estática, me observando. — Isso me pegou de surpresa... — Aproximo-me, ainda mantendo certa distância para que ela não tente nada contra minha área de lazer.

— Se ela agiu assim, você deu algum tipo de esperança, Jason — Hellen acusa. Percebo que está tentando soar calma, mas a voz dela sai dois tons acima do normal.

Será que olhar para os peitos de alguém é o mesmo que dar esperanças?

— Jason, Ashley é uma mulher bonita. Vocês... já ficaram e...

— Não — interrompo novamente. — Não tenho interesse nela.

Ela sorri, mas não um sorriso meigo, doce, e sim um sorriso cínico, de quem não acredita em mim.

Corrija-me se eu estiver errado: vocês, mulheres, conseguem fazer que nós, homens, sintamo-nos uns verdadeiros merdas.

O fato é que meus olhos não saíam do corpo da Ashley. Lembra-se do ímã do demônio? Pois então, é automático; quando percebo, meus olhos já estão lá.

Não entendeu? Okay, farei uma comparação esdrúxula. A heterossexualidade gastronômica masculina tem uma definição: sanduíches. Por quê? Bom, sanduíches são devorados sem frescura, comemos com as mãos. Você entra no McDonald's apenas para acompanhar um amigo. Nesse momento, não está com fome, mas ao ver as inúmeras e convidativas fotos de sanduíches espalhadas por todo o lugar, "Puff", a fome surge do nada. E o que você faz? Pede um igual ao que viu na foto, certo? Porém, é nesse momento que surge uma grande decepção: o sanduíche não é nem um pouco parecido com o da foto e, para piorar, muitas vezes, tem gosto de isopor com picles.

É exatamente assim que me sinto com a Ashley e qualquer outra mulher. Elas parecem apetitosas, assim como as fotos dos sanduíches, mas aquilo que parece bom aos olhos pode causar indigestão, porque você está acostumado com algo melhor. Mulheres gostosas existem aos montes por aí. Mas mulheres lindas, gostosas e que fazem bem são poucas e, para mim, só existe uma. Aposto que se os gordos fossem cegos, seriam magros. Comemos primeiramente com os olhos. Malditos olhos.

— Eu... Droga. — tento formular algo para convencê-la, mas não consigo. Hellen suaviza a expressão, e essa é a deixa para eu me aproximar. Seguro o rosto dela com ambas as mãos e ela fecha os olhos, inspirando lentamente.

— Você não ia me contar, não é? — Hellen quebra o silêncio e eu pisco sem saber o que dizer.

— Eu não a queria, então não achei que precisasse dizer.

Ela abre os olhos e os fixa intensamente nos meus.

— Vou confiar em você, Jason, mas me sinto muito mal por isso. Caso sinta algo por ela ou por qualquer outra mulher, não quero que esconda de mim... Por favor. — A voz dela falha, e percebo quão difícil está sendo para ela dizer essas palavras.

Os minutos seguintes foram de... conversa. Você pensou em sexo? Não dessa vez. Decidi deixar ainda mais claros os meus sentimentos em relação àquele idiota do Matthew, assim como minha vontade de que ele evapore da face terra.

— Então, promete que não chegará mais perto da Ashley? — Hellen ainda está com uma expressão tensa.

— Esqueceu que você não me respondeu sobre se afastar do Matthew?

Ela esboça um sorriso.

— Eu não preciso me afastar dele, já que não somos amigos.

Curvo os lábios em um sorriso e arrisco um beijo nos lábios cheios da minha noiva. Para minha surpresa, ela é receptiva.

Hoje é dia de almoçar com meu avô. Ultimamente, tenho percebido que ele parou de frequentar o golfe e não me pergunta mais sobre o andamento dos negócios. Não fala mais sobre Elvis, o que é incomum, e quase não me liga ou aparece. Isso me deixou preocupado, e agora estamos só os dois, à beira da piscina, almoçando ao ar livre. Theodore Hoffman sempre foi um homem ativo, e vê-lo assim me causa certo receio.

— Vô? — chamo-o, percebendo que ele mal toca a comida. Minha expressão de preocupação faz que ele me olhe nos olhos. — O que está havendo? — De repente, me vem a suspeita de que ele pode estar doente. Meu avô pode estar mal de saúde. Entro em alerta e minha garganta se contrai, fazendo-me perder o apetite instantaneamente.

— Não estou doente, se é o que está pensando — ele informa e eu solto o ar que, sem perceber, estava represando.

— Eu não pensei — contesto, e ele ergue as brancas sobrancelhas.

— Jason, você fez uma cara de cólica renal. Sei o que pensou.

Suspiro, dando-me por vencido.

— Há dias venho reparando em seu comportamento — explico. — Não me pergunta mais sobre os negócios, não vai ao golfe...

— Quer mesmo saber? — ele me corta, e eu concordo com a cabeça.

— Quero te ver casado, quero novamente uma família. — Olha para o nada. — Sinto-me sozinho, filho — ele confessa e eu engulo em seco. Ele jamais demonstrou suas fraquezas, e fico sem saber o que dizer diante disso. Olho para ele... Esse não é meu avô. O homem carismático, ativo e animado que me criou.

— Não diga nada. Só me prometa que vai se casar em breve.

Recosto-me na cadeira e cruzo os braços, observando-o atentamente. Não repondo de imediato, e ele me olha outra vez com uma interrogação no olhar.

— Não tem certeza de que a Hellen é a mulher da sua vida?

Esvazio os pulmões ruidosamente, sopesando minha resposta.

— Quero que a Hellen defina, só isso.

— Insegurança? — Ele sorri, e eu arregalo os olhos.

— O quê? Não.

— Jason, você parece um adolescente fora daquela empresa. — Suspira com um sorriso condescendente plantado nos lábios. — Hellen tem muitas qualidades que a diferenciam das outras mulheres. Ela é obstinada, forte, mulher de caráter e te ama exatamente como você é, filho. A beleza dela chega a ser um mero detalhe se comparada à sua generosidade. — Meu avô pensa que eu não sei disso.

Nossa conversa se estendeu sobre negócios e netos. Meu avô quer muitos netos. Isso não é algo em que eu pense no momento, mas, para não desanimá-lo, apenas digo que quero... Um dia. Não penso sobre isso, realmente.

Eu não entendo o motivo de tanta felicidade em algumas pessoas. Tudo bem que não devemos ser negativos e o caralho, mas por que, diabos, as pessoas não respeitam o mau humor alheio? Qual a dificuldade nisso?

Por que estou dizendo isso?

Bem, Hellen me fez sair para um *happy hour* com Joe, que, na minha opinião, usa alguma substância proibida para agir tão efusivamente em público. Ele não bebeu o suficiente para estar assim, tão alegre. Não sei há quanto tempo eles se conhecem, mas acredito que não seja suficiente para que ele demonstre esse afeto sobrenatural pela Hellen. Você pode até achar que estou com ciúmes deles, e acertou. Mas tenho motivos, acredite. Esse amor entre os dois aconteceu rápido demais.

Segundo a Hellen, Joe estava deprimido e queria sair para espairecer. Admiro a generosidade da minha mulher, mas confesso que queria mesmo é estar sozinho com ela em qualquer outro lugar que não seja um bar onde a maioria dos homens a seca com os olhos. Ao menos Joe está muito feliz. Pelo pouco que conheço dele, posso afirmar que é aquele tipo de pessoa que sorri quando vê um pássaro e dá tchau para uma árvore. Hellen me contou que ele pode ser ainda pior de manhã e com uma dose de café. Sim, Joe pode ser pior que isso.

— Não liga, ele já estava bebendo antes de chegarmos! — Hellen tenta se fazer ouvir através da música.

— Tudo bem!

Ela contorce o rosto em um pedido silencioso de desculpas e Joe retorna com uma Margarita tamanho família nas mãos. Ele decide vir até mim, e assim que se aproxima, seus olhos passeiam por toda a extensão do meu corpo.

— Hellen é uma vaca sortuda! — grita. — Posso levá-la para dançar? — pede, em seguida.

Ergo as sobrancelhas e olho para Hellen, que estreita o olhar em sua direção.

— Não vou dançar, pode ir — diz ela sorrindo, trazendo-me alívio imediato. Não quero que Hellen dance em um bar onde filhos da puta parecem ignorar minha presença.

— Okay, eu vou. Segure isso. — Ele entrega a Margarita gigante para Hellen e, como uma gazela saltitante, corre em direção à pista, onde não há ninguém dançando.

Hellen ri enquanto Joe começa a dançar ao som de "Harder to breathe", do Maroon 5. Os movimentos exagerados e os gestos espalhafatosos dos braços de seu amigo chamam a atenção de todos, que param para observar.

Ele treme e seus movimentos se intensificam a cada segundo, o que garante um espetáculo. Na verdade, tenho dúvida se ele está realmente dançando ou sofrendo um AVC.

HELLEN

Sejamos honestos, não conseguimos ser sinceros o tempo todo. Bem, até somos, mas o que ganhamos com isso?

Jason não foi honesto comigo, mas sinto que não fez por mal. Ele foi sincero apenas depois que deixou escapar algo que não me diria. Embora eu precise de honestidade e menos da sua sinceridade, não o recrimino, porque, no fim, acabou sendo sincero. Às vezes, podemos muito bem engolir em silêncio certas verdades, aquelas que não precisam ser ditas, com a honestidade. É o que eu prefiro. Não vamos simplesmente dizer para aquela atendente que ela tem um penteado horrível ou que sua colega de trabalho usa roupas ridículas. O que ganhamos agindo assim? Isso, sem dúvida, é ser sincero. Porém, quem precisa dessas "sinceridades"? Precisamos mesmo é de honestidade.

Na realidade, Jason precisa aprender a lidar com os seus sentimentos, e eu com o passado dele, que insiste em se fazer lembrar, deixando-me insegura.

Enfim, acho que ele não foi sincero, e para que fique claro meu modo de pensar, acho que ser sincero é quando alguém lhe conta algo que não precisaria contar. Ser honesto, em contrapartida, é o que ele fez: Jason a dispensou. A consciência dele poderia estar pesando e ele, mesmo sem querer, acabou me contando que a vagabunda da Ashley deu em cima dele da maneira mais torpe e sem escrúpulos que já vi.

Sei que ela está interessada no Jason, mas ele é um homem comprometido, e não imagino que motivo pode haver para que essas mulheres sejam tão pilantras assim. Confesso que um ódio sem precedentes tomou conta de mim pela forma como ele me contou, mas não dá para ficar com raiva quando seus olhos me dizem a verdade. Os dois não transaram, é no que acredito.

Ao menos Jason me contou. Se ele deu esperanças? Na verdade, acredito que não, embora tenha certeza de que ele deu uma boa olhada no corpo nu sobre a sua mesa. Prefiro não pensar sobre isso ou vou entrar em paranoia.

— Não acredito. Que vadia! — Kate diz entre uma garfada e outra. Estamos em horário de almoço, em um shopping; logo voltaremos aos nossos respectivos locais de trabalho. Kate ainda trabalha no hotel Hoffman's, mas como o setor é completamente diferente, ela quase nunca se encontra com Jason ou com a vaca da Ashley, que, graças a Deus, não está mais por lá.

— Sim, uma vaca que finalmente está longe do Jason.

Ela ergue as sobrancelhas enquanto suga o canudo de seu milk-shake de morango.

— Cuidado. Vacas como ela costumam ser persistentes, podem querer voltar.

Suspiro, mostrando minha impaciência.

— Eu sei, mas terei de confiar que o Jason não cairá em tentação.

Kate apenas concorda com a cabeça, ainda concentrada em seu milk-shake.

— Você vai virar uma grávida gorda — tento quebrar o clima tenso, e ela sorri fracamente.

— As únicas coisas que consigo comer são pizza e milk-shake.

— Percebi — afirmo, com os olhos cravados em seu rosto. De repente, algo me chama a atenção bem atrás de Kate. Quero dizer, uma vaca me chama a atenção.

— Falando na vadia... — murmuro entredentes.

Kate se vira para acompanhar meu olhar, que está sobre Ashley, que, por sua vez, desfila até encontrar uma mesa perto da nossa. Está, como dizem por aí, "vestida pra matar". Seus cabelos castanho-escuros lisos e enormes estão soltos sobre as costas e suas curvas são capazes de despertar inveja na Beyoncé.

Não sei como um ex-cretino não caiu na lábia dessa vadia.
– Essa é a Ashley?

Confirmo com a cabeça e Kate entorta os lábios, pensativa, depois meneia a cabeça em um gesto de tristeza.

– Ela é linda! – exclama.

Suspiro novamente, desanimada.

– Eu sei.

Jason

Eu não sou o mesmo Jason.

Quero dizer que existe um Jason antes de conhecer a Hellen e outro depois de tê-la conhecido. Tudo bem, confesso que estou gostando desse novo eu, e hoje não penso em baladas, festas na piscina, peitos e sexo oral o tempo todo. Okay, em peitos e sexo oral eu penso, mas só se forem os da Hellen, eu juro.

Eu poderia dizer que minha vida deu um giro de trezentos e sessenta graus, mas estaria mentindo. Aliás, não sei por que as pessoas têm essa mania de dizer que a vida mudou quando se deu uma volta de trezentos e sessenta graus. Não. Uma volta de trezentos e sessenta graus significa sair de um ponto e retornar exatamente para o mesmo lugar, ou seja, é um círculo, e a sua vida voltou a ser como era antes. Definitivamente, esse não é meu caso. Tudo bem, você pode argumentar que, no meio do caminho, tudo pode acontecer e que pode até ser legal voltar ao início de tudo, mas não eu.

Acredito em mudanças quando não voltamos ao ponto de partida, já que é algo que eu não quero. E se você quer mesmo saber, posso ter dado, no máximo, uma volta de cento e oitenta graus, o que, para mim, foi uma mudança expressiva.

Não almejo viver tanta coisa ao lado da Hellen para depois retornar ao ponto inicial. Não quero ser aquele Jason que procurava quantidade, que procurava bebidas e sexo, embora não tenha sido ruim, mas é que estar ao lado dela é suficiente para mim. Não imaginei um dia dizer isso, mas é a verdade. O que posso fazer?

Tirei o dia de hoje para organizar minha agenda com a Meg e deixar clara a proibição da entrada de sua sobrinha por aqui. Ela, obviamente, entendeu e me garantiu que a sobrinha tarada não pisará mais em meu escritório. Não quis prolongar o assunto e logo de manhã resolvi deixar minha vida profissional em dia.

— Senhor Hoffman? — a voz esganiçada da Meg ressoa em meu aparelho telefônico. Não faz nem cinco minutos que ela saiu da minha sala.

— Esqueceu algo, Meg?

— Parece que Ashley está com um problema no shopping próximo daqui.

Estreito o espaço entre as minhas sobrancelhas.

— E o que, exatamente, eu tenho a ver com isso? — pergunto e ouço-a respirar pesadamente.

— Hellen está lá. Parece que se encontraram na área de alimentação. Ashley me ligou pedindo algo, mas encerrou a ligação antes do tempo.

Arregalo os olhos e me levanto quase que automaticamente. Pego o celular e pressiono o número da Hellen, que, por algum maldito motivo, não me atende.

— Merda, merda, merda! — praguejo, enquanto atravesso o corredor a passos largos.

— Senhor Hoffman, o senhor vai até lá?

Cesso meus passos e a encaro com uma expressão impaciente.

— O que você acha?

Ela apenas acena lentamente com a cabeça e eu volto a caminhar. Entro no elevador, que me permite uma viagem lenta e torturante até o térreo. Assim que as portas se abrem, saio como um animal que passou a vida preso em uma jaula e corro pelas ruas. De onde estou já posso avistar o shopping, que fica no próximo quarteirão. Acelero os passos quase correndo pela calçada, tentando não derrubar os turistas dispersos pelo caminho. Entro no shopping e corro pelas escadas rolantes, enfiando-me no meio das pessoas, que parecem não gostar da minha atitude. Foda-se!

No momento em que piso na área de alimentação, estreito meus olhos sobre o que vejo.

Percebo tardiamente que estou feito uma estátua com o olhar sobre Ashley, completamente ensopada de algo que parece ser sorvete derretido.

Hellen está em pé, com cara de espanto, enquanto Kate está sentada em uma cadeira ao lado de um segurança local. O lugar não está muito cheio e apenas alguns curiosos presenciam e fotografam a cena degradante que Ashley protagoniza. Ela parece descontrolada e, quando me vê, automaticamente corre em minha direção.

— Jason, olha o que aquela louca fez. — Ashley para na minha frente, com o rosto completamente tomado de cobertura de morango. No topo de sua cabeça, vejo o que parecem ser pedaços de cerejas.

— Jason... — Só então percebo que Hellen está ao meu lado.

Tento ficar entre as duas, mas não quero me sujar, então seguro Hellen para que elas não voltem a brigar.

— Por que está me segurando?

— Não é óbvio? Não quero que briguem.

Ela ergue as sobrancelhas, como se eu tivesse falado alguma besteira.

— Quem derramou o sorvete nela foi a Kate — Hellen informa, com um sorriso sarcástico no rosto.

— Sim, aquela maluca idiota. Eu só não retribui a gentileza porque ela está grávida.

Hellen a encara com desprezo.

— Ela é minha amiga e tem todo o direito de se ofender por mim — diz minha noiva.

— Jason, por que contou a elas sobre... não aconteceu nada. — Ela, provavelmente, está se referindo à própria nudez em meu escritório.

— Ele é meu noivo e não escondemos nada um do outro. Você provocou e recebeu o que merece.

Este é o momento em que eu deveria dizer alguma coisa, certo? Eu poderia concordar, mas tudo isso parece maluco, parece surreal para mim.

— Foi minha tia quem te contou que estávamos aqui?

Aceno positivamente, sem dizer uma palavra.

— Eu só precisava de roupas limpas. Merda!

Continuo em silêncio e, repentinamente, Hellen me afasta para longe da Ashley. Ela me leva próximo a Kate, que parece não se importar com o que fez.

— Desculpe, Jason, fiz o que Hellen deveria ter feito há muito tempo. Essa mulher estava nos encarando e zombando da nossa cara. Ela pediu esse banho de milk-shake.

Elevo o sobrecenho, e ela me lança um sorriso maldoso.

— E se você quer mesmo saber, Hellen me incentivou!

Cravo os olhos na Hellen, que devolve um olhar de interrogação.

— O que foi? Foram os hormônios da gravidez, ela não pôde se controlar. Eu não tenho culpa. — Dá de ombros.

Ashley, ainda aos berros, teve de ser retirada do local. Os seguranças fazem algumas perguntas e as duas que ficaram explicam que foi um assunto particular e que já se conheciam. A sobrinha de minha secretária saiu para se limpar e não quis chamar a polícia; provavelmente sabia que não daria em nada e decidiu esquecer. No fim, tudo, realmente, não deu em nada, e Hellen teve de voltar como um foguete para o trabalho.

É isso. Hoje, mais cedo, liguei para meu avô e disse-lhe que vou marcar a data do meu casamento o mais depressa possível. Durante a noite, pensei em tudo e sei que seria legal ter um casamento em uma capela com o Elvis cantando, mas já fui em muitos dessa forma e confesso que, com a Hellen, quero algo... diferente.

Aposto que você se perguntou o motivo de tanto adiamento. Bem, eu achei que poderia parecer precipitado e temia que a Hellen acabasse fugindo de mim, mas, como idiota que sou, não me ocorreu que morar na mesma casa seria equivalente a querer ficar junto. Eu sei, sou um retardado às vezes. Minhas inseguranças parecem infantis, mas é exatamente isso o que, muitas vezes, me leva a agir como um menino idiota.

Meu avô ficou encarregado de tomar conta de tudo por mim. Disse que cuidaria de cada detalhe pessoalmente e que no próximo mês, se tudo corresse bem, a Hellen e eu estaremos, finalmente, casados. Sei que ela vai gostar da notícia, e meu avô me fez entender isso.

— Jason, contratei um buffet para a grande festa de casamento, que vai ser na minha casa. Faço questão. O dono do restaurante que fornecerá o buffet é um grande amigo e faz questão de nos receber. Quero que venha jantar comigo, filho.

— Hoje?

— Sim, quanto mais rápido resolvermos tudo, melhor. Faremos uma surpresa para Hellen.

— A última vez que decidi fazer uma festa de noivado surpresa para Hellen...

— Eu sei! — ele me corta. — Não iremos esconder, apenas deixaremos tudo pronto e, quando a data estiver perto, contaremos. Simples — diz meu avô do outro lado da linha, e um sorriso se desenha em meu rosto.

— Certo. Você tem razão.

HELLEN

O dia no trabalho não me deixou parar um só segundo para respirar; uma reunião me tomou a manhã toda e trabalhos acumulados ocuparam todo o período da tarde. Sim, estou trabalhado por mim e pelo Joe, que não apareceu hoje nem deu notícias. Sei que está enfrentando problemas com o parceiro e não posso dizer nada, já que ele sempre segura as pontas por aqui quando preciso.

Fiquei tão absorta no trabalho que nem tive tempo nem de ligar para o Jason. Não nos falamos e, com a correria para suprir a falta do Joe, não tive tempo sequer para comer algo.

Por fim, chega a hora de voltar para casa. Junto as minhas coisas e sigo em direção ao estacionamento. Logo que me aproximo do meu carro, vejo outro veículo parado ao lado do meu. Tem os retrovisores cravejados de cristais swaroviski e só pode ser do Joe. Uno as sobrancelhas e aproximo-me lentamente. Inclino-me e olho para o interior, através do vidro escuro. Abruptamente a janela se abre e meus olhos se ampliam.

— Joe? O que faz aqui?

Ele ergue as sobrancelhas e me observa com um olhar questionador.

— Hoje é quarta, lembra? — responde.

Encaro-o com uma expressão interrogativa sem entender o que ele quer dizer.

— E daí? O que faz no estacionamento?

Ele não responde. Apenas desce do carro, dá a volta e abre a porta do lado do passageiro.

— Você prometeu que iria ao restaurante como namorada do meu bofe, esqueceu?

Bato com a mão espalmada sobre a testa e libero um suspiro profundo.

— Esqueci completamente. Pode ser outro dia, e então eu me prepa...

— Não — ele me interrompe. — Tem de ser agora. Isso está acabando comigo. Hoje nem fui trabalhar de tão mal que passei. — A expressão dele denota grande cansaço. — Não temos tempo para pensar, já estamos atrasados — continua, empurrando-me para o interior de seu carro sem esperar pela minha resposta.

— Eu preciso avisar o...

— Depois você avisa — ele fala e pega meu celular. — Não vai demorar, prometo.

Encaro-o e expiro, resignada.

— Tudo bem, mas, por favor, que isso não passe de alguns minutos.

— Não passará. Prometo.

Forço um sorriso para agradá-lo.

— Então irei em meu carro.

— Não. Vamos pegar Mark na entrada desse hotel e, daqui, você irá com ele. Só vocês dois.

— Eu nem conheço seu marido. Como já vamos?

— Não se preocupe, amor. Ele é lindo, parece homem, mas é cem por cento gay. Eu sou a gazela da relação. — Ele conclui e eu solto uma risada, apenas deixando que ele me leve. Se eu prometi, está prometido.

Mark Alan é o seu nome e, para minha surpresa, ele é realmente lindo, sem nenhum vestígio de que seja gay. Okay, tem um jeito um pouco efeminado, mas é tão insignificante que, para quem não sabe, passa despercebido.

Mark é moreno, alto, de cabelos negros penteados para trás. Seus olhos são de um verde profundo. Seu terno impecável demonstra seriedade. Ele é o contrário de Joe. Acabei ficando mais tempo que deveria esperando o tal homem, que ainda não apareceu. Pedimos o jantar e, depois de alguns minutos, Mark chama minha atenção.

– Segure minha mão, ele chegou. Faça cara de apaixonada ou terei um chefe perseguidor para sempre. – Embora ele seja gay, confesso que me sinto constrangida. Estamos dentro de um restaurante, um pouco afastado da cidade, e, para meu alívio, quase vazio. Apenas um homem sentado a algumas mesas de distância nos observa.

– Vamos, ele está olhando.

Forço um sorriso e Mark me faz um carinho no rosto. Tento parecer uma mulher apaixonada, e talvez eu seja convincente, já que em poucos minutos o tal homem que não tirava os olhos da gente um só segundo vai embora. Também, pelas carícias que trocamos, não haveria qualquer dúvida de que somos apaixonados. Acho que atingimos o nosso objetivo.

– Obrigado, você me salvou. Acho que depois dessa ele não vai me importunar.

Sorrio satisfeita e Mark beija gentilmente minha mão.

– Tem certeza de que não quer que te leve para casa?

– Não, imagine. Preciso que me leve até meu carro.

Ele concorda com a cabeça e, minutos depois, já estamos seguindo pelas ruas rumo ao meu carro.

Despedimo-nos e eu entro no meu carro. Olho imediatamente para o visor do meu aparelho celular e me dou conta de que Jason não me ligou nem uma vez. Junto as sobrancelhas e ligo para ele, mas toca até cair na caixa postal. Ainda não são nove da noite. Giro a chave na ignição e acelero pelas ruas, em direção à nossa casa.

Estaciono o carro na garagem e percebo que o carro do Jason está lá, mas logo algo me chama a atenção. Uma grande limusine está parada na porta. Sim, ela é tão grande que parece comportar mais de vinte pessoas. Ouço uma música alta e não consigo imaginar o que pode estar acontecendo lá dentro.

Será que Jason me preparou uma surpresa?

Um sorriso se desenha espontaneamente em meu rosto. Obviamente ele não atendeu às minhas ligações porque estava preparando algo especial.

Caminho em direção à porta e, à medida que vou me aproximando, sinto algo estranho dentro de mim. Meu coração ainda dá saltos, enquanto me enfio para dentro de casa.

Um sorriso se abre em meu rosto quando vejo balões prateados em um canto da sala de entrada. Está escuro. À medida que vou entrando percebo que, em vez de meus familiares, há mulheres NUAS andando de um lado para o outro na MINHA casa. Minhas sobrancelhas se unem, meu corpo congela e o ar parece querer fugir de meus pulmões quando me aproximo da nossa sala de TV.

O que vejo faz meu corpo tremer por dentro. Jason está sentado sobre nosso sofá e duas mulheres estão sentadas, cada uma em um de seus joelhos, completamente nuas. Quando me vê, ele imediatamente solta uma risada alta. Neste momento, vejo, bem na minha frente, aquele cretino que conheci em uma festa, e um nó se forma na minha garganta.

Estou tão chocada, que nem percebo quando outras duas mulheres se aproximam de mim.

— Jason disse que você adora uma festinha!

Encaro-as, completamente apavorada.

— Hellen, você demorou, meu "amor". — A voz do Jason, completamente sarcástica, chama minha atenção.

— Jason... — sussurro, e minha voz falha. — O que... essas mulheres estão fazendo aqui?

— Comemorando. Elas vieram comemorar minha volta ao mercado da putaria.

— Do que, diabos, você está falando? — grito com uma voz esganiçada. A fúria, de repente, toma conta do meu corpo e, sem pensar em nada, avanço para cima de uma delas, segurando-a pelos cabelos, arrastando-a pelo chão.

— Me solta, sua louca! Ele me chamou até aqui — ela grita, mas eu ignoro, levando-a em direção à saída.

— Exijo que você a solte agora!

Paraliso com a voz de Jason ao meu lado. Ele segura meu braço com força e um olhar de desprezo parece tomar conta de suas feições. Eu a solto e cravo meu olhar sobre o frio homem à minha frente.

— Não sei o motivo de você agir assim, mas você escolheu, Jason... Eu vou embora — declaro com a voz firme, mas com uma vontade descomunal de chorar.

— Sei que você vai embora. Preparei a sua mala para que você não tenha trabalho algum. — Aponta para o lado da porta onde há três malas. Eu estava tão aturdida com tudo à minha volta que nem reparei nelas quando cheguei.

As lágrimas que tanto relutei em liberar agora deslizam em torrentes sobre as minhas faces.

— Por que está fazendo isso? — questiono e, por um momento, vejo um olhar de tristeza no rosto dele. Logo em seguida o olhar gélido retorna ao seu rosto.

— Pergunte ao homem com quem você estava jantando no restaurante.

Meus olhos se arregalam, minha boca se abre e eu o encaro com total incredulidade.

— Jason, ele é gay! — afirmo, e ele ri da minha cara.

— Ah, é? Na primeira vez em que brigamos eu acreditei, porque era verdade, mas agora, depois de ver a sua cara de apaixonada, as carícias... — ele fala e contorce o rosto em uma expressão de nojo. — Saia da minha casa... — ordena.

– Idiota. Primeiro vamos conversar; depois, eu mesma faço questão de sair da sua vida. – Tento convencê-lo a ser racional e uma das mulheres ri ao meu lado. Ela deve estar amando ser plateia deste espetáculo.

Abro a boca para tentar argumentar, mas Jason puxa a loira que arrastei para um abraço e, bem na minha frente, eles protagonizam um obsceno e nojento beijo.

Uma ânsia de vômito toma conta de mim e eu me afasto correndo em direção ao carro, deixando minhas malas e um completo cretino para trás.

Parece que estou dentro de um grande pesadelo, e a única coisa que preciso é acordar.

Jason

Você se lembra do que falei sobre dar um giro de trezentos e sessenta graus? Acho que acabei de dar o giro mais temido da minha vida.

Voltei ao ponto onde tudo começou e, de uma hora para outra, tornei-me aquele Jason que eu não queria mais ser. Não. Não estou feliz, se é isso que você realmente quer saber. Também gostaria que tudo isso fosse um grande pesadelo, o pior pesadelo de todos.

Acredite, não é fácil levar uma punhalada pelas costas da pessoa que você mais ama. Eu confiei na Hellen, dispensei mulheres e estava naquele maldito restaurante para experimentar o que seria o jantar do nosso casamento. Casamento! Veja só, eu, Jason Hoffman, estava pensando em me casar com uma pessoa que até ontem dizia que me amava e que hoje ama outro.

Eu sei, eu sei... agora você está considerando a possibilidade de arrancar as minhas bolas, acertei?

Provavelmente, você está pensando que eu não dei a Hellen a chance de se explicar e que nada do que ela tenha feito justifica a humilhação que eu a fiz passar, certo? Vocês, mulheres, sempre tentam achar um motivo para justificar a traição feminina. A culpa sempre é do marido, do noivo ou do namorado. Vocês são as vítimas, não é verdade? Por mais que estejam gostando de trair, sempre serão vítimas. Sim, a Hellen me traiu. Sua desculpa sobre esse acontecimento não poderia existir. Não para mim.

Até meu avô percebeu nitidamente o amor e a devoção que a Hellen, naquele momento, aparentava nutrir por aquele desconhecido, algo que ultrapassou qualquer entendimento.

Contraditório, não?

Sempre senti seu amor. Sempre que olhei naqueles intensos olhos verdes, vi algo que a diferenciava de qualquer outra mulher. Não faz o menor sentido, e a única coisa que sei, depois de vê-la chorar daquele modo, é que a Hellen realmente sentiu. Ela sentiu o que eu senti no momento em que a vi naquele maldito restaurante. Pela primeira vez, eu a vi desesperada e completamente sem rumo. A palavra mais correta para defini-la agora é: arrasada. Foi exatamente assim que eu desejei vê-la, mas quando finalmente alcancei meu objetivo, não me senti nada bem; pelo contrário, senti minha garganta se fechar e uma vontade quase incontrolável de sacudi-la e fazê-la parar. Estive a ponto de implorar para que ela dissesse que tudo era uma grande mentira.

Sobre a traição, percebi que as mulheres são bem mais ardilosas do que pensei. Todos os meus amigos dizem que mulheres sabem trair. Elas sabem esconder uma relação até o último momento. São capazes até de dizer "eu te amo" quando, na verdade, querem dizer "eu te odeio".

Meu ódio alcançou proporções intergalácticas não apenas pelo fato de o tal homem ser boa pinta, mas principalmente pela cara de pau da Hellen; encontrar-se com outro homem em um lugar público foi o cúmulo do descaramento. Isso, para mim, foi além do imaginável.

Sabe aquela famosa frase que diz que "em duas horas tudo pode mudar"? Não? Nem eu.

O fato é que acabei de inventar essa frase. Bastaram duas horas para que tudo acontecesse. Meu avô me ligou, eu o peguei para irmos direto ao lugar que nos proporcionaria um momento de descontração. No momento em que pisamos no restaurante, senti meu coração sair pela boca ao ver a mulher que eu mais amei na vida trocando carícias com outro homem. Naquele momento, eles estavam íntimos, como se já tivessem chegado aos "finalmentes"... Merda!

Mal entramos naquele restaurante e meu avô me arrastou com um olhar desesperado. Ele, realmente, me implorou para que eu não fosse até lá, e, por ele, decidi não ir. Não queria ser o culpado por um ataque cardíaco. No entanto, o ódio que senti naquele momento me fez agir dessa forma.

Não venha me dizer que ela não mereceu isso. Mereceu, sim, embora eu não esteja nada feliz. Achei que agir dessa forma aliviaria essa dor que está dilacerando meu coração, mas ela apenas triplicou. A Hellen não me ligou o dia todo, não nos falamos mais. Provavelmente, ela estava com a consciência tão pesada que nem quis ouvir minha voz. Não teve coragem de despejar a verdade na minha cara, de dizer que ama outro homem. Seria pena? Ela sente uma maldita pena de mim? Só agora percebo que essa merda toda não faz nenhum sentido.

— Tome essa bebida. Esqueça a traidora. — A mulher sem nome me entrega um copo de uísque e, sem pensar, viro todo o conteúdo de uma só vez. O líquido desce pela minha garganta queimando e, quando menos espero, enquanto meus olhos ainda estão sobre o carro da Hellen, *strippers* me cercam. Ela está saindo em alta velocidade e cantando pneu pelas ruas do condomínio.

Você deve estar se perguntando como consegui encher minha casa de *strippers* tão rapidamente, acertei?

Bem, a rapidez tem nome e se chama Hotties, uma casa especializada em entretenimento adulto. Você faz uma ligação e, em dez minutos, o *delivery* faz a entrega. Já fiz muito isso em um passado recente. Com dinheiro, eles são realmente rápidos. Essa é a vantagem de se morar na "cidade do pecado". Se você tem grana, tudo se torna rápido e fácil por aqui. Ah, e sobre o beijo... Eu sei que fui cruel, mas, levado pelo rancor, foi a primeira coisa em que pensei. Somente um momento depois que tudo aconteceu, depois de deixar meu avô, apenas chamei e todas chegaram depressa. Não tive tempo para pensar.

Vingativo, infantil, idiota? Eu sei... Quando quero ser um filho da puta, posso superar a mim mesmo. Peguei pesado com aquele beijo, e esse, talvez, seja meu único arrependimento.

Por culpa da Hellen, quase tive de levar meu avô para o hospital. Ele parecia não acreditar no que via, e implorou para que eu não fosse até o casal feliz e arrancasse os olhos do homem que fez minha mulher agir daquela forma. Por meu avô, não fui até lá tirar uma mulher feliz e apaixonada dos braços daquele imbecil. Meu avô é a única pessoa que tenho e que jamais me traiu. É meu pai e minha mãe. Theodore Hoffman é a pessoa mais importante na minha vida. Hellen o fez sofrer. Ele gostava dela, e isso não tem perdão.

Meus olhos se fecham enquanto me lembro da maldita mão daquele desgraçado sobre o rosto da Hellen e de como ela parecia tão, tão... receptiva, e da forma de como ela o olhava, com uma expressão de carinho ou, talvez..., amor.

— Merda, acabou. Essa mentira acabou — sussurro para mim mesmo.

— Venha, Jason. Adoramos a farsa, mas queremos concretizar o que começamos — outra mulher sem nome diz, puxando-me pelo braço, afastando-me da porta de entrada.

Interrompo-a imediatamente, afastando-me da mulher que parece feliz com minha desgraça.

— Exatamente. Isso é uma farsa e, finalmente, acabou — afirmo sem emoção na voz. — Suma daqui, não quero vadias na minha casa. — A loira que beijei e todas as outras me encaram com incredulidade no olhar.

— Jason, você nos chamou...

— Apenas para fazer ciúmes na mulher que arrancou a merda do meu coração — vocifero, cortando-a e fuzilando com o olhar cada mulher ao meu redor.

— Podem ir. Sumam daqui. A festa acabou.

Elas se assustam com o tom da minha voz e se afastam o mais depressa possível, vestindo suas roupas, saindo aos poucos em direção à limusine que as espera.

São quatro horas da manhã e minha casa cheira a perfume barato. Como fui capaz de um dia gostar desse cheiro? Meus olhos não se fecham e observam um ponto fixo no teto. Estou ainda no sofá da sala de estar, o mesmo em que estava com as vadias quando a Hellen me viu, há mais de seis horas. Lentamente, levanto-me e ando mecanicamente em direção ao meu quarto. Assim que abro a porta, dou de cara com Mike dormindo na minha cama.

Olhar para o cão que representa a Hellen... dói. Dói muito.

Sim, essas merdas de lágrimas intrusas deveriam ser proibidas para homens como eu. Pela primeira vez, deixo que rolem livremente pelo meu rosto. Malditas lágrimas. Sou um bebê chorão, filho de seiscentas putas, que, mesmo sabendo da traição da Hellen, deseja apenas que ela volte e diga que aquilo não passou de uma grande brincadeira.

Jogo-me sobre a cama como se estivesse sem vida. Não me mexo e nem me dou ao trabalho de tirar a roupa, já que estou de cueca. Não, meu pau não subiu como você deve ter presumido. Eu não queria aquelas vadias aqui, meu pau não quer vadias. Não senti um pingo de excitação por aquelas mulheres. Mesmo que quisesse comer uma por uma na frente da Hellen, não conseguiria, sabe por quê? Porque meu pau quer apenas a Hellen Desgraçada

Jayne. Isso mesmo, além de me trair, ela me arruinou para qualquer outra mulher.

Sinto algo áspero e ao mesmo tempo molhado tocando meu rosto. Abro os olhos e dou de cara com o Mike me lambendo como se eu fosse seu sorvete preferido.

— Sai... — Tento afastá-lo com os braços, mas é inútil. O "dobra" não para de me lamber um só segundo. Resignado, apenas fecho os olhos enquanto Mike faz seu trabalho degradante em meu rosto.

Enquanto sinto a aspereza da língua do cachorro, ouço ao fundo meu telefone tocando e dou um salto sobre a cama. Rolo para alcançar o criado-mudo, quase atropelando Mike, e atendo sem olhar no visor.

— Alô! — Minha voz está rouca e baixa.

— Jason, filho, pensei muito sobre ontem à noite... Na verdade, não consegui dormir.

— Oi, vô.

— Filho, acho que você deveria conversar com a Hellen. Você não achou tudo muito estranho?

Junto as sobrancelhas.

— Estranho? Um homem acariciando uma mulher pode ser tudo, menos estranho.

— Eu quero saber se vocês se falaram. Você me abandonou em um táxi e parecia com muita raiva. Talvez exista alguma explicação e...

— Eles transaram. Eu vi...

— Jason, eles estavam apenas trocando carícias.

— O olhar dele sobre ela e o dela sobre ele demonstraram apenas uma maldita coisa: sexo. Eles estavam muito íntimos. Eles transaram, tenho certeza.

Ouço a respiração profunda do outro lado da linha.

– Filho, uma relação não pode acabar em suposições. Por mais que doa, vocês devem conversar, encerrar ou voltar, e não simplesmente imaginar coisas.

– Agora é muito tarde. Eu me vinguei. Queria vê-la sofrer da mesma maneira que eu. Queria vê-la no chão.

– Não, você não...

– Exatamente – interrompo. – Vadias. Eu as trouxe para a nossa casa e deixei que Hellen visse tudo. – Um silêncio incômodo paira do outro lado da linha e eu franzo o sobrecenho.

– Vô?

– Ainda estou aqui. – Ouço-o respirar pesadamente. – Jason, eu já conheci muitos idiotas nessa minha longa jornada de vida, mas jamais passou pela minha cabeça que eu tivesse criado um. – Dito isso, e pela primeira vez na vida, meu avô desliga o telefone, interrompendo a ligação. Isso foi o mesmo que levar um tapa bem no meio da cara. Isso doeu.

O dia inteiro passou e eu simplesmente não fui trabalhar. Meu telefone tocou algumas vezes, era Meg, mas não atendi. Trabalhar com essa dor imensa que sinto dentro de mim estava fora de cogitação.

Rolo na cama de um lado para o outro, tentando entender como, diabos, chegamos a esse ponto sem que eu percebesse. Na minha cabeça, Hellen me amava. Não sei como fui deixar que isso acontecesse. Será que foi por causa da minha demora em decidir casar? Será que ela gosta dos dois ao mesmo tempo? Isso é possível?

Em geral, o candidato a levar todos os chifres do mundo é um homem negligente, que não dá o devido trato na sua mulher, que não dá a atenção merecida, que não supre as necessidades dela. Um homem que merece muitos chifres é aquele que não conversa sobre assuntos aleatórios, que não repara na aparência da mulher. Eu sou totalmente o oposto e, mesmo assim, fui traído da pior maneira possível.

Nessas muitas horas, pensei em tudo e mais um pouco; pensei, principalmente, em como ela devia agir quando estava a sós ao lado dele. Em meus pensamentos, cheguei a vê-la dizendo a ele: "Nossa, você é muito melhor que o Jason" ou "Nossa, como não te conheci antes". Isso me deixa completamente doente e sem forças para, ao menos, deixar que outra mulher me toque. Não queria sofrer, não queria que a cena que Hellen presenciou aqui ontem fosse uma maldita farsa para chamar a atenção dela. Mas eu sou uma farsa. Estou destruído, e não há possibilidade de juntar meus cacos. Não agora.

Levanto-me, sigo em direção ao *closet* impecável que havia separado para Hellen, e deparo com suas roupas todas intocadas. Nada fora do lugar. Sim, eu menti. Pode me processar.

Eu não fiz as malas da Hellen. Apenas coloquei as malas perto de onde eu estava imaginando que ela não fosse pegar. Caso estivesse enganado e ela levasse, não me importaria. Hellen terá de voltar para buscar seus pertences e talvez conversemos sobre o motivo que a levou a ser uma traidora.

HELLEN

Aqui estou eu novamente, no hotel em que trabalho, em uma suíte impessoal, fria e muito mais triste que antes.

Dessa vez, não me afastei do Jason, mas fui obrigada a me afastar. Dessa vez não há volta. Não há a mínima chance de eu voltar a ver o Jason outra vez.

Aquilo foi... cruel. Ele agiu da maneira mais cafajeste possível. Nunca senti uma dor tão profunda como no momento em que bati os olhos naquela orgia que ele armou em tão pouco tempo em um lugar que eu chamava de lar. Jason cravou uma faca no meu coração e girou com força, sem ao menos se importar com o tamanho da dor que aquilo iria me causar. Simplesmente o fez.

De modo geral, ouvimos dizer que as mulheres misturam sexo com o amor, que confundimos as coisas e que esperamos sempre algo mais depois de uma noite de sexo selvagem. Se Jason me viu, ele provavelmente se sentiu a mais traída das criaturas, já que uma mulher, para trair um homem, precisa se sentir muito atraída por outro. Porém, toda a impressão que a cena que eu protagonizei possa ter causado, simplesmente foi anulada com a atitude dele. Jason perdeu a razão.

Tive uma péssima noite e não fui trabalhar. Não dei satisfação nem mesmo para o Joe, que, de certa forma, é um dos maiores culpados por eu estar nessa situação. Confesso que também sinto raiva dele. Fui pega de surpresa. Embora ele tenha me avisado com antecedência, eu havia me esquecido completamente e não me preparei nem conversei com Jason a respeito. A questão é que o Joe sentiu tanta necessidade de resolver os próprios problemas que se esqueceu de que isso poderia me trazer um problema muito maior.

Hoje não liguei meu telefone. Durante todo o dia, deixei-me levar pelo desespero e pelas lágrimas. Chorei e choro até agora pela cena degradante que vi, pela falta de amor e por Jason ter imaginado uma traição. Não quero me eximir do meu erro; eu devia tê-lo avisado. Agi por impulso, imaginando que seria algo rápido e inocente. Pelo olhar dele sobre mim, presumo que Jason chegou no exato momento em que eu estava contracenando com o marido do Joe. Mas isso não importa mais. Isso não vai alterar em nada o que sinto sobre ele agora. Como eu disse, Jason perdeu a razão. Jason Hoffman me perdeu para sempre.

Tomei um remédio para dormir por toda a noite e acordo apenas agora, às três horas da tarde do dia seguinte. Pulo da cama desesperada, mas logo em seguida me sinto mal. Minha cabeça dói, e acredito que tenha relação com a incontinência lacrimal que tive até cair no sono. Um pouco tonta, deito-me na cama e respiro fundo várias vezes.

Preciso ser forte e não me deixar cair por causa de um imbecil. Jason não foi o único imbecil que se meteu na minha vida e essa não foi a primeira merda que ele fez. Eu vou sobreviver. A duras penas, mas vou.

Aos poucos, arrasto-me até o banheiro e me obrigo a tomar um longo banho. Deixo que a água faça o seu trabalho calmante sobre meu rosto, mas aquela sensação de mal-estar ainda persiste. Não comi nada até hoje, e isso pode estar causando essa indisposição.

Pedi um pequeno café matinal e, embora não esteja com fome, forço-me a comer as torradas de pão integral e o iogurte natural. Dou algumas mordidas em uma maçã e me sinto um pouco melhor. Estou de cara limpa e com a mesma roupa do fatídico dia. Se o Jason pensa que eu vou buscar as minhas roupas, está redondamente enganado. Não tocarei em nenhuma peça que esteja dentro daquelas malditas malas. Ele foi ainda pior do que pensei. Ele fez as minhas malas e, provavelmente, deixou que aquelas mulheres tocassem nas minhas coisas; quero que ele doe ou engula aquelas roupas. Mike é o único pertence que pretendo reclamar. Quero apenas meu cão, e então vou traçar novos planos para minha vida, encontrar uma saída.

Preciso encarar os problemas antes que se acumulem. Resolver qualquer pendência com o Jason desde já é o mais sensato, mas isso não significa que eu vá até ele. Definitivamente, não.

Pedirei alguém e esse alguém trará meu cão.

Não fui demitida, e, como imaginei, o Joe segurou as pontas nesses dois dias em que estive presa naquela suíte de hotel. Ainda não o vi, já que estava até agora tentando explicar ao meu chefe o motivo de eu ter me ausentado. Inventei um mal súbito e uma virose infernal que sinto até agora. Ele me mandou embora, dizendo para eu retomar meus afazeres amanhã. Sempre que falo com meus superiores, eles citam o senhor Hoffman, que é o responsável por eu estar trabalhando aqui. Acho que não me demitiram por causa dele.

Por fim, decido ligar o celular. Mais de vinte ligações estão registradas e, graças a Deus, nenhuma delas é do Jason. Não. Meu ódio por ele é muito maior do que qualquer resquício de expectativa. As ligações são da Kate e do Joe.

Retorno a ligação de Kate, que atende no primeiro toque.

— Hellen, aconteceu algo com você?

— Por que teria acontecido?

— Porque seu amigo, o Joe, não parou de me ligar ontem o dia todo. Ele disse que você não tem ido trabalhar. — Kate solta o ar, parecendo cansada.

— Jason também não atende o Adrian. Diga, o que houve?

Solto um suspiro resignado e começo a explicar tudo de forma resumida. Obviamente, Kate quer matar o Jason e castrá-lo por sua atitude em relação a mim, principalmente depois que falei sobre os beijos calorosos na vadia.

— Não quero que se exalte, você está grávida — peço, mas minha amiga apenas bufa do outro lado da linha.

— Desgraçado! Quero arrancar as bolas dele. Idiota! — Kate vocifera do outro lado da linha.

— Eu não tive forças nem para isso, já que estava perplexa demais, até mesmo para me justificar. Jason apenas anulou tudo com aquela merda toda.

– Hellen, ele é um idiota, e quando descobrir a verdade...
– Será tarde demais – afirmo com uma voz segura.
– Eu só preciso de uma bazuca, agora – Kate diz, fazendo-me curvar os lábios em um leve sorriso.
Ao menos, Jason demonstrou quem realmente é antes de estarmos casados, assim, não precisarei vê-lo nunca mais. Sem vínculos, sem nada...

Jason

Por que eu tenho a sensação de que você, neste exato momento, está me olhando como se eu fosse um maldito filho de oitocentas putas?

Lembre-se, eu sou o traído aqui. Não se esqueça disso.

Tudo bem que eu... exagerei um pouco. Mas isso não anula a lembrança daquela noite no restaurante. Não deleta a imagem das mãos daquele homem sobre minha mulher. Okay, ela não é mais minha mulher, mas ainda era quando estava se agarrando com outro homem publicamente.

Eu me abri para ela. Eu queria casar com aquela mulher. Meu coração sangra e sei que isso que acabei de dizer soou meio maricas, mas é uma maldita verdade.

O problema é que, mesmo sabendo que a Hellen me trocou como uma toalha velha, usada, rasgada e suja, não consigo imaginá-la gostando de outro homem. Era óbvio o seu carinho por mim e, ainda mais... o seu amor. Então, por que razão, e tão repentinamente, aquilo acabou? Não. Isso não acaba e ela vai se dar conta disso. Não haverá outro homem que a ame mais que eu. Hellen Jayne cairá na real e voltará para me pedir desculpas. E sabe o que farei? Irei ouvi-la, porque sou um homem maduro.

Isso que vejo se abrindo em seu rosto é o fantasma de um sorriso sarcástico?

Você acha que eu não sou maduro? Acredita que não foi o suficiente? Acha que mereço coisa pior? Sonha ver meus testículos esmagados trinta vezes, pelo menos?

É um argumento quase convincente, se não fosse por um detalhe... Eu estou ferido por dentro. Não. Eu não me tornei um maricas.

Tentarei entender seus argumentos e talvez perdoá-la, mas, para isso acontecer, ela terá de vir. Terá de largar aquele verme e se arrepender. O verme sortudo e filho da mãe que conseguiu ter a Hellen em algum momento que eu não vi. Ele a conquistou e eu me fodi. É isso... Eu perdi.

Merda!

De repente, a cruel realidade bate sobre mim como um soco na cara e logo meu rosto se fecha... Não há mais planos, não vai mais haver casamento, não haverá mais beijos e não haverá mais "nós". Nunca mais terei seus lábios e... seu olhar de amor sobre mim.

Mil vezes merda!

Preciso me reerguer antes que enlouqueça de vez. E quando digo "preciso me reerguer", quero dizer: "preciso de álcool".

Infelizmente, como da última vez em que brigamos, o aroma dela está impregnado em cada detestável canto da minha casa. Tenho de sair e tentar esquecê-la através da bebida do demônio. Isso funciona, e é exatamente o que vou fazer.

Se eu não vou ao trabalho? Não tenho cabeça para isso. Não agora.

Tomo um banho rápido e me enfio na primeira roupa que vejo.

Meu telefone ficou desligado e, no breve momento depois que decido ligá-lo, vejo muitas ligações do Adrian. Obviamente, não atendi nem vou retornar. Sei que ele pode estar movido pela bomba emocional chamada Kate e, definitivamente, não estou disposto a permitir que ele jogue as verdades da mulher dele na minha cara.

Kate, provavelmente, deve saber de tudo sobre a Hellen e onde ela está. Adrian pode querer me contar sobre a nova vida da minha ex-noiva ao lado de outro homem. É isso aí... não há como falar com qualquer pessoa que tenha ligação com a Hellen, isso seria... humilhante demais para mim. Devo ser o maior traído de Vegas a essa altura.

Termino de me arrumar e forço um sorriso amarelo diante do espelho do banheiro; no reflexo, algo acima dos meus ombros me chama a atenção. Sim, uma maldita calcinha pendurada no boxe. Não sei por que, diabos, mulheres amam lavar suas calcinhas enquanto tomam banho; mas a Hellen sempre amou e, para foder com meu cérebro, essa é a calcinha que eu mais amava ver enfeitando seu delicioso corpo. Hellen sempre teve muito bom gosto com lingeries, inclusive quando as retirava para mim.

Viro-me com um olhar hipnótico para a peça íntima e, instintivamente, pego-a nas mãos. Encaro-a como se fosse uma droga que quero, mas não posso usar. Pareço um maldito viciado em abstinência. Engulo em seco e, num ímpeto, aspiro seu aroma misturado ao do sabonete, ambos impregnados no tecido de algodão. Exatamente, eu cheiro a calcinha que ela, provavelmente, usou para outro homem.

Abruptamente, jogo longe a peça íntima, como se ela tivesse me queimado. Fecho os olhos com força e inspiro longamente.

– Saia dessa casa, saia dessa casa... – repito meu novo mantra, pelo menos, umas dez vezes.

Pego as chaves do meu carro e da casa e sigo rapidamente em direção à porta de entrada, mas quando estou prestes a abri-la, ouço a campainha. Paro imediatamente.

Será ela?

Automaticamente, meu coração bate em um ritmo acelerado ante o simples pensamento de que Hellen possa estar do outro lado da porta.

Aproximo-me lentamente e posiciono meus olhos no olho mágico. Minhas sobrancelhas se unem quando percebo que não é ela, e sim a Kate. O que, diabos, ela está fazendo aqui? Com a mão no trinco, espero um instante, procurando acalmar a respiração e os batimentos cardíacos, e então abro a porta. No instante em que coloco os pés do lado de fora, sou atacado. Isso mesmo. Sou atacado por um maldito taco de golfe que ela trazia nas mãos e eu não tinha visto e que, neste exato momento, está esmagando meus testículos.

Com o golpe, desabo de joelhos bem na frente da Kate, contorcendo-me no chão e segurando as minhas bolas com força. O ar desaparece dos meus pulmões e meu rosto deve estar com uma coloração avermelhada. Minhas mãos parecem estar coladas no que parecem ser os restos mortais dos meus testículos.

— Eu vim a pedido da Hellen. Ela quer que eu leve o Mike agora. — Mesmo sentindo uma dor descomunal, ouço sua demanda. Não consigo proferir uma só maldita palavra. Ainda dói... muito. — Okay, você mereceu isso — ela afirma e, obviamente, ainda não consigo responder. Kate apenas apoia o taco de golfe como se fosse uma bengala e me observa sofrer feito um porco sendo abatido. Frieza e ódio a definem neste momento. — Certo, Jason, antes de fazer minha amiga sofrer, você devia ter tentado ouvi-la. O grande mal-entendido custou uma separação irreversível, entendeu? — Kate expira bruscamente. — Não dou um troféu de espertreza para a Hellen, mas ela não te traiu. O grande problema é que isso não importa mais... Hellen, agora, tem aversão a você.

Ela se afasta e eu ainda fico uns bons cinco minutos vivenciando minha dor. A sorte é que a vaca destruidora de ovos, que entrou na minha lista VIP de melhor esmagadora do ano, não acertou realmente com toda a força do mundo. Acho que, se ela tivesse acertado, eu teria ficado sem as minhas bolas.

Levanto-me lentamente, encarando-a.

– Você é uma maldita vaca... – desabafo, e ela, ainda séria, arqueia uma sobrancelha.

– E você é um idiota, Jason. Hellen te amava. – Kate se afasta, caminhando em direção ao seu carro. – Vá, busque o Mike, que eu o levarei para a verdadeira dona.

Encaro-a, ainda segurando minhas doloridas bolas com uma expressão de dor.

– As roupas dela ainda estão aqui – informo, fingindo não me importar, mas o fato é que isso me deixou intrigado. Tudo o que ela disse me deixou realmente com uma dor do lado de dentro do peito. Por que Hellen não veio buscar seus pertences? Isso tudo é realmente aversão a mim?

– Hellen não quer as roupas, já que, para ela, você fez questão de deixar alguma vadia encostar suas mãos imundas nelas. Ela disse para você enfiá-las... – Kate toma uma longa golfada de ar, parecendo buscar acalmar-se, e não completa a frase. Nem precisa. – Por favor, Jason, estou com pressa e muito grávida para ficar olhando para essa expressão de imbecil.

Hellen não quer as roupas dela?

Hellen não veio e não quer as suas coisas. Achei que ela fosse mais madura e quisesse conversar, mas, pelo visto, decidiu se esconder.

Antes que leve mais uma esmagada, entro em casa, ainda segurando os restos mortais do meu saco. Caminho em direção à sala onde deixei o Mike assistindo nosso seriado preferido. Faço isso todas as noites, já que ele se acostumou. Permaneço na porta, observando-o com os olhos presos na grande tela da TV, e, por um segundo, congelo no lugar. Aprendi a gostar do Mike e isso não é justo. Camuflado entre as almofadas bege, ele levanta a cabeça quando me vê e se senta, esperando que eu me acomode ao seu lado. Também parece triste, ele gosta muito daqui.

Caminho até o Mike e, lentamente, pego-o nos braços. A língua dele imediatamente começa a fazer seu trabalho sobre meu rosto, enquanto sigo em direção à porta. Minha expressão é fúnebre e, à medida que me aproximo da saída, a língua do Mike parece adivinhar que algo está errado. Ele está partindo.

Kate está perto do seu carro, de braços cruzados e com uma expressão impaciente. Mike continua suas ininterruptas lambidas, até que ela se aproxima e ergue as sobrancelhas com um olhar questionador.

– Estou esperando.

Olho para o Mike, minha única companhia, e lentamente o entrego para Kate.

– Ótimo. – Ela se vira, coloca o cão sobre o banco traseiro e entra no veículo. Meus olhos ficam no interior do carro, e Mike se ergue na janela para olhar para mim. Os latidos começam, enquanto o carro acelera, até desaparecer pelo condomínio.

Eu apenas observo a rua vazia, escura e, novamente, sem vida...

Não entro em casa, não suportaria. Olho para fachada vazia e sigo direto para o carro, já que, definitivamente, não quero enfrentar aquele ambiente triste.

Ótimo! Escolhi um bom dia para sair e afogar minhas frustrações. Hoje é dia de UFC e, como de costume, Las Vegas fica lotada de turistas. O bar onde estou, que fica a menos de cem metros da arena onde está acontecendo a luta, está lotado.

Seres humanos lutando, seres humanos bebendo... Afinal, quem precisa de seres humanos? Eu preciso é de álcool. Preciso arranjar um modo de esquecer toda essa merda que ronda minha mente. Talvez eu pudesse me forçar a ser aquele Jason de antes e pegar uma mulher que nunca vi na vida. Sim, turistas gostosas e desavisadas são loucas por sexo selvagem, mas as minhas bolas doloridas e meu cérebro insistem em me lembrar de tudo o que me aconteceu; assim sendo, tenho certeza de que broxarei vergonhosamente caso tente.

Um uísque duplo e sem gelo foi o primeiro copo da noite. Gosto mesmo é de cerveja, mas sei que isso iria demorar para fazer efeito; então decido que uma forte bebida destilada é do que realmente preciso neste momento.

Enquanto bebo, assistindo à luta que passa ao vivo na TV, marmanjos estão espalhados pelo bar e torcendo para que o Chris Weidman finalize o brasileiro Vitor Belfort, que, neste momento, acaba de ser nocauteado. E isso tudo em menos de três minutos. Todos gritam, empolgados com o desempenho do meu compatriota, e eu apenas viro meu uísque de uma só vez. O líquido desce queimando a garganta e minha cara se contorce instantaneamente.

De repente, sinto uma mão tocar meu ombro suavemente. O cheiro forte de perfume indica que se trata de mais uma vadia. Viro-me e dou de cara com... Adivinha? Se pensou na Ashley, você acertou. Minhas sobrancelhas se unem, e eu a encaro, enquanto ela exibe um sorriso irônico.

– Que merda você faz aqui? – questiono, enquanto o barman me entrega mais um copo duplo. Ela se faz de desentendida.

– Vi você entrar e achei que precisaria de companhia. – Suspira. – Sei que aconteceu alguma coisa. A sua cara triste não mente...

– Vamos parar de joguinhos – interrompo-a. – Faça-me um grande favor e procure outro homem, você é uma mulher problemática e já me causou merdas demais.

Ela ri e chama o *barman*, ignorando o que acabei de dizer.

– Eu quero uma tequila, por favor.

O *barman* se afasta e eu me levanto, fazendo menção em sair.

– Não, Jason... Fique. – Ela segura meu braço.

— Eu só quero alegrar o seu dia, acredite em mim.

Olho para o alto, exasperado comigo mesmo. Não sei por que razão me interessei por essa criatura um dia. Quando olho para a cara dela, em vez de querer fodê-la, quero apenas arrancar sua cabeça.

HELLEN

Maldita gastrite...

Além de uma dor incômoda e da queimação no estômago, tenho de trabalhar ao lado de Joe a quem, a duras penas, venho ignorando. Meu amigo é espalhafatoso. Já me trouxe flores, chocolate, e está fazendo de tudo para se redimir. Por mais que não tenha feito de propósito, essa situação gerou todo o estresse que estou vivendo. Ele me perguntou o que havia acontecido comigo, já que desapareci. Contei sobre a orgia do Jason e sobre o motivo de ele ter feito isso, deixando claro minha posição diante de tudo e minha resolução de não ver o Jason nunca mais. Joe tentou argumentar de todas as formas possíveis, e eu apenas pedi que ele se afastasse um pouco, ou seja, que me desse um tempo.

Joe até se ofereceu para ir com o marido procurar o Jason e contar a farsa, mas não admiti que ele entrasse novamente na minha vida, embora deseje que meu ex saiba de toda a verdade. Sim, quero que ele saiba o tamanho da merda que fez, mas não agora. Não tenho pressa, uma vez que tudo já está perdido. Estou mesmo decidida a nunca mais colocar os olhos sobre ele.

Sei que você acredita que também fui impulsiva agindo daquela maneira. Sei que tenho uma grande parcela de culpa. No entanto, e você deve concordar comigo, mesmo tendo me visto com outro naquele restaurante, ele não tinha o direito de me humilhar como fez. Independente do que eu tenha feito, Jason foi simplesmente um cretino. Aquela cena ridícula não sai da minha mente.

Hoje minha avó me ligou e eu a poupei de saber sobre o Jason, embora meus pais já saibam. Quando falou comigo, vovó sentiu algo diferente na minha voz, e posso afirmar que ela não precisa perguntar o que está havendo, pois parece sentir. Quero apenas poupá-la, já que ela considera o Jason como um neto.

Desde que saí daquela casa, todas as noites têm sido um verdadeiro tormento. Não sou uma mulher tão emotiva assim, mas isso, definitivamente, abalou minha estrutura. É duro amar um homem e depois, por causa de um grande mal-entendido, ser humilhada daquela forma. Como o Jason foi capaz? Como ele pode se esquecer dos dias em que declarei meu total amor por ele? E eu, como pude desejar me casar com ele?

Meu telefone toca, trazendo-me de volta, e vejo que é a Kate ligando. Ela já deve estar com o Mike, deve ter ido buscá-lo, como pedi. Espero que não tenha tido problemas.

— Kate? — atendo.

— Resolvido! Mike já está comigo e, pelo cheiro, andou comendo Doritos o dia todo.

Reviro os olhos.

— É, eu sei, Jason sempre dá Doritos escondido quando vamos assistir às nossas séries prefer... — De repente a realidade cai como uma bomba sobre mim. Acabou. Nossas noites, nossos filmes... Tudo isso acabou. Meu coração parece despedaçar dentro do peito.

— Hellen, você está aí? — A voz da Kate me tira dos pensamentos e, sem perceber, lágrimas começam a cair sobre minhas faces.

— Sim.

Ouço a respiração dela.

— Já disse mil vezes para você ficar aqui em casa. Aqui é grande e você pode ficar com o Mike no quarto de hóspedes.

— Não. Jason é amigo do Adrian e...

— Para de besteira, Hellen. Você não pode ficar hospedada em um hotel até encontrar um apartamento.

— Eu... estou pensando em voltar para a Filadélfia – confesso.

— Não, de jeito nenhum você abandonará o seu trabalho e a vida que está construindo aqui. Hellen, preste atenção, amanhã encontrarei um lugar para você. Adrian conhece muita gente e eu prometo a você que o Jason não ficará sabendo, ou eu arranco as bolas do Adrian também.

— Também?

— Sim, com um taco de golfe bem no meio de seus testículos.

Minha boca se abre exageradamente. Achei que ela não tivesse coragem, mas, agora, vejo que essa gravidez a está deixando muito agitada.

Kate realmente cumpriu com o que disse. Adrian conseguiu um *flat* mobiliado para eu me instalar até resolver minha vida. O lugar é ótimo e o preço bem mais em conta que as diárias de um hotel. Mike e eu estamos tentando nos adaptar nesses quatro dias, mas, para minha preocupação, ele não está se alimentando direito. Na verdade, nem eu. Tenho estado cada vez mais cansada e ainda sinto certo desconforto por causa daquela maldita gastrite.

Embora esteja ainda vivendo num torpor emocional, fui trabalhar, tentando ao máximo fingir que nada me importava. Estou aprendendo a usar uma máscara durante o dia e está funcionando. Joe ainda implora para que eu ao menos converse com ele, mas ainda não posso. Não agora.

Depois de mais um dia de trabalho, sigo em direção à entrada do hotel e peço ao manobrista que traga meu carro. Espero ansiosamente que ele chegue rápido para que eu possa ir ao encontro do Mike e da minha cama. Sono e mal-estar é o que mais tenho sentido ultimamente.

— Hellen?

Viro-me ao ouvir uma voz masculina me chamando e encontro o Matthew me observando com as sobrancelhas unidas.

— Está tudo bem com você? — pergunta ele.

Forço um sorriso e me aproximo, cumprimentando-o em seguida.

— Como vai, Matthew?

Ele ainda me observa com um olhar de preocupação.

— Eu estou bem, mas você me parece... doente.

Ergo as sobrancelhas diante de sua sinceridade.

— Deve ser a gastrite — informo.

— Nossa, estimo melhoras a você.

Aceno lentamente com a cabeça.

— Acho que você precisa de alguém para conversar — diz.

Ao ouvi-lo, olhando-o nos olhos, sinto uma imensa vontade de chorar. Não sei por que motivo estou agindo assim, principalmente com o Matthew, que eu mal conheço. Em outro momento, eu certamente estaria fugindo dele, mas, na atual circunstância, a compaixão dele me faz querer que ele apenas... fique.

As lágrimas começam a escorrer e, sem pensar, atiro-me em seus braços. Sei que o peguei de surpresa, e a reação dele não poderia ser diferente.

— Acalme-se, vamos conversar.

O manobrista aparece com meu carro e Matthew pega as chaves, guiando-me para dentro, no lado do carona. Ele se senta no banco do motorista e eu nem protesto, apenas deixo que me leve.

—A cidade está cheia de turistas, mas nesse horário os bares ficam mais vazios.

Concordo com a cabeça, e ele logo estaciona o veículo em um estacionamento próximo a um bar onde costumávamos vir. Caminhamos lentamente, e noto que Matthew parece realmente preocupado.

—Vamos apenas tomar algo, e depois prometo te levar para casa, ok?

Tento forçar um sorriso.

Assim que entramos no bar, Matthew segura os meus braços, impedindo que eu continue a andar.

— O que está acontecendo? —Vejo sua expressão de pavor e estreito os olhos.

— Jason está aqui — ele sussurra, olhando diretamente em meus olhos.

Não pode ser! Em meio a milhares de bares, eu me encontro justamente dentro do mesmo que o Jason?

Isso só pode ser sacanagem!

Jason

Existe uma força sobrenatural que automaticamente nos leva ao ódio. Independente de como tenha sido o seu dia, esse ódio pode estragá-lo por completo. Darei dois exemplos simples de como essa força do demônio pode ser muito mais facilmente contraída que qualquer outra coisa:

Em uma situação hipotética, temos um vizinho gentil que regou as suas plantas ou levou para você a correspondência que havia sido entregue por engano na casa dele, e você, é claro, sente-se agradecido por isso, certo? Porém, no mesmo dia, um cara idiota no trânsito ofende a sua mãe e te manda enfiar o volante no rabo. No fim do dia, você vai se lembrar de quem? Exatamente.

Nem preciso dizer que o ódio e o rancor ficam e que, quando se está bêbado, essa raiva pode ser multiplicada por mil. Eu não bebi para ver a Hellen, mas para esquecê-la; no entanto ela está aqui... como mágica. Neste momento, meu ódio tem nome e se chama Matthew. O maldito, filho de uma vaca, não perdeu tempo e já está grudado na Hellen. Encaro-os, perguntando-me como ela veio parar aqui, já que, supostamente, deveria estar em lua de mel com outro ou algo do tipo.

Ela não tira os olhos de cima de mim, e eu sei que, neste momento, você está imaginando a Ashley aqui, certo? Errado. Eu a mandei pastar e, finalmente, ela seguiu meu conselho.

Confesso que, além de sentir ódio, estou confuso. Quando vi a Hellen com aquele homem, ela parecia muito apaixonada, de modo que não faz sentido vê-la entrando em um bar acompanhada por outro. Será que vieram como amigos? Será que o outro sabe que ela está aqui? Droga. Não quero pensar sobre isso. A ideia de que Hellen esteja com qualquer um dos dois, ou com qualquer outro homem do planeta, me faz ter pensamentos homicidas; sinto ódio principalmente de mim por não ter tido competência para mantê-la.

Termino de tomar minha bebida, virando-a de uma só vez, e em seguida encaro o casal, que não sabe exatamente o que fazer após notar minha presença. Levanto-me do banco e caminho em direção a eles. Quando percebe minha aproximação, Hellen rapidamente se afasta, seguindo em direção à saída. Estreito o olhar, perguntando-me por qual motivo estaria agindo assim. Okay, eu sei o motivo e tenho consciência do filho da puta que fui, mas quem deu início àquilo tudo foi ela. Sim, e para toda ação há sempre uma reação.

No ímpeto, sigo-a, mas sou interrompido pelo imbecil do Matthew, que segura meu braço.

— Não sei o que houve entre vocês, mas ela não quer te ver, cara — ele adverte, e eu fixo meu olhar assassino no dele.

— Solta a porra do meu braço, imbecil — ordeno com a voz arrastada. Nós nos encaramos por alguns segundos e ele, obviamente, me solta. Corro até a saída e vejo Hellen indo rapidamente em direção ao estacionamento. Com rapidez, aproximo-me, puxando-a pelo braço, fazendo o corpo dela chocar-se contra meu.

— Por que mandou sua amiga esmagar meus testículos? Por que não me enfrenta, Hellen? Está com vergonha de olhar na minha cara? O que eu te fiz? — questiono com a voz arrastada e a última frase sai como um sussurro. Na verdade, não sei o motivo de perguntar o que fiz, mas me senti na obrigação. Ela me observa com um olhar frio e sem nenhuma emoção, fazendo-me sentir um merda.

— Jason, você só me fez perguntas idiotas.

Solto o ar.

— Eu quero que você fale. Vamos para algum lugar e tente me explicar o que houve — peço, e minha voz soa apavorada. É isso mesmo? Estou suplicando? Ela aperta os lábios e puxa os braços, soltando-os bruscamente do meu aperto.

— Sabe, Jason, achei que você fosse um homem mais esperto. Ver a sua cara de pau não está no topo da minha lista de coisas para fazer. Entenda... — Ela me observa e eu não quero ouvir o que vai dizer. — Eu. Tenho. Nojo. De você — diz pausadamente, e agora, mais que nunca, posso sentir sua aversão.

É oficial, Hellen me odeia com toda a sua força.

Ela faz menção de sair, mas eu a seguro, obstinadamente, pelos pulsos, pressionando seu corpo novamente contra meu. Meu rosto está muito próximo do dela, e... seria nesse exato momento que eu a beijaria loucamente, certo? Não, eu não farei isso.

— Hellen, você me traiu. Eu vi suas malditas mãos sobre aquele homem! — elevo a voz, levantando seus pulsos e sacudindo-a levemente, ainda com o rosto muito próximo do dela. Posso sentir sua respiração, e meu coração bate acelerado. Parece que a bebida não fez nenhum efeito. — Eu quero te ouvir, droga! Talvez eu possa te perdoar e...

— Perdoar? — interrompe. — O que você viu no restaurante foi a sua ex-noiva fazendo um favor para um amigo *gay*. Foi um grande engano, Jason, mas o que eu vi dentro da casa que eu chamava de "lar"... não foi.

— Engano? Você me avisaria se fosse um maldito engano! — vocifero, ainda segurando seus pulsos, e, de repente, Hellen desaba sobre mim. Isso mesmo. Ela desmaia, do nada. — Hellen? — Seguro-a, antes que seu corpo caia por completo, e me ajoelho com ela nos braços. — Merda! O que ela tem?! — pergunto para ninguém espe-

cificamente, sustentando-a. Meu coração bate ainda mais acelerado.
– HELLEN? – chamo-a, desferindo tapinhas em seu rosto com desespero. Lentamente, os olhos se abrem, permitindo que eu suspire aliviado. Quando percebe que está no meu colo, ela tenta se afastar, mas eu não permito e estreito os olhos, para que ela veja minha determinação. – Você está muito pálida – afirmo, e Hellen me empurra, tentando se desvencilhar mais uma vez do meu aperto.

– Solte-me... Eu estou bem. Vou ficar bem – ela responde, esfregando o rosto com as duas mãos.

– Hellen. – Ouço a voz do desgraçado atrás de mim. Será que esse merda não vai desistir?

– Venha. – Ele me ignora, puxando-a com firmeza e afastando-a de mim. Minha vontade agora é arrancar a cabeça dele, mas, por algum motivo, não o faço; apenas fico parado, encarando-os com perplexidade.

– Você está bem? – A pergunta faz Hellen devolver um sorriso doce e gentil para o Matthew; um sorriso que antes era dirigido apenas para mim. Porra! Isso me provoca as piores sensações, como se eu estivesse dentro de um maldito pesadelo. Parece que algo morreu dentro de mim; simplesmente não sei explicar.

– Minha pressão deve ter caído. Vamos logo sair daqui? – ela implora, ignorando completamente minha presença.

Eu fico ali, em pé, com os olhos fixos no casal que se afasta para longe. Não os sigo. Eu não consigo. Hellen me odeia...

Olhe para mim. Bem aqui, deitado sobre o chão frio de mármore da minha espaçosa cozinha. Estou com um olhar perdido em nenhum lugar específico. Decidi que este é meu lugar preferido nesta casa desde que cheguei daquele bar.

Por quê?

Bom, aqui não há muita coisa que me faça lembrar dela, embora eu possa sentir seu perfume.

Dessa vez não é o perfume dela que já está naturalmente impregnado em tudo nesta casa, mas sim o que ficou em mim depois de segurá-la. Não estou tão bêbado como desejaria e, por algum motivo, estou me sentindo um maldito culpado.

— Jason, o que está acontecendo? — Adrian irrompe pela porta e eu me pergunto como ele entrou.

— Como entrou aqui? — pergunto, sem fazer contato visual.

— Você esqueceu a porta aberta, idiota. — Ele salta meu corpo deitado e segue em direção à geladeira, pegando uma cerveja. Eu apenas o acompanho com o olhar, mas continuo deitado.

— Você parece um derrotado, cara. Um cuzão derrotado de merda. — Adrian afirma, enquanto se senta em um banco alto, em frente à ilha da cozinha, mas eu ainda o ignoro.

— Kate me contou a cagada que você fez. Por isso não me atendeu?

Esfrego o rosto furiosamente e me levanto, andando lentamente em direção à geladeira. Pego uma cerveja e me sento no banco alto, em frente ao Adrian. Enquanto bebe sua cerveja, ele me observa atentamente.

— Você fede a uísque. Seus poros fedem a uísque — Adrian diz, enquanto viro minha cerveja, com o dedo do meio já apontado para ele.

— Jason, por que você faz essas merdas, cara?! — Sua expressão é séria agora.

— Hellen me traiu — respondo sem emoção na voz, e ele ergue as sobrancelhas. Pela expressão dele, Adrian também parece me odiar agora.

— É mesmo? Em algum momento você se perguntou se aquilo que viu poderia ser algo combinado? — questiona, e eu apenas nego com a cabeça. Claro que pensei em tudo, mas, definitivamente, não cheguei a nenhuma conclusão. Era tão... real. Hellen parecia apaixonada, e isso não sai da minha cabeça.

— Eles estavam se acariciando, e hoje eu a vi com o Matthew.

— Se você a viu com o Matthew é porque permitiu. Agora deu espaço para outros homens, idiota. Você não a questionou sobre o restaurante, e para se vingar, monta uma orgia dentro da casa em que vocês viviam juntos?!

— Tive meus motivos — afirmo com veemência.

— Meu ovo esquerdo tem mais motivos que você, Jason.

Encaro-o.

— Seu ovo esquerdo deve estar intacto agora — eu digo e ele ri com sarcasmo.

— Eu sei, a Kate não perdoa. Essa é minha garota! — diz orgulhoso pelo fato de sua mulher ser uma grande vaca.

— Kate é uma vaca destruidora de testículos alheios.

Ele meneia a cabeça e fixa os olhos nos meus.

— Amigo, você errou feio dessa vez, mas não tiro a sua razão ao ter visto a Hellen naquelas circunstâncias... Eu também pensaria exatamente a mesma coisa, mas não reagiria daquela maneira. Eu a questionaria antes de fazer qualquer coisa. Kate me contou que foi um maldito engano, e, agora, olhe para você.

— Engano? Não me faça rir. — Minha voz soa sarcástica, mas, na verdade, estou começando a cogitar essa maldita ideia.

— Hellen disse que o tal homem é *gay*, Jason. Foi um engano — afirma com veemência.

Hellen me falou que foi engano, Kate também, e agora o Adrian, mas a Hellen seria uma grande atriz se isso fosse verdade, isso sim.

— A unha encravada do meu dedão é mais *gay* que aquele cara — refuto, e ele revira os olhos.

– Okay, seu idiota de merda, não vou tentar convencê-lo. – Ele se levanta e fixa os olhos nos meus.

– Quando você cair em si e perceber a burrada que fez, será uma missão quase impossível resgatar a Hellen, meu caro.

Ele me dá tapinhas nas costas e sai pela porta sem dizer mais nada. Suas palavras me fazem engolir em seco, encarando um ponto fixo. Neste momento me sinto mais perdido que filho de prostituta no dia dos pais.

HELLEN

Num belo momento, percebemos que não sobrou alternativa alguma. Todas as esperanças se esgotaram. Acabou. Jason parece acreditar em algo que ele inventou lá dentro. No fundo, ele sabe que agiu de maneira errada, mas admitir isso é o mesmo que assumir sua derrota e imaturidade. Ele não quer aceitar a verdade, está nítido, e isso dói, já que o que me fez passar é resultado de um grande engano.

O carro para em uma vaga do estacionamento do meu novo lar e Matthew me observa com uma expressão preocupada. No trajeto, contei a ele o que houve, para não deixá-lo perdido, e agora me sinto mal por tudo. Queria um buraco escuro para me enfiar.

– Tem certeza de que prefere ficar sozinha?

Concordo com a cabeça.

– Preciso realmente descansar.

Ele sorri fracamente.

– Certo. Estarei no hotel e, se precisar de qualquer coisa, chame.

– Se quiser, pode levar meu carro. Amanhã eu o pego no hotel. Já te dei muito trabalho por hoje.

— De forma alguma. O hotel é perto e não será problema algum pegar um táxi.

Forço um sorriso, para parecer educada, mas Deus sabe quanto estou me esforçando para não chorar. Sim, pela primeira vez na vida, sinto-me a mulher mais emotiva do mundo.

— Você superará tudo isso, Hellen. Conte comigo.

— Obrigada.

Matthew sorri e beija minha testa demoradamente.

— Não precisa agradecer.

Cinco dias se passaram e, vamos combinar, essas dores que sinto não podem ser apenas sintoma de uma gastrite.

Embora eu tenha me prevenido, sei o que pode de fato estar me acontecendo, e só em pensar nisso já começo a entrar em pânico. Não sou uma menina ingênua, pelo contrário, sei que meu período está atrasado e sei da probabilidade de eu estar... Ah, meu Deus! Não posso estar grávida!

— Será? — Esfrego o rosto furiosamente.

— "Será" o quê, loira? — Joe pergunta, observando-me com um olhar questionador. Sim, já estamos nos falando, embora eu ainda não o tenha perdoado totalmente; mas preciso dele e não posso culpá-lo para sempre. A burra aqui sou eu.

— Nada, apenas um pensamento idiota.

— Gata, deixe que eu fale com Jason? Sei que ele...

— Faça o que quiser — interrompo-o —, mas não vai adiantar. Não pretendo perdoá-lo pela orgia que fez com aquelas mulheres.

Ele expira lentamente.

— Pela milésima vez, desculpe!

Ergo as sobrancelhas.

— Joe, você errou, mas eu também agi por impulso. Já passou. Esqueça isso.

Ele parece pensativo, mas logo me devolve um sorriso triste.

Volto ao trabalho, tentando esquecer tudo e me concentrar no agora, mas, inesperadamente, alguém entra pela porta do escritório, fazendo-me inclinar a cabeça para olhar. Minha boca se abre lentamente ao ver o senhor Hoffman me observando com uma expressão triste de cortar o coração.

— Hellen, será que podemos conversar?

Levanto-me, imediatamente, e aproximo-me dele. Tenho receio de saber o que Jason falou para o senhor Hoffman, mas, pelo seu olhar de compaixão, sei que não acreditou ou, talvez, não queira acreditar.

— Claro. — Olho para meu pulso. — Já está quase na hora do almoço. Vou pegar a bolsa.

Seguimos para um restaurante do hotel onde trabalho. O lugar está vazio e ideal para uma conversa. Assim que a *hostess* nos encaminha para uma mesa, o senhor Hoffman pede o menu de bebidas.

— Prefiro tomar um suco, já que terei de trabalhar o dia todo.

Ele sorri fracamente e, no mesmo momento, faz os pedidos. Decidimos comer primeiro e conversar depois, já que essa conversa pode nos tirar o apetite.

— Certo. — Ele exala um suspiro profundo e entrelaça os dedos das mãos, parecendo pensar por onde começar. O garçom já retirou toda a mesa, minha comida quase intocada.

— Hellen... Agora podemos ir direto ao assunto. — Ele fixa os olhos nos meus. — Eu estava no restaurante quando Jason a viu com aquele homem — afirma sem rodeios, deixando-me com uma expressão atordoada.

— Então o senhor pensa que...

— Por isso estou aqui — ele me corta. — Quero saber exatamente o que aconteceu, já que meu neto idiota não a chamou para conversar.

Não tentou entender. Entretanto... – Encara-me diretamente. – O que vimos parecia algo surreal para qualquer pessoa. Definitivamente, aquela não parecia você.

Meneio a cabeça afirmativamente.

– Eu sei e vou te contar tudo... Exatamente como aconteceu. Eu não o trairia, jamais – declaro, e ele acena, esperando que eu continue.

Conforme disse que faria, conto exatamente o que tinha acontecido e como fui parar ali. Como imaginei, o senhor Hoffman fecha os olhos e exala um suspiro profundo. Quando ele fixa os olhos nos meus, consigo ver a tristeza em seu rosto. Sei que senhor Hoffman queria muito que ficássemos juntos, mas também sei que ele tem noção de que não voltarei mais para seu neto.

– Foi tudo um grande engano, Hellen. Vocês se amam e não podem ficar separados.

– Eu sei que fui a grande errada por tudo o que está acontecendo, mas... não conseguirei apagar da minha mente aquelas mulheres e a orgia que ele fez dentro da nossa casa. Era ali que eu me sentia bem, feliz e... Jason não pensou nisso. Ele apenas fez.

– Nos negócios, Jason é proativo, mas na vida amorosa ele apenas age sem pensar nas consequências. – Ele para de falar, faz uma longa pausa, e depois continua. – Eu sei que agora você está triste, decepcionada, mas pense em quanto vocês se amam e...

– Desculpe, senhor Hoffman. Isso não vai acontecer.

Ele me observa com um semblante triste e eu quase me arrependo do que acabei de dizer, mas, por mais que a verdade doa, quanto antes souberem de minha decisão, melhor.

– Quando o Jason tiver consciência, vai se arrepender, Hellen. Ele te ama, pense nisso.

– Eu também o amo, mas se vivi quase trinta anos da minha vida sem ele, saberei superar.

Jason

Canalhas têm uma história triste...

Ele pode ter amado sem ter sido correspondido ou talvez tenha sido descartado da maneira mais humilhante possível. O grande lance é que muitos canalhas se julgam frutos de histórias ruins e pensam que, se tivessem sido mais bem tratados pelas mulheres, não seriam os seres inescrupulosos que são, isto é, seres sem coração, que não se importam com os sentimentos das mulheres. Tenho certeza de que um ser como esse passou pela sua vida ao menos uma vez; se não passou, você é um homem.

Posso afirmar que sou totalmente diferente, mesmo que nunca tenha me importado realmente com os sentimentos das mulheres. Não até conhecer a Hellen.

Nunca fui chutado, tampouco fui largado ou menosprezado por qualquer mulher. Fui um canalha porque, simplesmente, quis ser uma canalha. Sempre fui um VXA, que, em poucas palavras, significa: "viciado em xoxotas assumido". Sempre fui tarado, mas... você já sabia disso, certo?

Continuando...

Hellen foi a primeira mulher com quem eu realmente me envolvi de uma forma mais... profunda. Eu a amo, e até há alguns dias tinha certeza de que ela havia me traído. O problema é que, a cada dia de merda longe dela, essa certeza vem diminuindo de forma drástica, e sabe o que me resta? Bem, o que resta é um maldito sentimento de culpa que me corrói por dentro.

Não. Não tive coragem de ir atrás da Hellen, e, por incrível que pareça, mesmo que ela tenha cometido algum deslize, descobri que eu suportaria qualquer coisa, sabe por quê? Simples... Hellen é a única mulher capaz de me fazer feliz. Eu a amo mais que a mim mesmo. Okay, isso está parecendo um maldito cartão brega do dia dos namorados, mas é verdade... O que posso fazer?

Quer mesmo saber? Não me importo se ela se cansou de mim ou achou que faltava algo, sabe por quê? Porque eu a amo e preciso provar que isso é apenas uma crise de merda. Somente a hipótese de todos estarem certos, de que tudo isso não tenha passado de um grande engano, dá a sensação de que meu corpo congela e um medo filho da puta me consome.

Antes da Hellen, eu não acreditava em sentimento de culpa ou arrependimento. Depois que a conheci, esse é um dos sentimentos mais presentes na minha vida. No entanto, aquela cena que protagonizei em minha casa apenas para me vingar está me consumindo e me fazendo pensar sobre uma grande e provável cagada. Era tudo uma farsa, mas, aos olhos da Hellen, não foi. Eu fingi gostar de outras mulheres apenas para vê-la tão ferida como eu estava me sentindo naquele momento.

Sabe de uma coisa? Quando deixamos as emoções falarem mais alto, sempre há arrependimento. Sempre. Isso é fato. Não faça nada de cabeça quente ou se arrependerá para o resto da vida. O que foi? Não quer ouvir meus conselhos e acha que tem motivos para isso? Sim, você tem.

Mesmo que eu tenha visto aquela cena, e ainda que ela tenha de fato me traído e que acredite amar aquele imbecil, eu deveria ter resolvido na hora ou tentado conversar para entender o que a levou a agir daquela maneira. Deveria ter ouvido o Adrian, meu avô e minha consciência de merda. Em poucas palavras, eu deveria ter mijado na porra de um poste. Provavelmente, você já sabia disso, certo?

Eu a feri, e isso não foi a coisa mais inteligente a se fazer. Bom, essa é minha dúvida agora. Preciso saber se o que todos disseram é, de fato, uma maldita verdade. Tudo pode ter sido um grande engano. Uma porra de um engano. Ainda não paguei para ver por medo. Sim, medo! Outro sentimento novo para mim.

Depois de me sentir a pior das criaturas durante toda a semana, meu avô me obrigou a voltar ao trabalho, alegando que iria delegar meu cargo a outra pessoa que, segundo ele, seria mais responsável e menos idiota que eu.

As palavras dele me fizeram acordar e perceber que, na verdade, meu rápido giro de trezentos e sessenta graus foi apenas um atalho para o inferno. Nunca, em toda minha vida, ele foi tão frio comigo. Nunca agiu tão radicalmente, nem quando eu era adolescente e me flagrou tentando fotografar a empregada tomando banho, muito menos quando fiz uma orgia em sua casa ou quando convidei uma *stripper* peituda em seu aniversário e... Bom, acho que você entendeu. Quero dizer que meu avô nunca me ignorou dessa maneira.

Adrian também anda me evitando. Na verdade, não nos falamos mais, e tenho certeza de que tem o dedo da Kate nessa história. Ela deve ter ameaçado esmagar os testículos do coitado caso ele me encontrasse. É compreensível, já que ela está grávida e possui uma coleção de tacos de golfe em casa.

Durante todos esses dias, eu me forcei a dizer a mim mesmo a frase: "isso vai passar e amanhã será outro dia". Não. Não tenho lido livros de autoajuda, se foi isso o que você pensou. Contudo, preciso me manter firme para não me afundar na lama, na qual, sei, estou enfiado até a cabeça.

Mesmo cansado, hoje não tive tempo para nada. O trabalho acabou sendo um remédio momentâneo para eu, ao menos, tentar colocá-lo em dia. O problema é que no escritório eu não posso beber para fingir estar bem; preciso estar completamente lúcido e atento para não decepcionar ainda mais meu avô.

A pilha de documentos sobre a mesa denuncia minha negligência em relação ao trabalho, algo inédito em minha vida. Posso agir como um adolescente de merda, mas nunca perco o foco no trabalho. Não, até hoje.

Aqui, eu sempre comandei, sempre fui "o foda" em montar estratégias. Agora serei um futuro desempregado caso, ainda nesta semana, não me esforce para colocar tudo em dia.

Enquanto termino de guardar documentos importantes, separando-os em pastas, sou interrompido pelo toque do meu celular. Pego-o, na esperança de que seja Hellen, mas obviamente não é. É um número da Pensilvânia; são os pais da Hellen. De repente, meu coração acelera.

— Alô? — atendo, cautelosamente.

— Sua sorte é que eu não posso pegar um voo até aí para enfiar minha bengala no seu rabo. — Preciso dizer que é a avó da Hellen do outro lado da linha? Acho que não. Pelo tom da sua voz rouca e cansada, ela está se esforçando para que eu me sinta um verme.

— Eu... — tento argumentar, mas ela me corta.

— Tive de fazer chantagem para saber o que está acontecendo com minha neta, que parecia devastada ao telefone. — Merda, agora ela também me odeia. Todos me odeiam e isso é muito ruim, visto que tudo me leva a crer que eu, de fato, posso ter cometido um grande erro.

— Imbecil, ouça bem... Eu quero que...

— Eu sei — interrompo-a, antes que verbalize a ordem. Sei que vai ordenar que eu me afaste da Hellen, e mesmo que eu não a obedeça, ela não precisa saber; afinal, Elise é uma idosa e não quero ser o causador de um AVC. — Fique calma, eu... irei me afastar dela. — Minha voz soa frustrada ao dizer isso.

– O quê? Será que ouvi direito? Acho que você não imaginou realmente minha bengala bem no meio do seu rabo. Quero que vá atrás dela e resolva essa grande merda que fez.

– Mas... – minhas sobrancelhas se unem.

– Você pensa que ela ficará esperando por você a vida toda, seu verme?

– Ela me odeia – justifico, em um sussurro, sentindo-me um adolescente ao ser repreendido por uma idosa.

– Eu te odeio, o pai da Hellen te odeia, a mãe da Hellen também, mas não minha neta. Agora, preste atenção... Mexa a sua bunda, porque você terá um grande desafio pela frente. – Estou prestes a responder, mas ela simplesmente desliga o telefone, interrompendo a ligação. Momentaneamente, fico estático, olhando para o aparelho na minha mão.

Não posso negar, ela é persuasiva...

Encaro o aparelho por mais alguns segundos, com o olhar perdido. Ela está certa, não posso pagar para ver. Preciso apenas pedir perdão e assumir meu erro. Embora não saiba o que de fato aconteceu naquele restaurante, eu só preciso me desculpar pela merda infantil que armei. Hellen precisa saber a verdade. Ela precisa saber que tudo foi uma grande mentira e que eu não transei com aquelas mulheres, mas que apenas queria provocá-la e me vingar.

Independente do que houve, eu a amo. Amo aquela mulher e preciso fazer alguma coisa.

Pego as chaves do meu carro, saio pela porta do escritório e passo pela Meg, que me lança um olhar interrogativo.

– Achei que o senhor ficaria até mais tarde.

– Preciso tentar resolver uma coisa – respondo sem fazer contato visual e sigo diretamente em direção ao estacionamento.

Estou dentro do hotel onde Hellen trabalha e, por alguma razão, não sei o que fazer. Tenho esperança de encontrá-la ainda na sua sala, mesmo sabendo que ela não tem a mínima vontade de falar comigo.

Atravesso o grande saguão, sigo em direção aos elevadores, e, quando me aproximo, a porta se abre revelando Joe, que me observa com um olhar surpreendido.

— Nossa, você lê pensamentos? Estava decidido a ir até o seu escritório amanhã...— ele informa enquanto sai do elevador mascando chiclete, feito uma lhama.

— Onde está a Hellen? — pergunto. — Preciso muito falar com ela.

Ele parece tenso enquanto me observa ainda mascando o maldito chiclete. Como eu odeio esse som.

— Jason... Hellen já foi, mas já que você está aqui, preciso esclarecer algumas coisas.

Estreito o olhar, e ele parece ainda mais tenso.

— Por favor, vamos até o restaurante do hotel; preciso te apresentar alguém. — A voz dele parece implorar.

— Por que, diabos, eu deveria acreditar em você? Já briguei com a Hellen por sua causa.

Ele olha para o lado, sem mover a cabeça, com uma expressão de culpa.

— Eu não tenho culpa se você imagina coisas antes de saber o que elas realmente são. Quem está vindo aqui é a pessoa que vai te fazer entender o que de fato aconteceu naquele restaurante. — As palavras dele me fazem pensar.

— Mark é meu marido, e está vindo aqui. Sempre jantamos no restaurante deste hotel, e agora vou esperá-lo com você, caso queira realmente vir comigo.

Ele solta um suspiro profundo e eu ergo as sobrancelhas, com um olhar interrogativo.

— E... o que eu farei entre você e seu... marido?! — questiono, e Joe ainda masca nervosamente o chiclete. Ele alterna o olhar entre o relógio e a escada que vai para a entrada do restaurante, localizado no andar de baixo. Pela expressão dele, sei que tem muita coisa a ver com toda essa confusão.

Exalo um suspiro resignado e olho ao meu redor, esperando que não seja um pretexto para que ele dê em cima de mim.

— Certo — digo com muita relutância e sigo-o em direção ao restaurante. Assim que entramos, a *hostess* nos conduz até uma mesa.

— Mark deve chegar a qualquer momento, ele só está um pouco atrasado — Joe informa, enquanto se senta. Ele me observa com um olhar interrogativo, esperando que eu me sente à sua frente, mas não ficarei sozinho com ele... Nem ferrando.

— Você não vai se sentar? — indaga, com uma expressão de dúvida.

— Eh... preciso ir ao banheiro — respondo e começo a me afastar. Ele tenta dizer algo, mas eu o ignoro, seguindo em direção aos banheiros.

Assim que entro, minha cabeça tenta imaginar em que merda ele está metido e o que poderia esclarecer sobre a Hellen naquele restaurante. Será que, novamente, ele está no meio? Balanço a cabeça negativamente.

Confesso que estou começando a cogitar algumas coisas, mas se for de fato o que estou pensando... serei um maldito filho de uma cadela mal-amada para todo o sempre.

Aproximo-me do mictório e desço o zíper para me aliviar. Espalmo a mão sobre a parede, fixando os olhos no azulejo preto à minha frente. Enquanto termino, ouço a porta se abrindo.

— Jason.

Inclino a cabeça ao som da voz afeminada de Joe bem atrás de mim e fecho os olhos, tentando entender o que ele faz aqui.

— Achei que tivesse escapado de mim, seu danadinho – ele brinca e eu sopro o ar, mantendo o olhar ainda sobre a parede.

— Ele está chegando, e você finalmente entenderá o que quero com você.

— Eu quero que você me diga agora, Joe – ordeno ainda de costas. – Espero, sinceramente, que não seja o que estou pensando e... – Paro de falar, percebendo que ele está emitindo um grunhido estranho.

— Joe, você está aí? – Ele não responde. Viro o rosto e percebo que Joe ainda está ali, mas seu rosto está meio arroxeado. Encaro-o, sem entender, e ele me observa com as duas mãos no pescoço. Ele está fazendo força para respirar.

— Chiclete... eu tô... – ele emite um som esganiçado, tentando inutilmente puxar o ar.

Merda, ele está engasgando com o chiclete.

Começo a entrar em pânico e, sem tempo para fechar o zíper da calça, corro até ele, posicionando meu corpo bem atrás do seu. Certa vez vi em um filme um cara salvando seu amigo dessa maneira; acho que ele dizia algo sobre pressionar o diafragma.

Porra, onde mesmo fica essa merda de diafragma?

Estou nervoso, pois ele ainda emite um grunhido desesperado. Encaixo meu corpo por trás dele, pressiono a mão com força sobre a sua barriga e nossos corpos se chocam violentamente. A ideia é que esse movimento leve Joe a expelir o chiclete que está impedindo a passagem de ar, antes que ele morra engasgado. Pressiono novamente, agora com mais força, e repito o procedimento por várias vezes, até que, abruptamente, o chiclete voa da boca dele.

Ofegante, ele se apoia no lavatório, enquanto eu encosto a testa sobre o seu ombro. Também estou muito ofegante devido à força física que fiz para salvá-lo.

De repente, a porta se abre e, quando me viro, vejo um homem muito familiar para mim. Ele está estático, com um olhar totalmente incrédulo sobre nós. Estreito o olhar, ainda ofegante, e logo percebo de quem se trata. *Sim, é o homem que vi no restaurante com a Hellen.* Jamais me esqueceria dele. Minha boca se abre enquanto nos encaramos.

– O que significa isso?! – ele questiona, com uma das mãos sobre a boca, ainda totalmente incrédulo. É somente neste momento que me vem a constatação de que estamos em uma posição, digamos... suspeita. *Que merda!*

Desço o olhar sobre as minhas pernas e percebo que minha calça está no chão, e que a única coisa que realmente está de fora é meu...

– Merda, merda! – Afasto-me rapidamente.

– Amor, esse é o Jason.

Enquanto subo a calça e fecho o zíper, encaro-os com as sobrancelhas unidas. Ainda estou respirando com dificuldade. Agora tudo faz sentido, e eu estou me socando por dentro por novamente ser tão burro, mas, provavelmente, você já sabia disso.

Como não me liguei nisso na hora? Eu tenho a foto desse cara no meu celular desde quando Hellen me mandou, tentando provar que o Joe é gay.

Mil vezes merda!

– Vocês estavam se pegando dentro do banheiro – o estranho grita consternado e meus olhos se arregalam com essa confusão absurda.

– Não, não... Joe engasgou e eu o salvei – digo com veemência, e ele ri amargamente.

– Fiquem juntos, vocês se merecem! – O homem sai com uma expressão devastada e eu fico sem reação com o que ele pensou que nos viu fazendo. Joe, que parece apavorado, sai do banheiro desesperado atrás do seu... marido.

Esse, sem dúvida, é o homem que estava no restaurante com a Hellen e que, obviamente, é... gay.

HELLEN

Se eu disser que não sinto saudade do Jason, estarei mentindo. Mike também, ele parece mais triste cada dia. Não entendo. Jason só foi tê-lo como companhia há pouco tempo, mas é como se Mike sempre tivesse feito parte da sua vida.

A cabeça do Mike está apoiada na minha barriga e seus olhinhos estão fechados. Hoje irei ao médico fazer o exame de gravidez. Meu corpo se arrepia todo só em pensar nessa palavra. Lentamente, passo a mão na cabeça de Mike, que, aos poucos, abre os olhos. Ele me observa como se quisesse me dizer algo, e posso imaginar perfeitamente o que diria se pudesse falar. Ele quer o Jason, quer voltar à rotina de seriados e Doritos, quer ir embora deste *flat* sem vida e impessoal.

Levanto-me devagar e, depois de um banho demorado, decido tentar empurrar algo para dentro. Mike também se esforça, mas come apenas a metade do que está acostumado. Alimento-me e, em seguida, ligo para Kate, que me atende no primeiro toque.

– Hellen...

– Kate, preciso da sua ajuda.

– Sabe que pode contar comigo, não é? – A resposta dela me faz esboçar um sorriso.

– Sim, mas quero apenas que você descreva como foram seus primeiros sintomas de gravidez. – Sei que eu poderia ter encontrado essa informação no Google, mas o relato de uma amiga que está vivenciando isso agora me deixaria mais tranquila... Ou não.

– Espera aí... Eu ouvi direito?

Não respondo.

– Hellen, você está aí?

– Kate, estou apavorada.

Ouço-a respirar pesadamente.

— Acalme-se... Talvez sejam apenas sintomas de estresse devido à separação. Vou te fazer algumas perguntas e, caso a maioria das respostas, ou todas, forem "sim", vamos direto fazer esse exame... Okay?

Aceno, mesmo sabendo que ela não me vê. Kate faz um barulho com a garganta, indicando que vai começar:

— Sua menstruação está atrasada?

— Sim.

— Sente cólica abdominal?

— Sim.

— Sente sono, tem inchaço abdominal, seus seios doem e, o principal... — A essa altura, enquanto a realidade catastrófica cai sobre mim como um acidente aéreo, as lágrimas descem profusamente. — Hellen, você está urinando como se estivesse tendo uma maldita incontinência?

Aperto os olhos e as lágrimas, agora, são incontroláveis.

— Hellen, você está chorando? — Kate pergunta, mas não consigo responder. Desligo o celular e volto para a cama, jogando-me e chorando feito um bebê. Mike já está lambendo meu rosto e eu apenas me viro, escondendo-o e chorando compulsivamente.

Jason

Sei o que você está pensando... Que grande porra foi aquela?

Eu sabia que algo estava errado. No fundo, eu sabia que, de alguma forma, havia feito tudo errado outra vez. Estraguei tudo. Sou um maldito otário de merda. Completamente. Eu me odeio e me considero um verme desde que saí daquele restaurante, há exatos quarenta e cinco minutos. Aliás, eu me sinto um verme desde que Hellen saiu da minha casa. Da nossa casa.

Estou rodando pela cidade em direção à minha casa e tentando fazer a porra de uma autoanálise. Sabe o que acabei de constatar? Que estou decepcionado comigo mesmo. Não é uma bosta?

Na minha frente, só consigo visualizar a expressão da Hellen decepcionada e desmaiando sobre mim. Ela estava tão estressada, tão mal, que caiu literalmente em meus braços. Hellen foi julgada sem chance de defesa. Ela foi massacrada e, o que é pior, deve estar sendo consolada por outro, além de me odiar, é claro.

Droga! O que, diabos, eu fiz?

Sei que você pensou que eu deveria ir atrás dela. Eu entendo, mas não fui até agora por dois simples motivos: primeiro, porque preciso bolar uma estratégia para chegar até ela, tenho de ter argumentos sólidos para que ela aceite, ao menos, falar comigo; segundo, porque não sei aonde ela está. Não faço a mínima ideia. Nada.

Se eu já liguei? Claro!

Hellen mudou o número, e isso só demonstra sua total aversão a mim. A única pessoa que provavelmente sabe sobre a localização dela é a vaca da Kate. Sim, a destruidora de ovos desprotegidos, mas ela não seria tão amável a ponto de me dar o endereço da Hellen. E arrancar essa informação do Adrian seria uma missão quase impossível, já que a esposa dele mantém os malditos tacos de golfe em casa.

O jeito é tentar me controlar até amanhã. Isso. Eu preciso de tempo. Preciso me acalmar para pedir perdão a Hellen.

Preciso pensar sobre as "merdas de hipopótamo" que fiz. Isso lembra alguma coisa? O problema é que as merdas anteriores nem se comparam com essa merda. Tudo bem que, se você pensar sobre tudo o que aconteceu, vai entender que não sou um porra de um advinho. Eu já disse uma vez que tenho duas bolas aqui embaixo e posso garantir que nenhuma delas é de cristal. Hellen me pareceu apaixonada; certamente, ela deveria ganhar o Oscar de melhor atriz, e eu, o de maior idiota do universo. É isso... Eu, mais uma vez, estraguei tudo.

Agora, ela pensa que eu trepei com a Ashley e com todas aquelas vadias. A Hellen não faz a mínima ideia de que meu pau recebe comandos apenas do corpo dela, como se estivesse enfeitiçado. Não que eu, de fato, não consiga transar com todas aquelas mulheres de uma só vez. Acredite, eu poderia. Não revire os olhos.

Entro em casa e, assim que fecho a porta, meu olfato é confrontado por um odor desgraçado. É como se alguém tivesse matado um porco há cinco dias e o abandonado aqui. O cheiro vem da cozinha, mas se alastrou por todos os cômodos. Pressiono o nariz com dois dedos, mas nem isso é capaz de conter este fedor filho da puta de resto de cerveja misturado com restos de sanduíches do In-N-Out Burger, minhas únicas refeições durante toda a semana.

O que foi? Você achou mesmo que eu estava bem? Nem sequer fui capaz de deixar a diarista entrar na minha casa. Eu me tranquei por toda a semana, mesmo tendo que trabalhar, e agora parece que enterraram um gambá morto na minha cozinha.

Com os dedos ainda pressionando o nariz, subo as escadas e caminho rapidamente em direção ao meu quarto, o único lugar respirável da casa. Fecho a porta e me atiro na cama. Imediatamente, imagens de Hellen caminhando nua, sorrindo, em minha direção, invadem minha mente. Obviamente, estou de pau duro, mas ignoro. Sim, sem querer, estou me punindo. Não quero me dar prazer. Seria decadente demais no estado em que me encontro.

Fico inquieto, pensando no que Hellen poderá me dizer. Preciso dizer-lhe que tudo o que ela viu, ou pensa que viu, foi uma grande mentira. Não existiu orgia, embora os beijos tenham sido reais. Acalme-se, eu disse "reais", não "sinceros".

Merda!

É torturante não tê-la na cama comigo, não poder tocá-la. Simplesmente não sei o que fazer.

Fecho os olhos, como se assim pudesse esquecer esse pesadelo que se tornou minha vida. É inútil, preciso encarar meus problemas. Rolo sobre o colchão e pego o celular, preciso falar com alguém. Preciso desabafar, contar que sou um idiota. Pressiono a tecla, ligando para meu avô, que atende ao primeiro toque.

– Vô?

Ouço-o respirar asperamente, enquanto aguardo uma resposta.

– Jason...

– Vô, eu estava errado o tempo todo. Eu sou um idiota.

– Achei que estava me ligando para contar alguma novidade. – A voz dele ainda é fria, mas, dessa vez, sinto uma ponta de compaixão em seu tom.

– Eu sei. Fui precipitado e...

– O que aconteceu? – ele me corta. – Como descobriu a verdade que estava bem na sua cara?

Suspiro, desanimado, e começo a contar tudo o que aconteceu enquanto eu socorria o Joe no banheiro. No fim, ficamos em um silêncio ensurdecedor.

— Vô, você está aí?

— Empatia. — É a única palavra que ele diz. Minhas sobrancelhas se unem.

— O quê? Não entendi.

— Jason, ouça bem... As coisas se inverteram, e você está do outro lado da moeda. Empatia não é se colocar no lugar do outro, mas estar dentro, sentir e pensar como o outro. Isso é empatia. Você estava fazendo algo para ajudar, mas foi interpretado de maneira errada, o que ocasionou toda essa confusão.

Ele tem razão, hoje passei por uma situação bizarra, que foi interpretada como um ato homossexual. Eu queria provar para aquele idiota que salvei a vida do namorado, noivo, noiva dele... sei lá! No entanto, aos olhos dele, somos traidores. *Mil vezes merda!*

— Jason?

— Estou aqui, vô!

— Não desista, filho. Apenas... não desista – pede em tom de súplica, como se sua vida dependesse disso, e talvez dependa mesmo.

— Não vou...

— Obrigado, filho. — Desligamos, e eu permaneço deitado, com o olhar fixo no teto.

Ele está certo. Amanhã é outro dia, e preciso me concentrar na Hellen, apenas nela, e, claro, chamar quatro diaristas para tirar o cadáver em decomposição que está enterrado na minha cozinha.

HELLEN

— Tudo vai dar certo, ok? Não se apavore, estou aqui com você. Se der positivo, eu estarei aqui, se não der, também estarei e...

— Acalme-se. Respira – peço, enquanto seguro os ombros de minha amiga, que parece mais nervosa que eu. Kate faz o que eu peço, e quero me socar por trazê-la aqui nesse estado. Ai, Deus, eu também posso estar no mesmo estado que ela. – Não posso estar grávida. Simplesmente, não posso.

De repente, minha garganta dói, contraindo-se, e sinto uma vontade incontrolável de chorar.

Estamos no estacionamento do laboratório para buscar o resultado do meu exame. O envelope que seguro nas mãos está implorando para ser aberto, mas não tenho coragem. O resultado, de acordo com os sintomas, só pode ser positivo, mas dentro de mim ainda há um resquício de esperança de que eu não esteja grávida. Preciso abrir esse envelope.

– Hellen, preste bastante atenção – Kate me acalma, enquanto segura os meus ombros. Ela me olha nos olhos intensamente. – Seja qual for o resultado, lembre-se de que todos nós estaremos ao seu lado.

Inspiro longamente.

– Eu sei, mas aquele que deveria estar, não vai.

Ela me devolve um sorriso triste.

– Hellen, sei que o que vou dizer agora pode parecer meio contraditório, considerando o que fiz, mas entenda... – Kate pressiona os lábios e me observa com uma expressão complacente. – Jason te ama, e ele não poderia adivinhar que você estaria naquela posição. Mesmo confiando em você, deve ter sido um golpe muito duro para ele vê-la naquela situação.

– Eu sei, Kate. Tenho total consciência disso, mas Jason fez uma orgia dentro da nossa casa. Se ele não tivesse feito isso, eu, provavelmente, estaria lhe pedindo desculpas.

Ela entorta os lábios em um gesto de lástima e, abruptamente, arranca o envelope das minhas mãos.

– Deixe que eu abra. Vamos acabar com essa tortura.

Arregalo os olhos, enquanto Kate rasga o envelope e desdobra o papel, abrindo-o por completo. Estou estática, e meu coração bate freneticamente.

— Kate...

Ela encara o papel por longos e torturantes segundos, até que, finalmente, olha para mim.

— E aí, eu estou...

— Sim, você está totalmente grávida, minha amiga.

Aperto os olhos com força e as lágrimas rolam pelo meu rosto. Apoio o corpo no carro de Kate, cubro o rosto com as duas mãos e choro compulsivamente.

— Ei, acalme-se. Respira fundo, Hellen. Você não está sozinha.

Balanço a cabeça negativamente e continuo a chorar, desesperada. Kate apenas me afaga, sem dizer mais nada.

Estou sem fala diante do que acabo de ouvir do Joe. Os olhos dele estão inchados e ele parece consternado com o acontecido.

— E foi isso o que aconteceu, Hellenzita. Jason me salvou e, em seguida, destruiu minha vida.

Mal cheguei ao escritório, ainda estou na porta, e já estou conversando com o Joe. Nós nos encaramos por alguns segundos e eu, de repente, disparo na gargalhada.

Começo a rir tão alto, que minha barriga dói. Afasto-me dele e sento-me na cadeira, ainda rindo descontroladamente. Joe apenas me observa, com as sobrancelhas erguidas e com o olhar incrédulo sobre mim.

— Você está rindo da minha desgraça? — ele grita com uma voz esganiçada e eu tento parar de rir, mas isso está cada vez mais incontrolável.

Passaram-se longos segundos e, por fim, eu me acalmo. Apoio os cotovelos sobre a mesa e limpo as lágrimas com o dorso da mão.

Encaro-o, e ele parece espantado com minha reação. Respiro profundamente algumas vezes e começo a falar:

– Sinto muito, mas vocês mereceram.

De repente, Joe começa a chorar, e eu me arrependo do que acabei de dizer.

– Hellen, não seja má comigo. Não fiz aquilo de propósito. Mark não dormiu em casa essa noite.

– Ele vai voltar, não se preocupe – digo, enquanto me levanto e seguro seu ombro com uma das mãos.

– O Jason realmente me salvou, e só depois eu vi a posição em que estávamos. Minha intenção era fazer o Jason entender e...

– Ele se lembrou do Mark? – pergunto com um olhar questionador, e Joe sorri tristemente.

– Não sei. Aliás, não me lembro de muita coisa, já que saí como um louco desesperado atrás do Mark.

Aceno, demonstrando compreensão.

– Hellen... – De repente a voz do Jason nos interrompe. O que eu mais temia aconteceu: ele está aqui.

Meu corpo congela dos pés à cabeça.

O que eu vou dizer a ele?

Viro-me e deparo com o homem mais lindo que já vi, segurando um girassol. Apenas vê-lo dói. Minha vontade é correr e me jogar em seus braços, pedindo que cuide de mim. Permaneço estática, com meus olhos presos aos dele. Jason está sério e, daqui, posso sentir seu nervosismo; percebo que ele respira com dificuldade. Engulo em seco, e ele caminha lentamente, aproximando-se de mim. Mantém certa distância, mas, mesmo assim, posso sentir seu cheiro. Deus, como esse homem me afeta.

– Eu... vou sair. – Joe informa, quebrando o silêncio entre nós, mas eu o seguro pelo braço.

– Você fica – ordeno com veemência.

—Você vai – Jason contrapõe, com os olhos presos nos meus. Joe faz menção de sair e eu o seguro novamente.

– Já disse...Você fica!

– E eu já disse para você tirar essa merda desse traseiro daqui. – Jason encara Joe com uma expressão intimidadora.

– Hellen, eu realmente preciso ir. Vou tentar ligar para o Mark. – Não digo nada, e ele sai rapidamente.

– Hellen, precisamos conversar. Preciso... – Tenho a impressão de que ele engole em seco antes de puxar uma grande porção de ar. – Preciso pedir... perdão.

– Você acha que basta vir aqui e pedir desculpas? Acha mesmo que eu me esqueci daquela... – Fecho os olhos. – Daquela orgia?

Ele arregala os olhos e se aproxima ainda mais de mim. Recuo alguns passos e ele para.

– Era uma farsa. Eu não fiz nenhuma orgia; apenas queria te provocar, me vingar. – Seus ombros caem e ele continua. – Eu estava ferido, não sabia que você era uma atriz digna de Oscar.

Agora sou eu quem engole em seco. Não esperava ouvir isso.

—Você não fez a orgia?

Ele nega com a cabeça.

– Muito menos deixei que alguém mexesse nas suas coisas. Aquelas malas estão vazias e eu passei uma semana de merda sem você.

Esfrego o rosto com as duas mãos, tentando digerir o que acabo de ouvir. Encaro-o novamente e, neste momento, Jason parece um cão abandonado com um olhar suplicante sobre mim.

– Jason, não é a primeira vez que você age sem ao menos me dar o direito de me explicar. Sei que eu estava errada de não tê-lo avisado. Sei que tudo aconteceu devido à falta de comunicação, mas não consigo esquecer o beijo que você deu naquela...

Jason aproxima-se de mim e segura meu rosto com as duas mãos. O girassol, a essa altura, já está jogado no chão.

— Hellen... eu preciso do seu perdão. Me perdoa... Por favor? — ele implora, e as lágrimas descem descontroladas pelo meu rosto.

— Não — digo com veemência, e Jason parece angustiado.

— Por favor?! — ele sussurra, encostando a testa na minha e fechando os olhos, em um silencioso pedido de perdão.

— Sinto muito... Eu não posso — respondo com a voz chorosa. Jason tenta me beijar, mas eu me afasto.

— Acho que... acabou — declaro, e ele nega com cabeça. Fico estática com o que vejo. Sim, vejo lágrimas saírem timidamente de seus olhos.

Jason está chorando.

Jason

Quatro dias se passaram. Malditos QUATRO dias de merda.

Não a vejo desde que fui ao seu escritório pedir desculpas. Supliquei por seu perdão, e Hellen implorou para que eu saísse de lá. Disse que me ligaria, já que também precisava conversar. Sua insistência me fez sair, e se ela pensou que eu ficaria esperando sentado pelo resto da vida, acertou. Eu pareço um maldito paciente esperando para ser atendido. O problema é que nunca chega minha vez, e estou me sentindo como um sobrevivente de uma grande catástrofe. Parece surreal, e é como se eu vivenciasse cada terrível segundo em câmera lenta. Meu corpo gela cada vez que penso na possibilidade de não tê-la mais. Basta um pensamento, que meu coração dispara e eu emudeço; não consigo me concentrar em nada. Sou um homem de estratégias, persuasivo, e nunca me deixo intimidar. Sim, durante anos, tudo isso esteve presente em minha vida, mas, estranhamente, estou agindo de modo contraditório. Tudo o que pensei, analisei, imaginei, idealizei e calculei meticulosamente caiu por terra. Nada adiantou porra nenhuma.

Hellen parecia irredutível. Seu "não" parecia firme, e a sensação de ouvi-la dizer isso outra vez fez que meu corpo gelasse.

Baixa autoestima e baixa percepção de valor próprio são sintomas possíveis de serem revertidos, mas um chute na bunda, não, ainda mais quando é dado por uma pessoa que você ama loucamente. Isso não tem cura, ao menos, não para mim.

Certa vez, li em algum lugar que a idade emocional de um homem pode ser facilmente comparável à de um garoto de 7 anos. Por quê? Bem, o garoto quer impressionar as garotas, enturmar-se e ser mimado o tempo todo. Que diferença há, de fato, entre esse menino e um homem de 30 anos? Tudo bem, apenas homens de trinta anos fúteis e imbecis fazem isso. Ou seja, a grande maioria. Eu me enquadro nisso.

Meu avô sempre me disse que somos apaixonados incorrigíveis, e se impressionava por eu nunca ter me apaixonado de verdade, por nenhuma mulher ter, de fato, conquistado meu coração. Dizia que, se estava demorando, era porque, quando eu encontrasse a mulher ideal, não iria largá-la nunca. E não é que ele estava certo? Meu avô nunca entendeu os meus envolvimentos, já que sempre foi o oposto de mim. Sempre foi homem de uma mulher só. Pensei que tivesse puxado meu pai, mas meu avô garantiu que não. Richard Hoffman era fiel; somente hoje consigo entender isso com toda clareza do mundo.

Consegue me ver? Bem aqui, encostado na divisória de proteção que me separa de um precipício de trezentos e cinquenta metros de altura. Estou no topo da Torre Estratosfera, o observatório mais alto de Las Vegas. Não. Não estou tentando me suicidar, se foi isso o que pensou. Ter levado um pé na bunda ainda não me tornou um suicida em potencial. Jamais chegaria a tanto.

O culpado por eu estar aqui tem nome, ele se chama Adrian e tem sido minha única companhia durante esses dias detestáveis. Acho que, se não fosse por ele, eu estaria deitado no chão frio da minha cozinha até hoje. Ele decidiu aventurar-se em um desses "brinquedinhos" insanos no topo da maior torre de Las Vegas. Segundo meu amigo, eu precisava parar de me lamentar sobre a Hellen e tentar me distrair com algo que, realmente, me fizesse esquecer tudo, ao menos momentaneamente. Isso parece maricas para você? Dane-se... Adrian apenas colocou uma mola no fim do meu poço e está me ajudando a sair dele. O babaca é um grande amigo.

— Porra, você vai ficar aí só olhando? — Ele surge ao meu lado, mas meus olhos não saem do horizonte. Só então me dou conta de que vim poucas vezes com a Hellen jantar aqui; deveria tê-la trazido muito mais vezes. A vista é privilegiada e nos garante um extraordinário panorama de toda Vegas. As montanhas que nos cercam ganham tons alaranjados devido ao pôr do sol. É uma vista de tirar o fôlego, mas não dou a mínima. — Ótimo, você parece um zumbi em estado de choque

Ignoro a provocação dele e continuo com o olhar preso sobre o Sol, que, aos poucos, desaparece atrás das montanhas.

— Okay, você já tem minha pena... Agora vamos fazer algo divertido — Adrian propõe e eu nego com a cabeça, ao que ele solta um suspiro de frustração. — Cara, a Hellen vai te perdoar.

— Não desta vez. A Hellen implorou que eu saísse da sala dela — respondo, ainda sem fazer contato visual.

— Você disse que ela vai te ligar e que vocês vão conversar.

— Esperar é simplesmente uma maldita tortura — desabafo, rispidamente.

— Você é um babaca que não sabe esperar. Ela vai te ligar.

— Não, ela não vai me ligar. — Encaro-o e topo com seu olhar de pena sobre mim. Adrian parece pensativo, como se estivesse prestes a me dizer algo.

— O que foi? — Estreito os olhos.

— Você já foi atrás da Hellen em outro lugar além do escritório?

Nego com a cabeça.

— Ela parece estar enfiada em algum buraco. Já tentei segui-la, mas ela não tem saído nos mesmos horários.

— Jason, sei que estarei colocando minhas bolas em risco, mas... — Solta bruscamente o ar.

— Filho de uma vaca, aposto que você a ajudou a encontrar algum lugar.

Ele concorda com a cabeça lentamente, uma expressão de culpa pairando em seu rosto.

– Kate ainda mantém os tacos de golfe em casa.

Fecho os olhos e flexiono meus braços sobre a proteção de ferro.

– Fala logo – ordeno com ferocidade e, segundos depois de fuçar seu aparelho, ele me manda uma mensagem de texto com o endereço da Hellen.

– Certo, depois a gente se fala. – Afasto-me e apenas ouço um "volta aqui" ou "não vá agora", mas eu ignoro. Foda-se. Preciso resolver essa tortura.

HELLEN

Hoje não foi meu dia.

Na verdade, desde que Jason saiu da minha sala, não paro de vomitar. Nada para em meu estômago, e Kate, como sempre, foi uma grande amiga me fazendo companhia até o hospital. Segundo o médico que irá me acompanhar, estou bem no início da gestação. Sinto-me muito mal, como se estivesse dopada o tempo todo. Fiz o ultrassom e tudo está bem, mas confesso que isso está me assustando. Imaginar que carrego uma vida dentro de mim é realmente assustador. .

Imagino que você esteja pensando até quando vou esconder do Jason a gravidez. Saiba que hoje não fui capaz de respirar sem vomitar. Tenho consciência de que preciso falar e, acredite, eu vou. Não pretendo esconder nada dele, Kate está certa. Não posso ocultar algo tão importante como uma gravidez, mas preciso me sentir um pouco melhor para conversarmos sem que eu vomite a cada cinco minutos.

Não sei se isso será fácil, já que o Jason nunca falou sobre crianças. Sempre que seu avô perguntava sobre filhos, ele se esquivava. Na verdade, nós dois não conversávamos sobre isso, já que sempre me preveni. No entanto, se eu disser que nunca pensei em um menininho de cabelos arrepiados e olhos do Caribe, estaria mentindo. Em minha mente, já o visualizei de várias formas, e sempre imaginei que, se um dia quiséssemos ter um filho, seria algo muito bem planejado.

O carro da Kate estaciona na frente do meu prédio. Ela tem um compromisso e não quero atrasá-la.

— Qualquer coisa, é só ligar — Kate diz, e eu forço um sorriso em resposta. — Promete que vai ligar para o Jason e contar sobre a gravidez? — ela questiona com um leve sorriso.

— Prometo.

Kate ergue as sobrancelhas com desconfiança no olhar.

— Se você não ligar, Hellen, eu juro que ligarei.

Bocejo pela décima vez. Como pode? Kate também está grávida, mas não teve sintomas tão fortes como os que tenho. *Isso não é justo!*

— Fique tranquila, eu realmente quero falar com ele sobre essa gravidez.

Ela acena positivamente com a cabeça.

— Vocês se amam, e você mesma me disse que ele não fez a tal orgia.

— Ele disse que não.

— E você acredita?

Meneio a cabeça, positivamente.

— Sim, ele me pareceu sincero. — Suspiro e afundo os ombros. — Mas ele beijou aquela... — Inesperadamente, seguro a boca com as duas mãos e pulo para fora do carro. Vomito, e não entendo como ainda pode haver algo dentro de mim para ser expelido.

– Hellen? – Ouço uma voz masculina no exato momento em que estou colocando as tripas para fora. Não consigo me virar, não consigo pensar em nada além da necessidade de me livrar dessa sensação terrível.

– Hellen, amiga. – Kate parece apavorada, enquanto segura meu cabelo. Fico alguns segundos com as mãos espalmadas sobre o carro da Kate, buscando me recompor.

– Você está bem? – A voz masculina surge novamente.

Inclino a cabeça e encontro Matthew, que me observa com preocupação no olhar. *O que ele faz aqui?* Estreito o espaço entre as sobrancelhas.

– Matthew?

Ele sorri fracamente e se aproxima.

– Eu estava preocupado e, pelo visto, não em vão.

Aprofundo a respiração e vejo que ele está com um lenço nas mãos.

– Tome. – Entrega-me o lenço e eu me pergunto: que homem, em pleno século XXI, anda com lenços de tecido no bolso?

– Pode usar, guardo apenas para essas ocasiões. – *Oi?* Ergo as sobrancelhas.

– Obrigada. – Passo o lenço sobre a testa e a boca, mas não há nada que limpar, apenas um suor frio. A força que fiz foi muito maior, já que não há nada o que sair.

– Se quiser, eu fico com você. – Kate diz, mas sei que ela tem um compromisso e não quero atrapalhar.

– De jeito nenhum, já estou bem melhor.

– Eu a levo, não se preocupe – Matthew diz, mas eu não o quero aqui. Não entendo essa preocupação excessiva de uma pessoa que não é nem meu amigo.

– Eu, de fato, estou ótima. Só preciso de um bom banho e cama.

– Ao menos me deixe levá-la até a porta de seu apartamento.

Penso em recusar, mas não consigo pensar em algum argumento plausível. Não tenho forças nem para discutir.

– Tudo bem, mas, de fato, prefiro ficar sozinha.

Ele concorda com a cabeça, e Kate finalmente entra no carro. Ela parece tranquila por saber que alguém me acompanhará até meu apartamento.

– Se cuida, depois te ligo.

Aceno com a mão, e ela acelera pelas ruas.

– Você consegue andar? – Matthew pergunta.

Reviro os olhos, passo por ele, e vou seguindo até a entrada do meu prédio.

Assim que chegamos ao meu andar, giro a chave na fechadura e Matthew me observa atentamente.

– Pronto, estou entregue... Obrigada, Matthew.

Ele sorri, frustrado. Sei que quer entrar, mas também sei qual é sua intenção. Não vou alimentar falsas expectativas, melhor cortar o mal pela raiz.

– Hellen, eu realmente queria entrar, eu... preciso falar com você sobre algo que estou guardando há algum temp...

– Eu estou grávida, Matthew – declaro, cortando-o.

Ele arregala os olhos, como se eu tivesse dito que mudei de sexo.

– Grávida?! – Ele une as sobrancelhas.

– Sim, completamente grávida. – Tento sorrir, embora não considere isso sequer remotamente engraçado.

– Grávida do...

– Obviamente, do Jason... – Expresso minha incredulidade com o olhar; não entendendo sua pergunta idiota. Ele dá um passo para trás e, aos poucos, se afasta.

– Okay, eu... – Matthew começa a falar, mas para de repente. Ergo as sobrancelhas, esperando que ele continue, mas ele parece travado. Então, aponta o dedo polegar para trás e diz: – Eu vou embora... – Um sorriso amarelo se abre em seu rosto, e eu aceno com a cabeça, positivamente.

– Certo, te vejo depois.

O olhar perdido de Matthew indica que ele está completamente sem rumo. Aceno com a mão e ele se vira, desaparecendo rapidamente pelo corredor.

Solto o ar, aliviada, e me volto, abrindo a porta. Entro em meu *flat* e Mike aparece rapidamente, lambendo meus pés. Ele se dá muito bem sozinho, mas, por sorte, quando chego, é o cão mais carinhoso do mundo.

– Ei, meu amor! – Abaixo-me e passo as mãos sobre suas dobras. Assim que me levanto, sou surpreendida pelo som do aparelho celular. Vejo, pelo visor, que é da minha casa. Ainda não contei a eles sobre a gravidez e não sei como fazê-lo. Não tive tempo de pensar cuidadosamente sobre isso.

Atendo.

– Alô?

– Hellen, filha. – Ouço a voz de minha mãe do outro lado da linha. Parece chorosa e meu coração dispara, enquanto entro em alerta total.

– Mãe? Aconteceu alguma coisa?

– A sua avó...

– O que tem a vovó? – Agora o ar parece me faltar. Deus, que não seja o que estou pensando.

– Filha, sua avó sofreu um AVC agora há pouco e estamos aqui na emergência.

Tento puxar o ar para os meus pulmões e aquela vontade de vomitar toma conta de mim novamente.

– Diz que ela vai ficar bem... – Não contenho as lágrimas e, sem esperar resposta, corro para o banheiro. Ajoelho-me, embora saiba que não há mais o que sair de mim. Tomada por uma vontade incontrolável de vomitar, levanto-me e respiro fundo várias vezes. As lágrimas não cessam. Aperto os olhos com força, imaginando minha avó sofrendo naquele hospital. Tento chamar minha mãe, mas a ligação caiu. *Não pode ser.*

De repente, sou surpreendida por uma batida à porta. Franzo o sobrecenho. Não consigo imaginar quem pode estar aqui. Matthew não seria tão idiota de voltar, ou seria? Abro a torneira e lavo o rosto com água fria. Seco-me e respiro profundamente por várias vezes. Acalmo-me um pouco e caminho a passos lentos até a porta. Aproximo-me do olho mágico, deparando com... Jason?!

O que ele faz aqui? Como me encontrou?

Aperto os olhos e encosto a testa à porta.

Jason

O corpo feminino sempre foi algo que dominei como ninguém, mas nunca me passou pela cabeça – a de cima – quem era, realmente, cada uma das mulheres que esteve na minha cama. Nunca me interessei em saber como se sentiam. Durante anos, acreditei que mulheres não precisavam de amor, e sim de "pica". Periodicamente. Achava-me o herói do século, e afundar meu membro em cada uma delas era algo que me tornava extraordinário.

Isso está confuso pra você? Sim, eu sei. Pra mim também.

Quero dizer que jamais me senti como agora, até conhecer a Hellen. Eu não queria saber apenas como ela ficava deliciosa dentro daquelas *lingeries*. Sempre quero saber como se sente em relação a tudo o que nos envolve. Ela é a primeira mulher que me desperta a vontade de cuidar e de quem a simples presença é tão importante. É a mulher com quem apenas conversar é uma necessidade.

Estou confuso. Pareço um adolescente de merda diante da porta do *flat* de Hellen. Isso é divertido para você? Não para mim. Estou nervoso, agitado, e minha barriga dói. Estou suando frio e meus batimentos cardíacos estão acelerados. Não, não estou relatando sintomas de diarreia, se é o que está pensando. Sei que isso lhe seria divertido. Lamento decepcionar, mas são sintomas do medo. Estou sofrendo antecipadamente pela possibilidade de receber um grande e redondo não. Que seja, aceitarei minha pena, contanto que fique com ela.

Já esmurrei essa porta de todas as maneiras possíveis e ela não abre. Hellen pode não estar aí dentro, mas me recuso a sair daqui.

Respiro fundo e bato à porta pela décima vez. Sei que minha expressão não oculta a frustração que sinto agora somente em imaginar que ela não queira abrir, que Hellen não me queira, realmente. Ouço latidos. Tenho certeza de que o Mike sabe que estou aqui, porque era dessa forma que ele latia enquanto me esperava. Ele sente minha presença. Okay, talvez não, mas quero pensar que ainda se lembre um pouco de mim.

Varro o corredor com os olhos e não vejo nada, nem sinal dela. Hellen não vai aparecer. Acho que eu não tenho outra escolha a não ser me recolher. Engulo seco, encaro a porta pela última vez e me volto, caminhando lentamente em direção aos elevadores. Preciso de uma estratégia, de "armas" mais poderosas, ou perderei essa guerra.

Achou que eu ia desistir? Não. Não sou um homem que desiste com facilidade; apenas adiei. Passaram-se apenas doze horas. Tirei esse tempo para analisar melhor a situação, e esse tempo já terminou. Por isso, como disse antes, tive de recorrer a armas mais potentes, ou seja, tive de recorrer à Kate.

— Jason? — Estou na porta do escritório dela, a uma distância segura para que ela não tente mais nada contra as minhas bolas.

— Preciso falar com você — peço com uma expressão de desespero. Não estou tentando ser convincente, estou realmente desesperado. Para minha surpresa, a expressão dela é de... pena.

— Eu também preciso. Adrian me contou sobre ontem. Você foi atrás da Hellen, não foi?

Concordo com a cabeça, e ela se aproxima de mim, puxando-me pelo corredor. Confesso que senti um certo medo, mas agora vejo que ela está preocupada.

— Preciso falar com a Hellen — digo de forma direta e ela desvia o olhar.

— Por favor, vocês são amigas e ela simplesmente desapareceu.

Kate pressiona as têmporas com os dedos e mostra um olhar ainda mais preocupado.

— Jason, acabei de descobrir que a Hellen voltou para a casa dos pais.

Uno as sobrancelhas e meu coração dispara; nem sei o que dizer. *Hellen decidiu ir embora? Merda!*

— Mas... por quê? — As palavras me fogem, e uma sensação ruim toma conta do meu corpo.

— A avó dela sofreu um AVC e ela decidiu viajar de última hora.

Engulo em seco. Mal posso crer no que acabo de ouvir. *Não pode ser.*

— Merda. — É a única coisa que sai da minha boca.

— Jason, Hellen queria conversar com você, mas ontem estava passando muito mal. Vá atrás dela, fique ao seu lado nesse momento. Ela precisa muito de você. Descobri isso há poucos minutos. Hellen não me atendia desde ontem à noite e pensei que estivesse descansando. Enfim, vá atrás dela.

É isso mesmo? A mesma pessoa que tentou jogar golfe com as minhas bolas agora quer que eu vá atrás da Hellen?

— Não me olhe assim, seu babaca! Eu só acho que você foi um idiota de merda, mas ainda acredito que a ame. Ou estou enganada? — ela pergunta, erguendo as sobrancelhas com um olhar questionador.

— Não, você não está. Hellen é tudo para mim.

Kate sorri e se afasta. — Então, suma daqui! — ela ordena, fazendo um gesto com a mão para que eu vá embora.

— Certo, eu... — não concluo a frase e saio em disparada em direção aos elevadores.

Consegue me ver? Bem aqui, tentando atropelar pessoas na escada rolante do aeroporto internacional da Filadélfia. Sim, peguei o primeiro voo para cá. Depois que a Kate me contou que Hellen voltara para a casa dos pais, eu liguei para a mãe dela, que, depois de me mandar à merda, contou onde ela estava. Para minha sorte, consegui um voo três horas depois. Se não tivesse conseguido, alugaria um jato, um helicóptero, um tapete voador, um burro voador ou uma máquina de teletransporte. Nada me impediria de chegar aqui.

Saio do aeroporto e pego o primeiro táxi, que me leva até o hospital onde está a avó da Hellen. Grace me contou que Elisa está bem e que o AVC foi apenas um susto, mas que, devido à sua idade avançada, ela está em observação. Isso me deixa mais aliviado, já que Hellen tem devoção pela avó. Confesso que me sinto parte da família e que a avó da Hellen é como uma avó para mim também. Eles são minha família; a família que escolhi.

Depois de eternos minutos dentro do táxi, chego ao hospital. Entrego uma nota de cem ao taxista e saio sem pegar o troco. Não olhei para a cara dele, mas acredito que tenha ficado feliz com a gorjeta. Na verdade, não estou preocupado com o taxista, só quero chegar logo.

A recepcionista, muito solícita e com cara de que faria sexo oral ali mesmo dentro do elevador, me leva até o andar que vovó Elise está. Então, despede-se com um sorriso safado e eu me afasto, procurando o quarto indicado.

O lugar fica no fim do corredor. Ando a passos largos, observando os números nas portas. À medida que vou me aproximando, sinto o coração acelerar. Quando, finalmente, chego próximo à porta, vejo Elise dormindo e, ao lado dela, Hellen, com um cotovelo apoiado na maca e a mão sobre seu rosto, observando a avó com carinho. Essa cena me deixa sem ação. Fico parado como uma maldita estátua encarando a mulher que amo. A sensação que tenho é de que não a vejo há anos. Sinto algo estranho, como se ela estivesse fora do meu alcance. Como se não fosse recuperá-la nunca mais.

HELLEN

Quando vi minha avó deitada nessa cama, senti o pânico gritar dentro de mim. Foi horrível, mas minha mãe me tranquilizou sobre o estado dela. Apesar da idade avançada, vovó Elise tem uma força inacreditável. Já passou por muitos problemas na vida; caiu e nunca mais andou. Quebrar a perna nessa idade costuma ter graves consequências. Seu diabetes é controlado, e esse AVC foi o mais terrível que já lhe aconteceu. A maioria das pessoas fica com sequelas, mas, segundo os médicos, vovó teve um AVC leve e foi atendida rapidamente.

Sei que não é exatamente isso que você está querendo saber, certo? Ontem, eu pretendia abrir a porta para o Jason, mas outra onda de vômito impediu que eu voltasse à porta de entrada. Na verdade, eu não queria que o Jason me visse vomitar a cada cinco minutos; queria conversar com ele. Para minha sorte, hoje estou bem melhor, e o chá que minha mãe fez acalmou meu estômago, diminuindo as ânsias de vômito. Sim, contei para minha mãe sobre a gravidez e ela contou ao meu pai. Em vez de me recriminarem, eles me apoiaram, como era de se esperar, embora estejam tristes por eu não estar com o Jason. Na verdade, eles ficaram muito revoltados com a situação, já que nada que eu tivesse feito a ele justificaria a orgia dentro da nossa casa.

O fato é que decidi não contar ao Jason, não por enquanto, e deixar isso para quando voltar. Quero contar, mas ainda estou muito magoada; o que ele me fez não me sai da cabeça. Na verdade, não quero pensar sobre nada disso agora. Minha preocupação, neste momento, é minha avó, que precisa de mim mais que qualquer um.

Toco o dorso da mão da vovó suavemente com os lábios, mas ela nem se mexe. Está sob efeito de um medicamento e só irá acordar amanhã. Meus pais foram para casa cuidar do Mike e eu implorei para ficar aqui com ela. Eles acabaram cedendo ao meu pedido, e aqui estou eu.

Inesperadamente, um cheiro inebriante e extremamente familiar invade minhas narinas, fazendo minha cabeça inclinar-se instintivamente em direção à porta de entrada. Quando meus olhos encontram Jason, minha boca se abre e eu congelo no mesmo instante. Ele está parado como uma estátua, observando-me. Não sei há quanto tempo está assim, nessa posição.

Devagar, apoio a mão da vovó sobre o seu corpo e me levanto. Ficamos nos encarando, enquanto Jason se aproxima de mim.

— Hellen, eu... sinto muito por sua avó. — É a única coisa que diz. Não respondo, e ele caminha em volta da cama. Pela primeira vez, desvio o olhar para observar vovó, que dorme serenamente.

— Ela vai ficar bem — ele diz.

Maneio a cabeça, concordando com ele. Jason se posiciona à minha frente e, por algum motivo, não me afasto. Seu cheiro é como um remédio, e isso, de alguma forma, me faz muito bem. Inesperadamente, ele toca meu rosto, fazendo-me engolir seco. Fecho os olhos, sentindo seu toque, e logo ele ergue a outra mão e toca minha outra face.

— Eu vim atrás de você... Você me perdoa, Hellen? — ele sussurra e eu sinto meu coração bater forte no peito. Mais uma vez, lágrimas escapam dos meus olhos.

— Jason... Não é o momento.

— Sim, é. Estamos diante da sua avó. Ela te ama e quer nos ver juntos. Acredite, ela me disse isso. — Ele passa os dedos lentamente sobre as lágrimas que escorrem sobre minha face.

— Precisamos conversar, Jason, mas não aqui — digo, sentindo cada pedaço do meu corpo tremer. Esse é o poder que ele tem sobre mim. Insegurança, medo e amor. É isso o que sinto. Simplesmente amo e odeio isso ao mesmo tempo.

— Faço o que for para te recompensar. Deixo até mesmo que você pendure minhas bolas como enfeite de Natal, mas, por favor... me perdoa? — A voz dele ganha um tom a mais de desespero, e minha reação diante disso é apenas me jogar sobre ele. Não sei se vou realmente perdoá-lo, mas preciso desse abraço. Preciso dele agora.

Jason

Pânico... É um tipo de transtorno de ansiedade. Quem é acometido por esse mal, vê-se, de forma inesperada, tomado pelo desespero e pelo medo intenso de que algo ruim aconteça, mesmo que não haja motivo algum para isso nem qualquer sinal de perigo iminente. Tive o desprazer de, algumas vezes na vida, quase todas diretamente relacionadas à Hellen, sentir isso. "Quase", porque aconteceu uma vez antes de eu conhecê-la, quando meus pais morreram. Posteriormente, voltei a sentir o que é isso nas ocasiões em que ela me abandonou. E agora, neste instante, sinto pânico só de imaginar que este possa ser o nosso último abraço. No entanto, o contato com ela parece nublar qualquer outro sentimento. O conforto que sinto junto a ela é incomparável, imbatível.

Ter a Hellen envolvida em meus braços é, sem dúvida, um milhão de vezes melhor do que qualquer outra coisa – neste momento, claro. Abraçá-la, depois de semanas sem termos o mínimo de contato físico, provoca arrepios por todo meu corpo. Nem se compara a todas as outras vezes em que ela teve de se afastar de mim por algum motivo. Nada é parecido com isso, principalmente porque não tenho certeza de que a nossa vida como um casal irá continuar.

Com os meus braços, envolvo o corpo de Hellen e enterro meu rosto na curva de seu pescoço, aspirando profundamente seu cheiro. Meus olhos estão fechados, e a sensação que tenho é de que o mundo parou de girar. É impossível dimensionar quanto Hellen significa para mim. Porra, é forte pra caralho! Aperto-a ainda mais e sinto-a suspirar bem próximo ao meu ouvido.

— Hellen, como eu te...

— Jason? — Sou interrompido pela voz da mãe da Hellen e, aos poucos, abro os olhos. Relutantemente, nós nos separamos para que eu possa cumprimentá-la.

— Grace?

Ela intercala o olhar entre mim e Hellen, aproximando-se e posicionando-se bem na minha frente.

— Eu disse por telefone que você era um idiota e te mandei à merda. — Vejo frieza nos olhos dela, e aquela sensação de pânico some, dando lugar ao pavor de que ela também resolva me chutar e terminar de ferrar com as minhas bolas. Porém, surpreendentemente, ela sorri. — Um idiota que se arrependeu e que ama minha filha. Seja bem-vindo, meu querido. — Ela me abraça, pegando-me completamente despreparado, e Hellen continua a nos observar, calada. Logo surge o pai dela, com uma expressão muito séria. Não acredito que será tão carinhoso quanto a esposa. Grace se afasta e um silêncio opressor paira sobre nós.

Merda, o que direi a ele? Que aquela orgia foi de mentira? Que eu apenas quis machucar a filha dele? Vingar-me? Mil vezes... Merda.

— Espero que você esteja realmente arrependido e que minha filha possa de fato te perdoar — ele começa o discurso, e eu apenas o observo, calado. — Espero que, daqui por diante, vocês tenham a consciência de que outra vida...

— Pai! — Hellen o interrompe, abraçando-o e sussurrando algo em seu ouvido.

Estreito os olhos, sem entender o que de fato está acontecendo. Depois que ela se afasta, ele me observa pensativo e novamente o silêncio prevalece; um silêncio incômodo e asfixiante. Faço um ruído, limpando a garganta. Preciso falar alguma coisa.

— Sei que não é o momento, mas eu... — Engulo em seco. Nunca me declarei dessa maneira. Os pais de Hellen me analisam, enquanto Elisa continua dormindo serenamente.

— Mais uma vez, eu fiz merdas e estou aqui para corrigi-las. Eu amo a Hellen, *pra cara*... muito. Pretendo fazê-la entender que eu, ela e o Mike seremos novamente uma família. — Maldito silêncio. Grace aproxima-se de mim e segura os meus ombros.

— Eu sei, querido. Vamos para a nossa casa. A enfermeira ficará com a mamãe essa noite, e amanhã, se tudo der certo, ela estará novamente em seu quarto e bem. Vamos...

Enquanto ela me puxa pelo braço, Hellen volta a atenção para a avó e beija sua testa, em um gesto de carinho.

— Amanhã você estará com a gente, vó. — Ela se afasta e passa por mim, saindo pela porta sem olhar para trás, sem sequer olhar na minha direção. Porra, ela me abraçou há pouco e agora simplesmente me ignora?

— Vamos, você é bem-vindo em nossa casa. — Grace continua a me puxar pelo braço e eu, mesmo não me sentindo tão bem-vindo quanto ela diz, não me importo. Dane-se. Dessa vez não vou fugir feito um idiota.

Meu nome é Jason, mas pode me chamar de "pegajoso". Seja qual for a vontade da Hellen, eu não ligo. Não me importo. Eu não vou desistir.

Em nenhum momento pensei que seria fácil ter a Hellen de volta. Longe disso. Como eu disse, não vou desistir. Meu sobrenome agora é determinação. Imaginei que encontraria uma Hellen pronta para briga; uma mulher na defensiva e que adora discutir, e "discutir", para ela, sempre significou fazer-me entender o motivo de ela estar sempre certa. Porém, o que vejo agora é uma Hellen totalmente pensativa, como se tivesse acabado de se encontrar com Sócrates, e é exatamente isso que me causa medo.

Sim, crianças... Medo. Sabe por quê? Mulheres adoram discutir, provar seu ponto, impor suas ideias, e se, por um mero acaso, nada estiver ao seu modo, saia de perto e fuja para as colinas. Isso é exatamente o que eu esperava encontrar, mas ela está calada, muda, com o olhar perdido para fora da janela. Então só há uma coisa a afirmar: o silêncio pode ser ainda mais devastador. Pode ser o prenúncio de uma bomba nuclear direcionada para a sua testa.

Por fim, o carro estaciona diante da casa dos pais de Hellen. Ela está na outra extremidade do banco traseiro. Durante todo o percurso, ficou estranhamente calada. "Tenso" é a palavra que me define neste momento. Mas quer saber? Dane-se. Lutarei até o fim dessa guerra, e ela terá de me aceitar. Ou não.

Descemos do carro. Daqui posso ver Michelle, a prima da Hellen, com sua pequena Nicole, que não está tão pequena assim. Já está com seis anos.

— Tia Hellen, tio Jason! — a menina grita, enquanto corre em nossa direção. Eu poderia dizer que ela apenas abraça a Hellen, mas não. Nicole se prende em torno da cintura dela e fica por ali por uns bons segundos.

— Oi, minha princesa — Hellen a cumprimenta e, em seguida, Nicole corre na minha direção, agarrando-se com os braços ao redor da minha cintura. Eu me abaixo, retribuo seu abraço carinhoso, e ela me diz:

— Tio Jason, a vovó Elise disse que vai esmagar suas bolas com a bengala... o que ela quis dizer? Cadê suas bolas?

Meu semblante se contorce involuntariamente. A lembrança daquele maldito taco de golfe me acertando me vem à mente.

— Ela não fará isso; vovó gosta de mim e você é muito nova para se preocupar com isso — afirmo, e Hellen puxa Nicole pelo braço.

— Venha, Nicole. Esqueça as bolas do tio Jason — ela diz e, em seguida, todos entramos.

A casa da Hellen fica estranha sem a presença da avó, que é a vida deste lugar. A cadeira de balanço de Elise está ali, de frente para TV, na sala aconchegante que ela tanto gosta. Todos nos deixaram sozinhos, e é neste momento que tenho a sensação de que meu "orifício" está bem na minha mão. Sim, eu quis dizer isso mesmo que você está pensando.

Hellen parece escolher bem as palavras, e não sei o motivo disso, mas, seja o que for que a tenha deixado assim, é muito importante para que ela tenha ficado nesse estado. *Isso já está me apavorando.*

O medo de que ela me rejeite ou diga qualquer coisa que tenha relação a outro homem é cada vez maior. O que Hellen tem a me dizer só pode ser ruim, porque, se fosse bom, ela teria mais facilidade em me contar.

Merda. Hellen não me quer. Ela não me perdoa, não gosta mais de mim, e isso é culpa minha. Ela nem sequer consegue olhar nos meus olhos.

— Seja lá o que for que você tem a me dizer, não pense sobre isso. Não diga nada agora. Vamos dormir e amanhã, com a mente descansada, falamos sobre a nossa vida. — Faço um gesto com as mãos, apontando para cada um de nós. — Você pensará de forma coerente — afirmo, aproximando-me dela.

— Jason, eu preciso dizer algo que vem me deixando completamente apavorada. Preciso deixar claro que não foi intencional e que eu precisava...

— Não — corto-a, segurando seu lindo e apavorado rosto com as duas mãos, não deixando que ela conclua essa merda. — Já disse, amanhã conversaremos — insisto, e ela nega com a cabeça.

— Jason, eu estou...

De repente, somos interrompidos pela campainha, o que faz Hellen arregalar os olhos e se afastar de mim. *Ela está com medo? Ela está com alguém? Ela está... o quê?*

— Continue... Você está... o quê? — digo, encorajando-a a continuar, mas ela se afasta ainda mais.

— Espere... Preciso ver quem está na porta a essa hora — diz.

Hellen segue até a porta e, assim que ela a abre, eu congelo.

Bem ali, parado na porra da porta, está Matthew, o filho de uma cadela que pensei não ver tão cedo.

Então, como um maldito *flashback*, vejo tudo se repetir: um imbecil, um buquê, e a única coisa que muda nesse *replay* do capeta é o babaca que está segurando as flores. Tudo igual, mas o idiota é diferente.

O que, diabos, esse imbecil metódico e ex-espinhento faz aqui? Como ele soube o endereço da minha mulher?!

Ele ainda não me viu, já que sua atenção está totalmente voltada para minha mulher. Será que estou perdendo alguma coisa? Será que eles estavam juntos e Hellen não queria me contar? Era isso que ela estava prestes a me dizer antes desse babaca nos interromper?

De repente, sinto como se estivesse prestes a vomitar e meu coração acelera de forma rápida e descompassada. Ainda não me movo, e Hellen também não se vira para me encarar. Talvez ela esteja em estado de choque, já que seu suposto amor chegou antes de ela se abrir para mim, de enfiar a faca de forma dolorosa em meu coração.

— Sei que não deveria estar aqui, mas não consigo. Estou apaixonado por você, Hellen — Matthew confessa e eu emudeço. Acho que bater nele, tentar arrancar a cabeça dele ou fazer o desgraçado engolir essas palavras não será uma boa ideia, já que Hellen não se mexe, não toma nenhuma atitude a respeito.

O ódio toma conta de mim e, sem pensar, caminho na direção dela com os olhos fixos no maldito buquê. Matthew finalmente me vê e parece se surpreender. Seus olhos se arregalam totalmente.

— Jason?! — Paro diante dele, e este seria o momento em que eu faria o desgraçado engolir cada espinho dessas rosas, certo? Errado. Hellen fez sua escolha, e eu apenas preciso sair. Passo por ele, atropelando-o, e desço as escadas, caminhando sem rumo pelas ruas.

Já estou a dois quarteirões de distância, e é como se o ar estivesse me faltando; aquela sensação de pânico toma conta de mim. Tento respirar fundo por várias vezes. De repente, eu paro. Fixo os olhos em um ponto qualquer e começo a raciocinar.

Na verdade, começo a pensar que, mais uma vez, estou fugindo em vez de confirmar aquilo que vi. Sim, estou fugindo com base em uma suposição sobre aquele idiota e minha mulher. Mais uma vez, minhas ações provam que sou um maldito imaturo de merda, que deixou a mulher por quem, há somente algumas horas, jurei lutar com todas as minhas armas. Caio em mim sobre a bobagem que estou prestes a fazer e, sem mais titubar, viro-me e caminho de volta para a casa de Hellen.

Hora de recuperar minha mulher. Hora de mostrar a esse filho de uma puta quem é o maldito alfa aqui. Hora de mijar na porra de um poste.

HELLEN

E de repente meu cérebro revive o que acabou de acontecer

Jason saiu pensando que esse idiota está comigo. Por que não contei a ele sobre a gravidez? Mas quem poderia imaginar que, no momento em que eu estivesse prestes a contar para o Jason, o amigo dele apareceria? Matthew disse que estava em uma conferência em Nova York e decidiu vir aqui. Sim, não é difícil saber meu endereço, sobretudo quando se tem dinheiro e muitos amigos em comum.

Sem saber, meu visitante surpresa arruinou o que seria minha conversa com Jason. Não posso deixá-lo ir.

– Preciso ir atrás do Jason – digo e faço um movimento com o corpo, tentando me desviar de Matthew, mas ele me segura.

– Deixe-o ir. Jason não merece você, Hellen. Acredite em mim, ele sempre foi um canalha; nunca foi um cara confiável, e eu, desde o primeiro momento em que te vi, fiquei absolutamente encantado. Somos parecidos, somos iguais – Matthew finaliza, enquanto segura meus braços. Fecho os olhos rapidamente e inspiro.

– Não te dei nenhum tipo de esperança para isso, Matthew. Eu jamais ficaria com você. Agora me solte e volte para o lugar de onde veio.

Os olhos de Matthew demonstram medo. Só agora percebo que ele é estranho e que seus hábitos são muito esquisitos, mas ter vindo até aqui foi surreal.

– Vou te provar que somos iguais. Não me importo se está esperando um bebê. Eu amo crianças. – Ele sorri de forma dramática, e eu enrugo o nariz involuntariamente.

Sim, ele só pode estar bêbado.

De repente, Matthew me empurra para dentro da casa. Meu corpo colide suavemente contra a parede e eu não tenho como escapar. Ele me encurralou, e meus pais estão no andar de cima, provavelmente desmaiados por causa dos remédios para insônia.

– Eu quero você, Hellen – ele se declara, e somente agora, com essa proximidade, consigo sentir que está alcoolizado. Esse idiota bebeu, e a única coisa que me vem à mente é acabar com isso de uma vez.

Abruptamente, subo meu joelho direito, batendo-o com toda força entre as pernas de Matthew, que arregala os olhos e cai de costas no chão da sala. As rosas que estavam em suas mãos, agora estão sob o corpo dele. Ele, obviamente, segura os testículos, fazendo uma careta de dor.

Vê-lo assim causa-me, imediatamente, uma ânsia de vômito incontrolável. Com as mãos, tento barrar o conteúdo do meu estômago, mas o pior acontece. O vômito jorra como água sobre o corpo de Matthew. Ele não se move, já que ainda sente dor, e eu ainda não consigo parar. Vomito sobre ele até quase minhas tripas saírem. Quando termino, vejo Jason, parado, com uma expressão aturdida na porta.

— Pensei em vir aqui mijar no poste, mas você já deu conta do recado vomitando nele — diz e se aproxima, percebendo que ainda me sinto mal.

— Você está bem? Ele te fez alguma coisa? — Jason questiona, assustado, e eu nego com a cabeça.

— Eu fiz... Ele bebeu, Jason, e minha joelhada o deixou imobilizado.

Jason olha para o Matthew e volta a atenção para mim.

— Sim, você fez. — Olha-o com o sobrecenho crispado. — Por que você vomitou? Está doente?

— Hellen, eu posso cuidar de você. Eu aceito esse filho e prometo ser um bom pai — Matthew grita e, aos poucos, os olhos do Jason se arregalam. Ele parece em estado de choque com o que ouviu.

— O quê? O que ele disse? Que filho? — Jason parece confuso, mas, no fundo, entendeu o que Matthew disse. Exalo um suspiro profundo. Eu queria contar, mas o idiota acabou estragando tudo. Afasto-me, encarando Jason nos olhos.

— Sim, eu estou grávida. — Declaro com a voz esganiçada e ele não responde, apenas me encara com uma expressão de total pavor.

Jason está em estado de choque. Completamente.

Jason

Não me movo. Não respiro. Não pisco.

Estou diante de uma cena, no mínimo, bizarra: eu, completamente paralisado, e Hellen com cara de quem vai soltar mais um jato d'água. Matthew ainda está estirado no chão, repleto de rosas. Ela fez uma verdadeira trilha de vômito desde as pernas até a camisa de linho bem passada dele e, para piorar, Mike está cheirando a bunda do idiota. Decadência agora tem outro nome, e se chama Matthew.

Muita informação para você? Imagine para mim.

Hellen acertou os testículos do Matthew, e, mesmo sentindo raiva do idiota, sei o que ele está passando, exceto pelo vômito. Nunca vomitaram em mim, e isso, sem dúvida, deve ser o mesmo que chegar ao fundo do poço. Vê-lo contorcendo-se com as mãos nas bolas remeteu-me a algo não muito agradável. Empatia... Lembra-se do que meu avô disse? Exatamente!

Surreal e bizarra é a cena que presencio neste momento, mas nada disso importa. Porra nenhuma importa quando a mulher que você ama revela que está grávida.

— Jason, fala alguma coisa — ela pede, quase implorando. Meus olhos se abaixam lentamente, fixando-se em seu ventre. Eu poderia imaginar qualquer coisa, menos isso.

— Grávida? – sussurro, e ela concorda com a cabeça, confirmando o que eu ouvira em alto e bom som. Lágrimas brilham nos olhos de Hellen, deixando-os ainda mais claros. Hellen está abatida, e eu apenas encaro sua barriga plana, como se pudesse enxergar algo através dela.

Ainda em estado de choque, aproximo-me, tropeçando sobre algo que acredito ser o corpo do Matthew. Fico rente a ela, que me encara como se um segundo pênis estivesse brotando de dentro da minha calça. Talvez ela esteja assustada com a expressão em meu rosto.

– Você está pálido – afirma Hellen, mas eu a interrompo.

– Como você sabe? Fez algum exame? – sussurro, e ela concorda com a cabeça, apertando os olhos com força. Talvez ela ainda tenha um pouco de vômito armazenado e decida jogá-lo sobre mim, mas eu não ligo. A única coisa que me importa realmente é o que ela acabou de me dizer.

– Um... filho? – questiono-a mais uma vez, ainda paralisado.

Sim, eu sei. Pareço estar com retardamento mental, mas tudo está louco demais para minha cabeça. Hellen está me dizendo que carrega um filho, que, obviamente, é meu. Ela está exausta e apenas me observa, talvez esperando alguma reação de minha parte, mas confesso que não sei o que fazer.

– O que está acontecendo aqui? – Desvio o olhar para encontrar os pais de Hellen, que, neste momento, parecem múmias sonâmbulas, em pé, na entrada da sala de estar. Eles estão desorientados, e a perplexidade que vejo neles é totalmente compreensível. Não deve ser nada fácil entender essa cena. Definitivamente.

– Quem é ele? – Jeffrey, o pai da Hellen, questiona, apontando o dedo para Matthew, que tenta se levantar com dificuldade.

– Eu sou o Matthew e estou aqui...

– Você... – interrompo-o, também apontando o dedo – cala a porra da sua boca, idiota – ordeno em tom furioso.

— Como soube? — questiono-o, contraditoriamente ao que acabei de ordenar. O rosto de Matthew ainda se contorce de dor, mas ele não abaixa a cabeça. Pelo olhar dele, percebo que o idiota bebeu muito, e tenho certeza de que foi só para criar coragem de vir até aqui.

— Hellen me contou quando fui ao *flat* dela.

Junto as sobrancelhas e me afasto de Hellen, caminhando na direção dele.

— Por que você foi ao *flat* dela? Você tentou...

— Não tentei nada. Não é dessa forma que se trata uma dama — ele me interrompe com a voz um pouco arrastada. — Ela me contou logo que estava grávida, mas eu não ligo. — Ele inspira e volta a falar. — Jason, eu realmente achei que deveria vir, senti que ela precisava de mim e eu gosto dela. Além disso, você sempre foi um cretino com as mulheres. Sem ofensa. Sei que devo ir embora...

— Você não deveria ter vindo — repreendo-o com ferocidade, e quando estou prestes a socar sua cara, ele se encolhe.

— Não acha que já me ferrei o suficiente?!

Encaro-o, percebendo que ele tem toda razão. Hellen deu-lhe uma lição. O idiota, ex-espinhento e metódico deve ter problemas. Sempre suspeitei disso.

— Sim, você se ferrou.

Com as pontas dos dedos, ele segura a camisa para que o tecido molhado de vômito não toque a sua pele. Então, olha-me de forma rápida e sai, desaparecendo pela porta.

Quando procuro por Hellen com o olhar, ela não está mais aqui. Continuo procurando, até que meus olhos encontram o pai dela, que desce as escadas esfregando seus olhos. Ele me vê e interrompe os passos.

— Grace a levou para um banho. Ela precisava.

Concordo com a cabeça, mas ainda estou muito ansioso para conversar com a Hellen.

– Parece que ela te contou, não é?! – ele pergunta, enquanto coloca uma mão sobre meu ombro. Agora tudo faz sentido. Todos já sabiam sobre essa gravidez, menos eu. – O que eu queria dizer quando te vi no hospital é que, agora, existe outra vida entre vocês. Uma vida que precisará dos pais juntos. É hora de ser adulto, filho. – Ele me dá um tapinha nas costas e se vira, retornando em direção ao seu quarto.

Fico parado por alguns segundos, pensativo e observando o ambiente que foi palco para o vômito do ano. Em seguida, subo as escadas, fazendo meu caminho em direção ao quarto da Hellen. Assim que chego, bato na porta lentamente. Meu coração está acelerado desde que ouvi a palavra "grávida". Sim, Hellen está esperando um bebê, um filho... Meu filho.

Fico parado na porta por alguns minutos, até que a mãe dela finalmente a abre. Quando me vê, ela sorri docemente.

– Entre. Ela está deitada – Grace convida, beija meu rosto e sai.

Entro e fecho a porta. Quando me viro, vejo Hellen deitada, com os olhos abertos e fixos em mim. Meu coração parece querer explodir dentro do peito. Sento-me na beirada da cama e solto o ar. Hellen, mesmo depois de ter vomitado um caminhão de líquido, consegue ser a mulher mais linda que já vi.

Passo os dedos por seu rosto, traçando uma linha na região da delicada mandíbula, e ela fecha os olhos, sentindo meu toque. Permanecemos em um silêncio confortável, até que decido falar.

– Hellen?

Ela abre os olhos, fixando-os em mim, mas não responde; espera que eu prossiga.

– Um filho? De verdade? Aqueles que choram, fazem xixi, dormem e defecam?

Ela concorda com a cabeça e sorri timidamente enquanto lágrimas inundam seus olhos. Certo, os meus também ardem nesse momento, e essas lágrimas que querem sair não são lágrimas realmente. Eu não estou chorando, se foi isso que pensou. Homens não choram, lembra?

Lentamente, ela passa os dedos sobre meu rosto, limpando o líquido que insiste em querer sair de meus olhos. Hellen, provavelmente, está pensando que sou um idiota, e eu permaneço calado.

— Sei que você não esperava, nem eu, mas aconteceu, e temos de pensar nessa criança, Jason. Acima de qualquer coisa, agora temos um filho a caminho.

Engulo seco e, instintivamente, coloco minha mão sobre seu ventre reto. Abaixo o rosto, encostando minha testa a dela.

— Você me perdoa? Eu nunca imaginei isso. Não sei o que dizer, mas... me perdoa?! — Quando me afasto, percebo que Hellen está séria, e isso, definitivamente, não é um bom sinal.

— Eu te perdoo e espero que você também possa me perdoar sobre o jantar. Mesmo que tenha agido feito um idiota adolescente com aquelas mulheres, reconheço que tenho minha parcela de culpa, embora ela tenha sido anulada pelo que você fez dentro da nossa casa. — Ela expande os pulmões e não gosto da expressão em seu rosto. O pânico volta a me infernizar. Não quero que ela me expulse. Eu me recuso a me afastar. Abaixo o olhar e fecho os olhos, temendo o que vou ouvir.

— Eu te amo, Jason...

Meus olhos se abrem, piscando freneticamente. Será que ouvi direito? Ela disse que me ama depois de tanto tempo? Sem pensar em mais nada, seguro seu rosto com as duas mãos e a beijo, sentindo seus lábios lentamente, como se fosse a primeira vez. Sim, essa é a sensação ao beijá-la depois de tantos dias.

HELLEN

Sim, ele está chorando. Jason está realmente chorando...

Ele está emocionado? Triste? Apavorado? Deus, sinto o corpo dele tremer como uma criança enquanto me abraça apertado. Preciso saber, preciso entender o que ele, de fato, sente agora.

– Diga. O que você acha? Fale alguma coisa, Jason.

Ele volta a atenção para mim e fixa os olhos avermelhados nos meus, tentando mostrar a todo custo que não está chorando.

– Eu te amo, Hellen. Porra, é um filho aí dentro. – A expressão dele se suaviza – Meu filho. Nosso filho. – Eu poderia ignorar o que ele acabou de dizer, mas não posso. Sim, eu preciso dele, e muito.

– Fico feliz que aceite a gravidez. Confesso que estava apavorada.

Ele inclina a cabeça, observando-me com as sobrancelhas unidas.

– Como eu não aceitaria meu filho vindo de dentro de você, Hellen? – Jason balança o rosto negativamente. – Não me peça para sair, porque eu não vou. Não saio mais de perto de você.

Minhas pálpebras estão se fechando, e a exaustão emocional cobra seu preço. Estou esgotada.

– Jason, precisamos conversar sobre...

– Shhhh... – Ele se deita ao meu lado, apoiando meu corpo sobre o seu peito e eu o abraço apertado, sentindo seu cheiro bem-vindo. Percebo que Jason não tira os sapatos e, devido ao cansaço em que me encontro, não digo nada. O contato com o corpo dele é como um remédio, e, repentinamente, meus olhos se fecham ...

Sinto algo quente, molhado e macio tocando meus lábios, Sorrio, instintivamente. Os movimentos se intensificam, indo para meu nariz, e, ainda de olhos fechados, junto as sobrancelhas. Quando abro as pálpebras, deparo com Mike lambendo meu rosto. Afasto-me, abruptamente.

— Mike! — grito, e ele se contém, sentando-se e me observando como se quisesse me dizer algo.

— O que foi? — Ele não costuma latir, mas, neste momento, é o que faz. Por duas vezes. Então percebo que Mike está feliz como nunca.

— Bom dia! — Inclino a cabeça para encontrar Jason saindo do banheiro enrolado em uma toalha cor-de-rosa, da Barbie, que presumo ser da Nicole. Na verdade, este quarto é praticamente dela, que vem dormir aqui com muita frequência. Bem, mas nada disso importa. Nada pode ser mais frustrante do que deparar com o mais gostoso dos chocolates quando se está de dieta. Droga!

Não sei se conseguirei recusar ou sair da minha "dieta". Afinal, eu ainda não consigo me entregar a ele sem lembrar de tudo o que passamos.

— Como Mike entrou aqui e o que você pensa que está fazendo? — questiono-o, com os olhos presos sobre seu abdômen esculpido. *Senhor, isso só pode ser brincadeira!*

— Mike estava chorando na porta de seu quarto e eu precisava de um banho. — Ele ergue as sobrancelhas, como se o que acabei de perguntar fosse algo surreal. Fecho os olhos, esfregando o rosto furiosamente.

—Vou tomar um banho. — Levanto-me, e ao notar que Jason me olha de forma obscena, me dou conta de que estou vestindo uma camisola transparente. Pedi que minha mãe pegasse algo para eu vestir, e nem reparei no que ela me trouxe. Enfim, somente agora percebo que estou praticamente nua; sensual, quando não deveria estar.

— Okay, Hellen. — Ele sopra o ar com força. — Eu, definitivamente, não quero te agarrar aqui, já que sua avó está no andar de baixo esperando para ver a netinha.

— Minha avó?! Mas ela já veio?!

Ele concorda com a cabeça.

— Já são onze e meia da manhã. Ainda não desci, mas posso ouvir os gritos daqui de cima.

— Então desça, que eu irei depois. Vou tomar um banho e me trocar. — Corro para o banheiro e, estranhamente, me sinto bem melhor que ontem. Achei que fosse acordar mal, com náuseas, mas simplesmente não sinto mais nada.

Termino de tomar banho e não vejo Jason no quarto. Para meu alívio, posso me trocar sem ter aquela presença aqui. Não vou negar que estou quase subindo pelas paredes, e tenho uma leve desconfiança de que seja devido à gravidez. Kate me contou sobre ficar fora de controle, e isso pode dificultar ainda mais minha vida.

Depois de descer as escadas, vejo Jason está sentado no sofá, em que, ontem à noite, protagonizou uma cena, eu diria, um tanto estranha. Com Mike no colo, está distraído, pensativo, e nem percebe minha presença.

— Sua avó está no quarto com um enfermeiro; ainda não entrei para vê-la. Estava esperando por você. — Ele parece receoso de que minha avó não o receba bem, e isso me faz sorrir.

— Vamos.

Ele coloca o Mike no sofá e me segue, calado, até se aproximar do quarto. Para minha surpresa, vejo John, o enfermeiro que esporadicamente cuida da minha avó. Segundo ela, ele é o homem mais lindo da Pensilvânia. John é alto, forte e muito bonito. *Vovó, definitivamente, não é boba.*

Cumprimento-os, e ela dá um largo sorriso quando nos vê.

— Venham aqui.

Caminho até ela e a abraço, beijando sua testa.

— Vó, que susto você nos deu — falo, colocando as mãos sobre seu rosto, e ela ainda sorri. A impressão que tenho é de que a vovó nunca esteve em um hospital.

— Ainda não é hora de me despedir deste mundo, tenho muito o que fazer. — Encara John sugestivamente, e ele sorri envergonhado com o descaramento da vovó.

— Jason, você não vem me dar um abraço?

Viro-me e vejo que ele parece uma estátua próximo à porta.

— A senhora não tem, por acaso, alguma bengala por perto, tem? — A pergunta de Jason nos faz rir. Até o John ri da situação.

— Não vou esmagar as suas bolas, já que elas são as grandes responsáveis por vocês me darem um bisneto, seu imbecil. Quero um abraço!

Jason, que parecia apreensivo, suspira aliviado. Ele se aproxima da minha avó e a abraça. Ela segura o rosto dele e o obriga a olhá-la nos olhos.

— Confesso que estava com muita vontade de enfiar minha bengala no seu rabo, mas Grace me contou, e eu não poderia estar mais feliz. Agora, seja o homem que eu espero que você seja e não um idiota.

— Pode apostar. — É a única coisa que ele diz em resposta.

Fizemos companhia para vovó, até que ela, pouco tempo depois, voltou a dormir. Ela ainda está um pouco fraca, mas, para meu alívio, parece muito bem agora.

À noite, Jason, definitivamente, quer "consertar as coisas", e dessa vez preferiu dormir no quarto de hóspedes. Ele acredita que amanhã estaremos indo para Vegas juntos, mas eu tenho outros planos. Acredite, eu o quero, mas não acredito que ele esteja pronto para enfrentar essa situação. Pensei muito, e acho que voltar agora seria fácil demais. Pretendo fazer algo que o faça "acordar".

Tudo parece lindo.

Estamos prestes a embarcar no avião que nos levará direto para Vegas. Estou tensa desde que acordei. Ontem tive pouco tempo para planejar tudo com minha mãe. Ela, num primeiro momento, discordou, mas, depois que lhe expliquei tudo, finalmente entendeu minhas razões e qual seria seu papel nisso. Preciso dar um basta, preciso acabar com isso de uma vez. Imagino que você está pensando que o Jason já sofreu o bastante, que ele veio até aqui e está se esforçando para me ter por perto. No entanto, você não deve se esquecer de que, num passado não muito distante, ele agiu de forma impulsiva. Mesmo que eu tenha certeza de que Jason me quer e também ao nosso filho, não posso arriscar passar por mais um mal-entendido.

Farei que Jason pense em tudo o que passamos juntos e avalie se, de fato, valeu a pena nossa vida juntos. Se o amor que diz sentir por mim for verdadeiro e se ele estiver realmente disposto a ficar comigo como um adulto, irá entender. Não acredito que esteja pronto para segurar essa, e, de fato, nem ele mesmo deve acreditar nisso. O tempo é o melhor remédio.

A voz do alto-falante anuncia nosso portão de embarque, e eu fico ainda mais apreensiva. Ambos nos levantamos e nos olhamos. Jason sorri, como um vitorioso, e tudo que sinto agora é uma imensa vontade de chorar.

Jason

Todo homem nasce com um padrão de fábrica implantado no cérebro, chamado "comando". Tudo bem, acabei de inventar isso. O fato é que eu sempre aprendi que homens nascem para comandar e mulheres para obedecer. *Muito machista. Eu sei.*

Quando entrei na fase adulta, pratiquei por muito tempo a difícil arte do "adestramento feminino". Bem, ao menos era o que eu achava que estava fazendo enquanto alguma mulher estava com meu pau na boca. Eu mandava, elas obedeciam. Sempre foi assim, e achei que fosse um grande conhecedor da natureza feminina. Porém, Hellen entrou em minha vida com um único objetivo: provar-me exatamente o contrário.

Uma inocente ida ao banheiro resultou uma catastrófica realidade: eu não entendo porra nenhuma sobre o cérebro feminino.

Eu tinha certeza de que ela estava "na minha" e dentro daquele maldito voo. Então descobri, tardiamente, que não. Ela não estava. As portas já haviam se fechado e Hellen não retornava da minúscula cabine do banheiro. Procurei em todos os lugares e... merda. Ela, definitivamente, não estava lá.

Eu deveria saber que estava bom demais para ser verdade. Achei que a havia finalmente convencido e que estaria tudo bem, mas fui enganado como uma criança. Lembro-me vagamente de momentos traumáticos, quando eu queria muito uma coisa e, para que eu parasse de chorar, meus pais me faziam acreditar que eu a teria. Hellen me fez acreditar.

Quero dizer que sou como uma criança abandonada, e o pavor que se instalou em mim durante aquele voo é indescritível. Minha aparência naquele dia faria inveja em qualquer boneco de cera do Madame Tussauds. Aquele voo do demônio parecia não ter fim, e isso me fez perceber que consigo me controlar diante de situações inimagináveis. Sim, eu poderia ter causado um acidente aéreo, se você quer mesmo saber.

Para minha sorte, a comissária de bordo me entregou um bilhete; no momento em que o vi, soube que era da Hellen. Ela dizia para eu me acalmar, que precisaria se afastar por um tempo. Pediu-me perdão, mas afirmou que era preciso e que, no fim, eu entenderia sua atitude. Em outras palavras, Hellen chutou minha bunda da maneira mais suave possível.

Isso está parecendo rotina em minha vida ou uma piada de péssimo gosto. O problema é que, assim que Hellen me disse que estava grávida, fui invadido pela melhor sensação da minha vida, e somente agora me dou conta disso. Eu estava gostando da ideia de ser pai, mas, pelo visto, Hellen vai me privar disso. Talvez esse seja meu destino... Nunca ter uma família.

Pareço estar dentro de uma novela mexicana, afinal, ser abandonado em um voo não é para qualquer um, e sim para os mais azarados do universo, como eu.

Não precisei voltar à casa dos pais dela para saber que Hellen não estava lá. Eles armaram tudo direitinho e eu caí feito um otário. Segundo Grace, Hellen entrou em outro voo logo em seguida, em direção a algum lugar do qual não faço uma maldita mínima ideia.

Embora os pais dela deixem claro que Hellen está bem e segura, eu a tenho procurado como um cão farejador nos últimos três dias e nada até agora. A cada dia que passa, mais apavorado eu fico. Sempre acho que ela não está bem ou que aconteceu algo de muito ruim. A mãe dela me informou, por telefone, que ela apenas precisava ficar só, e que esse afastamento tem o intuito de nos fazer pensar sobre o que devemos ser um para o outro, que devemos pensar no futuro do nosso filho. *Que lógica é essa, afinal?* Estou mais que preparado. Okay, talvez não, mas eu quero me preparar para essa nova fase ao lado dela, porra!

Ela afirmou que a Hellen voltaria... um dia. Acreditem... *Um dia. Que merda é essa?*

Meu avô ainda não sabe sobre a gravidez e não quero apavorá-lo, mas não há mais condições de esconder. Vou explodir, e isso é tudo culpa dela.

Já fiz de tudo. Adrian, e até mesmo Kate, estão me ajudando, mas é inútil. Pensei que, talvez, a melhor amiga dela soubesse de seu paradeiro, mas sei que ela não me diria, nem sob tortura. Não posso pressionar uma mulher grávida. Tudo bem, eu a pressionei um pouquinho, mas ela me ameaçou com um taco, e acho que talvez esteja dizendo a verdade: não sabe do paradeiro da minha mulher.

Agora estou na casa do meu avô, tentando pensar em um modo de contar sobre a gravidez. Sei que essa notícia o deixará alegre, mas não estou com a Hellen e não sei qual será a reação dele a esse detalhe.

— Jason, se ela mandou aquele bilhete e se os pais sabem onde ela está, acalme-se. Talvez ela realmente precise de um tempo para assimilar tudo o que está acontecendo entre vocês. Dar um tempo longe pode fazer bem aos dois. — Ele solta o ar, denotando cansaço. — Você errou, mas Hellen tem uma parcela de culpa, e ambos precisam ter a certeza de que não irão cometer os mesmos erros novamente, filho.

Estou sentado no chão frio da sala do meu avô, de frente para a foto do Elvis, que parece me olhar com deboche, segurando seu microfone alegremente, enquanto meu coração está despedaçado.

— Eu sei que Hellen está bem de saúde, mas, porra! Será que ela não entende que eu não quero me afastar? Não a quero longe. —

Encaro meu avô e tento escolher bem as palavras para falar sobre o que ele mais deseja ouvir na vida. Levanto-me vagarosamente e me aproximo dele com uma expressão séria.

– Vô...

Ele me observa com um olhar compassivo.

– Diga, filho. Estou aqui. – Ele segura meu ombro e eu engulo em seco.

– A Hellen está grávida – despejo de uma só vez e ele abre muito os olhos. Acho que isso não passava pela cabeça dele, e minha preocupação muda o foco. Definitivamente, meu avô não parece bem.
– Vô? Fala alguma coisa.

Ele se afasta e eu o seguro, ajudando-o a se sentar no sofá. Meu avô fica na mesma posição por alguns segundos. Meu corpo gela. Ele olha para um ponto específico; de repente, vejo lágrimas saírem de seus olhos e é neste momento que não consigo me controlar.

Droga, sou um maricas chorão. Não sei segurar essas malditas lágrimas.

Sento-me ao lado dele e o abraço, meio desajeitado, enquanto ele cobre o rosto com as duas mãos. Está muito emocionado.

– Dê um abraço, filho. Vamos encontrar a Hellen. Afinal, eu serei avô novamente.

Curvo os lábios e deito a cabeça sobre seu ombro. Ele retribui com um abraço apertado.

O problema será encontrar a Hellen, já que ela tem o dom de desaparecer.

VINTE DIAS

Malditos vinte dias, nove horas, sete minutos e trinta e dois segundos longe da Hellen. Achou muito? Imagine eu.

Minhas mãos e pernas estão amarradas por uma corda imaginária. O ar parece rarefeito; por mais que eu o busque, sinto como se meus pulmões estivessem vazios. E aquele ditado que diz "o tempo cura tudo" é uma grande mentira. O tempo é corrosivo e está destruindo lentamente minha alma. Sinto falta dela, do cheiro dela, e até do Mike.

Hellen decidiu me abandonar levando o filho. Meu filho. Já fui duas vezes à Pensilvânia e nada. A mãe dela simplesmente me deixou ainda mais nervoso ao dizer que tenho de me conformar, já que essa foi a decisão da Hellen. Vovó Elise, como sempre, não está a favor do sumiço de Hellen, e deseja usar sua bengala contra toda a família. Claro que ela não sabe nada sobre o paradeiro da neta, e os pais da Hellen se recusam a me dar qualquer informação. Só tenho a dizer uma coisa sobre tudo isso: é cruel. É muito cruel! A brincadeira já perdeu a graça, e eu quero apenas me enrolar como uma bola entre esses lençóis gelados.

Acalme-se, ainda não é uma novela mexicana, se é isso que está passando pela sua mente agora.

— Certo, babaca! Chega dessa merda! — Adrian, mais uma vez, invade minha casa, e eu, provavelmente, esqueci pela décima vez essa maldita porta aberta.

Cubro a cabeça com o travesseiro, mas logo sinto que Adrian o puxa com força.

— Saia dessa cama e mostre que você é homem, cara. — Ele lança o travesseiro ao chão, mas eu pego outro e cubro novamente a cabeça.

— Vá embora! — ordeno, com a voz abafada.

— Você está nessa casa tempo demais. Ao menos deixou que a diarista viesse fazer a limpeza dessa vez? — ele pergunta, enquanto pega o outro travesseiro e o arremessa longe.

— Droga, Adrian. Porra! — praguejo; a insistência dele está me deixando realmente irritado.

— Estou aqui por causa da Kate. Ela insistiu que eu viesse te acordar; não tirar você da cama, claro, mas te acordar para a vida. Não posso deixar você desistir, a Hellen vai precisar de você.

— Acho que ela está se virando muito bem longe de mim. — Sento-me na cama, apenas de cueca, para encará-lo. — Ela já desistiu — informo, e ele entorta os lábios, pensativo, meneando a cabeça em um gesto de tristeza.

— Talvez, não. Hellen pode apenas estar se preparando e... — Adrian diz e leva uma mão aos cabelos, parecendo sopesar o que vai dizer. — Kate me mandou dizer isso.

Ergo as sobrancelhas com um olhar de interrogação.

— Kate tem falado com a Hellen, não tem? Ela me disse que não...

— Não, não tem, mas Kate sabe como as mulheres pensam. Sabe sobre hormônios e conhece a Hellen como ninguém. Disse que tem certeza de que a amiga está usando esse tempo para se preparar. Para voltar.

Com as duas mãos, esfrego o rosto em um gesto frustração.

— Então eu não tenho mais o que fazer. Já fiz de tudo, e só há uma coisa a pensar sobre isso: Hellen espera que eu desista, já que ela desistiu de mim há muito tempo.

HELLEN

Eu sei, você está pensando que eu sou má, que gosto de fazer testes. Imagino que, neste momento, gostaria de estar consolando o Jason. Mas não se trata de um teste. Eu sei que o Jason me ama. Sei que ele estaria ao meu lado e sei também que eu poderia ter evitado mais sofrimento. No entanto, o afastamento era a melhor solução para que, sozinhos, conseguíssemos lidar com esse novo ciclo que iremos enfrentar.

Segurei-me por várias vezes e até cheguei a sair em direção ao aeroporto. Sim, eu fiquei na Pensilvânia, mais precisamente na casa da minha prima, Michelle, mãe da Nicole. Ela tem uma casa espaçosa e vovó nunca saberia.

Kate me manteve informada sobre o Jason e me encorajou a continuar. Segundo minha amiga, ele está recluso. Na verdade, ela não teria muito acesso a ele se não fosse pelo Adrian. Kate sabe muito pouco; apenas me informou que o Jason ficou trancado em sua casa por, no mínimo, vinte dias. Sim, você ouviu direito. Já estamos separados há quase dois meses, e eu estou com mais de três meses de gravidez. Parece muito para você? Imagine para mim. Acredite, não está sendo fácil ficar longe dele. Não ter contato físico com o amor da minha vida rendeu-me algumas sessões com um analista.

Tentei não pensar e apenas imaginar que Jason será um homem mais preparado depois que tudo isso passar. Não penso nisso como uma vingança, pois não é. Trata-se apenas de um mecanismo de prevenção contra futuras crises. Quero continuar tendo uma gravidez tranquila, e Jason deve se mostrar um futuro pai.

O problema será voltar para a casa que foi cenário daquela cena patética. Confesso que ainda não superei totalmente aquele momento, mas o amor que sinto por Jason supera o mal-estar que essa lembrança me causa.

Depois que a Kate me contou sobre ele estar recluso, após um mês, Jason e eu trocamos alguns e-mails. Nunca gostei de redes sociais, e isso colaborou para que eu continuasse com meu plano, que sempre foi um só: ter o Jason para mim sem desconfiança e sem culpas; fazê-lo entender que esse tipo de mal-entendido jamais deve se repetir.

Parece um castigo de mãe e, quer saber? Foi exatamente isso o que fiz. O problema é que não há mais como fugir. Minha gravidez está em estágio avançando e eu apenas preciso do Jason. Tenho pressa em reencontrá-lo. Acredito que excedi o tempo que meu corpo suporta ficar longe do homem da minha vida, mas o principal motivo da minha ansiedade é o fato de ter ouvido o coração do meu filho pela primeira vez. Percebi que o Jason precisava sentir o mesmo. Não posso privá-lo de um momento tão lindo como o desenvolvimento de seu filho.

— Filha, vá com Deus. Espero que ele tenha entendido essa sua loucura. — Minha mãe me abraça e eu sorrio nervosamente. Estou no aeroporto, prestes a embarcar.

— Eu também espero. Sou uma mulher desempregada agora e ele tem de me aceitar — brinco, forçando um sorriso. — É o que ganhei por não dar uma satisfação aos meus empregadores.

— Tem certeza de que conseguirá viajar sozinha? — questiona meu pai, sem ocultar a expressão aflita.

— Claro, pai. Estou bem, e o médico me liberou para viajar.

— Se não estivesse grávida, bateria com minha bengala na sua cabeça para saber se existe um cérebro aí. — Vovó ainda não superou minha mentira, mas sei que ela torce por mim.

— Vó, eu te amo. Se eu contasse que estava na casa da Michelle, você contaria para o Jason.

— Claro que contaria! Onde já se viu deixar um monumento daquele sozinho, e em Vegas? É muito burra mesmo! Acha que homens estão sobrando no mundo? A gravidez só pode ter afetado seu maldito cérebro.

Mostro um sorriso triste. Vovó pode ter razão. Jason nem respondeu os três últimos e-mails que mandei. Enfim, eu paguei para ver. Arrisquei por essa criança que carrego. Arrisquei por amor.

— Não liga para a sua avó. Se ele te ama, vai entender seus motivos. Jason vai te receber de braços abertos.

Forço um sorriso, mas minha insegurança não consegue esconder o medo que estou sentindo. Parecia mais fácil enquanto eu falava com o analista. Frequentei sessões de acupuntura, fiz hidroginástica, e Nicole conseguiu me entreter de um jeito muito especial. Enfim, mantive-me muito ocupada mental e fisicamente.

— Tia Hellen — Nicole me chama, enquanto se aproxima para se despedir.

— Acho que você vai ter uma menina para brincar de Barbie comigo.

Beijo a testa dela e dou-lhe um abraço apertado.

— Tomara! — concordo. Beijo minha avó, mesmo contra a vontade dela, e me despeço de todos. Mike, obviamente, está vindo comigo. Quero chegar inteira para o Jason, e Mike faz parte do pacote.

Agora é pra valer... Estou voltando para Vegas.

O voo durou aproximadamente seis horas, mas pareceu durar uma eternidade. Agora são seis horas da tarde e, finalmente, meus pés estão no aeroporto internacional de Las Vegas. Já estava sentindo aquele frio na barriga, acompanhado por uma multidão de borboletas, mas só agora elas decidiram fazer festa no meu estômago. A temperatura está amena, na casa dos vinte e nove graus. Acredite, Las Vegas em setembro ainda pode ser terrivelmente quente.

Vim de surpresa, nem Kate sabia que eu chegaria hoje. O táxi me leva rapidamente em direção à casa do Jason, e minha ansiedade está a mil. Estou de volta ao local onde pretendo construir um lar com meu filho... se o Jason ainda me aceitar, claro. Talvez eu tenha, de fato, merda na cabeça, como diria minha avó, mas fiz o que fiz pensando em nosso futuro como uma família. Espero que, no fim das contas, ele não me odeie.

O carro entra no condomínio e, à medida que se aproxima da casa do Jason, sinto meu coração acelerar. Mike começa a pular desesperadamente dentro da sua casinha, mas algo me chama a atenção.

O carro encosta e eu desço. Então, percebo uma placa do lado de fora, informando que a casa está à venda. Assim que leio, meu corpo gela imediatamente. Caminho até a janela e o que vejo do lado de dentro me deixa completamente atônita. Tudo que há é um grande e triste espaço vazio. Onde estão as cortinas? Os móveis? A casa está completamente vazia. Jason se mudou.

Volto para o carro, praticamente em estado de choque. Consigo reunir forças para pedir ao motorista que me leve para a casa do senhor Hoffman. Imagino que o Jason esteja lá, e se não estiver, ao menos preciso entender o que o levou a sair daqui. Talvez eu o tenha subestimado e, no fim das contas, ele não suportou. Acho que, em vez de conduzi-lo a pensar, eu o fiz desistir.

O carro estaciona em frente à casa do senhor Hoffman, e minha apreensão agora está multiplicada por mil. Decidi pagar para ver, mas temo não querer ver de fato. Talvez, em vez de surpreendê-lo, como planejei, eu seja surpreendida.

Vejo que o carro do Jason está estacionado em frente à garagem da casa e não tenho dúvida: ele está aqui. Pago o taxista e desço do carro. Ele pega minha pequena mala e eu abro a casinha do Mike, para que ele saia correndo em direção à porta de entrada. Meu coração acelera de forma assustadora. Aperto a campainha e um empregado que já vi várias vezes abre a porta, forçando um sorriso quando me vê. Ele parece surpreso. Uno as sobrancelhas, prevendo merda. Não sei se estou preparada para qualquer coisa que esteja aí dentro.

– Oi, posso entrar?

Ele concorda com a cabeça, um pouco sem graça, e me ajuda com as minhas coisas.

– O senhor Hoffman ficará muito feliz em vê-la. – A simpatia do funcionário não me convence. Mike já se apossou do sofá, e eu ando pela casa em busca do Jason ou do senhor Hoffman, mas apenas ouço uma conversa animada vinda do andar superior. Aproximo-me das escadas e as vozes ficam ainda mais nítidas. É a voz do Jason, tenho certeza.

– Você foi ótima, perfeita! – Ouço-o falar e, à medida que vou me aproximando, consigo ver pernas femininas descendo. Engulo em seco e puxo o ar com força. Espero que não seja o que estou pensando.

Jason não pode estar com outra mulher. Ou pode? Será?

Os dois descem, ainda conversando, e não percebem minha presença na lateral da escada. Depois de descerem, consigo ver a mulher, de costas, parada, enquanto Jason apenas a observa. Vista por esse ângulo, ela parece linda. Os longos cabelos loiros caem como cascatas sobre suas costas.

– Obrigado, você me ajudou muito – Jason diz e, logo em seguida, eles se abraçam. Neste momento, minhas pernas tremem. Inesperadamente, Mike aparece e corre na direção deles, chamando a atenção do Jason. Em seguida, nossos olhares se encontram, e ele parece uma estátua enquanto me observa. Parece não acreditar no que vê, e eu, menos ainda.

– Hellen? – sussurra Jason.

Estou estática, como se não pertencesse mais a este lugar.

Jason

Sabe aquela coisa que eu disse sobre o tempo ser corrosivo? Esqueça. Não é verdade. O tempo não é corrosivo, mas não acredito que ele cure de verdade. Ele pode cicatrizar, deixar marcas e nos fazer pensar ou aceitar determinadas coisas, mas não acredito que cure. O tempo, na verdade, nos ensina a conviver com a dor. Não, eu não tomei nenhum alucinógeno, caso queira saber. Estou sóbrio. Muito sóbrio.

Estava desesperado, mas depois que o Adrian me tirou daquela cama, acordei. Não do sono e da letargia em que me encontrava; acho que, realmente, acordei para a vida.

Ele me arrastou até a casa dele, e Kate, finalmente, acabou confessando que mantinha contato com a Hellen. Disse que ela se afastou para que pudéssemos pensar se, de fato, estamos preparados para construir algo além do que já fizemos até hoje. Disse que ela voltará em breve, mas esse "breve" durou mais um mês. Ao todo, foram dois meses. Depois disso, em um primeiro momento, confesso que fiquei com raiva da Hellen. Com ódio mesmo.

Decidi não responder mais aos e-mails da Hellen. Se ela quer me punir, pensei, então a punirei também. Tudo bem; em todas as mensagens ela dizia que me amava e que voltaria quando se sentisse preparada, mas eu lhe pedia que voltasse e a resposta dela era sempre a mesma: ainda não está na hora. Sem poder mais me contentar com míseros e-mails, decidi me afastar, para o bem da minha sanidade mental. Desde então, não abri mais nenhum e-mail de Hellen Jayne. Ou ela volta ou não nos falaremos mais por qualquer meio de comunicação. O problema é que o tempo está passando e eu não sei até quando vou suportar isso. Agora não é apenas a Hellen. Existe um filho. Meu filho.

Conversando com meu avô, cheguei à conclusão de que não será correndo atrás dela que a terei de volta. Muito pelo contrário. Hellen foi cruel, muito cruel, mas precisei fazer um exercício mental e voltar no tempo para perceber que eu também fui. Tentei me colocar no lugar dela. Empatia, lembra-se? Eu exagerei e me vinguei da maneira mais cruel. Fui um adolescente de merda ao enfiar a língua no interior da boca daquela mulher enquanto outras mulheres nuas rebolavam na minha cara. Sempre disse que as vadias estão impregnadas em mim, e o mais impressionante é que elas farejam, principalmente quando os homens estão disponíveis novamente no mercado. Elas sentem.

Agora mesmo, estou diante de uma mulher linda, *sexy*, com quem tenho convivido quase semanalmente. Pela primeira vez na vida, consigo conviver com uma mulher gostosa sem enfiar meu pau nela. Estou recebendo Ronda, a *designer* especializada em quartos de bebês. Ela é uma mulher muito atraente; no entanto, não a escolhi por isso, mas sim por sua competência. Em outros tempos, e se Ronda não fosse casada com um amigo, teríamos passado direto para a segunda fase. Minhas regras ainda valem para uma coisa: nunca pegar mulheres de amigos. Nenhuma. Sem exceção. Essa é a única regra que nunca quebrei e que respeito até hoje.

O que foi? Você não achou que... Sim, você pensou.

Eu nunca treparia com a Ronda. Okay, nunca é uma palavra muito forte, mas o fato é que tenho outras coisas ocupando minha mente; por exemplo, um filho. Claro, ela é gostosa, eu não sou cego, mas não a enxergo como uma potencial trepada.

Nos últimos dois meses, venho reparando que saber que serei pai me faz enxergar muito mais grávidas que gostaria. Na verdade, não posso ver uma mulher nesse estado, que meus pensamentos voam para a Hellen. A impressão que tenho é de que só existem grávidas em Vegas. Nunca havia reparado antes. Mesmo que a Hellen não esteja aqui, está impregnada em mim. Não há um só dia em que eu não a imagine grávida. Doentio e, obviamente, uma atitude idiota, já que ela consegue ficar longe de mim. Acredite, tentei odiá-la, mas esse sentimento durou, no máximo, cinco minutos.

Já estou sabendo que a Hellen está vindo por esses dias. Sim, finalmente, Kate percebeu que a amiga está exagerando. Decidiu abrir o jogo, mas não especificou o dia, garantindo-me que não sabe. Disse ainda que a Hellen não suporta mais ficar onde está. Não sei o que farei quando souber que ela, por fim, virá para Vegas.

Bem, voltando à decoração...

Nunca imaginei que participar da decoração de um quarto de bebê me traria tanto prazer. Parece meio maricas, e na verdade é, mas, dane-se, eu adoro isso. Quer saber outra coisa bem maricas? Rose, a cozinheira. Lembra-se? Ela me viu nu quando levei a Hellen pela primeira vez à minha antiga casa. Lembrou?! Bem, agora esqueça.

Ela me ensinou alguns truques na cozinha, e o resultado é que, como cozinheiro, eu daria um excelente diretor executivo. É isso aí, já cozinhei para a Hellen há algum tempo, mas percebi que tutoriais no YouTube não são tão bons quanto a Rose para me orientar, mesmo sabendo que ela tem pensamentos eróticos que envolvem meu corpo nu.

Falando sobre cozinha, aposto que você está querendo saber quem eu comi nos últimos dois meses, certo? A resposta é um grande e redondo NÃO. Não trepei com a Ronda nem com qualquer outra mulher até agora. Embora Hellen tenha me dado a oportunidade de voltar verdadeiramente para a putaria, eu, Jason Hoffman, não voltei. É isso aí. Estive sempre em uma reunião extremamente séria entre meu pau e os meus cinco dedos e, acredite, nos demos muito bem.

A abstinência é suportável por alguns dias, mas estou em um verdadeiro celibato. Acho que posso fazer votos de castidade e me tornar padre. Tudo bem, pode rir. Esqueça essa merda; isso foi ridículo. Nunca, em toda minha vida, imaginei passar por isso. Achei que não fosse sobreviver, que não fosse suportar, mas, pasmem crianças, podem aplaudir: eu sobrevivi.

Sou um novo homem. Na verdade, não. Não me tornei um novo homem porra nenhuma. Continuo sendo o mesmo Jason e não pretendo mudar para ser quem não sou, principalmente para a Hellen. Não seria o homem pelo qual ela se apaixonou. Por tudo isso, dou graças ao meu avô, que me aconselhou e me ajudou a passar por essa fase, digamos, conturbada. Okay, o buscador Google também foi um grande aliado. Pesquisei sobre tudo e, principalmente, sobre as zonas erógenas do corpo feminino. Em outras palavras, eu me limitei a filmes pornográficos. Aquelas cenas mecânicas ensaiadas, em algum momento da madrugada, pareciam ajudar. Essas merdas cheias de vírus agora não me deixam em paz. Tenho recebido *spam* com o título: "Aumente seu pênis", o que me deixou um pouco ofendido. Imagine algo grande. Agora pense nisso duas vezes maior. Exatamente. Não daria certo.

Muita informação? Desculpe, queria me fazer entender. Quem é a culpada disso tudo? Hellen, lógico.

Quer saber o que fiz de mais radical nesse período? Vendi minha casa e me mudei definitivamente para a casa do meu avô. Ele precisava de mim como eu preciso dele. Não fazia sentido ficarmos em casas separadas no momento, diante de tudo o que estou passando. Além do mais, aquela casa nunca mais seria um lar. Na verdade, eu conheço a Hellen, e foi por causa dela que me mudei. Penso que, quando ela voltar, nunca mais enxergará aquela casa como um lar. Mulheres são assim, sempre arrumam um jeito de jogar as cagadas que fizemos bem na nossa cara.

Confesso que estou com medo. Muito medo de que isso não aconteça. Kate me garantiu que Hellen voltará, e nos últimos dias nem tenho trabalhado direito, tentando acelerar a decoração do quarto do bebê. Optamos por uma decoração simples e neutra, mas com muito luxo, como meu futuro filho merece. Quero que Hellen veja com seus próprios olhos. Chega de mal-entendidos.

– Acho que não há mais nada o que fazer aqui – Ronda informa com uma expressão muito satisfeita.

Curvo meus lábios em um sorriso.

– Ficou ótimo. Sei que será um menino, mas o quarto em uma cor neutra ficou excelente.

– Como sabe que é um menino? Ela fez o ultrassom?

Meu sorriso se esvai instantaneamente.

– Não sei. – Ronda meneia a cabeça e me observa com uma expressão de tristeza. Sim, ela sabe que estou fazendo uma surpresa para Hellen, e sabe também que não estamos juntos. Sei que está torcendo por mim.

– Não se preocupe, ela vai amar.

Concordo com a cabeça. Gostaria de me sentir mais animado ante o que ela acaba de afirmar. Mesmo que eu finja que esse quarto é apenas para meu filho, não posso esconder quão satisfeito ficaria se pudesse ver Hellen aqui, amamentando nosso bebê.

Enfim, Ronda e eu conversamos sobre assuntos triviais, e você pode me dar um troféu de "homem que sabe se comportar diante de uma mulher".

Descemos a escada, ainda embalados pela conversa, e quando chegamos ao andar inferior, viro-me e a olho nos olhos. Ronda foi de grande ajuda nesse período de merda em que estive. Ela precisa saber que sou grato por isso.

– Obrigado, você me ajudou muito. – Eu a abraço com sinceridade. Inesperadamente, ouço um barulho de patas correndo pelo piso da sala. Desvio o olhar e me surpreendo com... Mike? Neste momento, meu coração bate furiosamente. Ronda observa a dobra ambulante, e meus olhos caminham pelo chão até encontrar os pés que conheço muito bem. Subo o olhar, varrendo as pernas torneadas, e aqui está ela, a mulher que mais desejei ver nos últimos meses. Hellen está aqui, bem diante de meus olhos.

A expressão dela é de total perplexidade. Por instantes, nossos olhares apenas se fixam um no outro. Não há o que pensar, e é como se o mundo parasse de girar. Na verdade, é como se o ar voltasse novamente para os meus pulmões e meu coração voltasse a bater como nunca.

— Então eu já vou, Jason — Ronda me traz de volta à Terra, e só então percebo que a deixei parada feito uma estátua. Mike lambe meu pé, mas ainda não posso dar atenção a ele.

— Claro. Novamente, muito obrigado — digo com dificuldade, e Ronda, sorrindo, apenas acena para Hellen, que a observa, escaneando-a dos pés à cabeça. Parece desolada, e posso imaginar o motivo. Quando disse que Ronda é gostosa e *sexy*, eu não estava brincando. Talvez eu tenha feito isso de propósito, imaginando exatamente esta cena, mas jamais pensei que ela se concretizaria.

— Até mais ver. — Percebendo a tensão, Ronda se afasta, caminhando em direção à saída. Hellen a observa, até que ela desapareça pela porta.

Lentamente, faço meu caminho, aproximando-me dela, enquanto Mike continua a morder minha calça. Ainda estou de terno, já que cheguei do trabalho há pouco tempo. Paro com o corpo rente ao de Hellen, mas não a toco. É como se eu estivesse dentro de um sonho. Sim, um sonho como tantos que tive durante todo esse tempo. Sonhei diversas vezes que ela entrava por aquela porta, pedindo-me perdão por ter se afastado de mim, mas quando abria os olhos, ela não estava aqui. É o que sinto agora. É como se estivesse dentro de um sonho, prestes a acordar e me decepcionar.

— Ai! — Mike morde minha canela, e só então percebo que estou vivenciando, de fato, algo muito real. Ele quer atenção, mas é como se eu estivesse hipnotizado.

— Hellen, eu...

Por alguns segundos, ela me observa com os olhos marejados, e, abruptamente, joga-se sobre mim, apertando-me em um abraço forte. Seus braços enlaçam meu pescoço e, instintivamente, enterro meu rosto na curva entre seus cabelos.

— Jason, você me perdoa? Por favor. Perdoa? Eu não deveria me afastar por tanto tempo. – Hellen parece apavorada, como se tivesse cometido o maior crime de todos. Na verdade, ela cometeu, afastando-se de mim. Não sei por que meu corpo age assim, mas eu a amo demais para impedi-la de entrar em minha vida. Lágrimas intrusas insistem em querer sair dos meus olhos, mas eu serei forte. Afinal, eu já estava esperando por isso. Por ela.

— Eu imploro, perdão.

Não respondo, e ela segura meu rosto com as duas mãos.

— Eu sou uma tapada. Não sei como consegui ficar tanto tempo longe da pessoa mais importante da minha vida – ela diz e, depois de tomar fôlego, continua: – Diz que me perdoa e que aquela mulher não é importante na sua vida.

Fecho o rosto e, por algum motivo, quero fazê-la sofrer mais um pouquinho.

— Sim, ela é – afirmo com seriedade na voz. Percebo que ela fica tensa e lágrimas descem torrencialmente de seus olhos.

HELLEN

Não pode ser... Eu sou uma burra, tonta, tapada... idiota. Minha avó tinha toda razão. Tenho merda no lugar do cérebro. Não apenas dei a chance para que ele voltasse à sua antiga vida, mas também para que encontrasse alguém. Jason parece adorar aquela mulher, e algo me diz que não vai me perdoar. Droga. O que eu fiz?

— Não faça isso, Jason. Só agora me dou conta do erro que cometi ficando longe por tanto tempo. Ela não pode ser mais importante que tudo o que vivemos juntos.

Jason enche os pulmões, parecendo preparar-se para algo complicado, e eu quero morrer antes de ouvir o que ele tem a me dizer. Ele não responde, e as lágrimas descem pelo meu rosto, enquanto o encaro com desespero.

— Não.

Agora estou chorando copiosamente. Ele não pode me jogar fora. Sei que errei, mas, simplesmente, não sei viver sem ele.

— Decoradores são importantes, você não acha? — Cubro o rosto com as mãos, tentando me controlar, mas... O que ele disse? Decoradores? Minhas sobrancelhas se unem e Jason sorri. Estava prestes a argumentar e implorar por seu perdão, quando vejo um tom de ironia em seu rosto.

— Ela é uma decoradora? Por quê? — Ainda não entendi o que Jason quis dizer, e ele me encara nos olhos de forma séria.

— Quero te mostrar uma coisa. Venha. — Ele me puxa pela mão, enquanto Mike ainda implora por atenção.

— Oi, garotão, vem aqui. — Jason se abaixa, pega Mike nos braços e me puxa, levando-me para o andar superior. Subimos as escadas apressadamente; quando chegamos no fim do corredor, Jason para e me observa com uma expressão enigmática. Lentamente, abre a porta e, em seguida, acende as luzes.

O que vejo me deixa completamente sem fala. Um... quarto? Um quarto de bebê. Minhas lágrimas ainda rolam incessantemente enquanto admiro cada detalhe do imenso quarto. O jogo de luzes, a parede bege e alguns enfeites dão ao ambiente um efeito sóbrio.

— É lindo. É... maravilhoso... — então eu compreendo a presença da belíssima mulher que estava aqui. — Decoradora. Ela é a decoradora do quarto do meu filho.

Ele concorda com a cabeça, mas sua expressão permanece imutável. Mike sobe no sofá, camuflando-se em meio à decoração bege. Jason se aproxima de mim. Apenas olhá-lo dói. A saudade que sinto dói.

— Por quê? — ele sussurra, como se não acreditasse que estou aqui.

Balanço a cabeça negativamente.

— Não sei. Fui imatura, mas, na realidade, pensei mesmo que me afastar fosse o melhor caminho. Tive medo que acontecesse qualquer outro mal-entendido e você agisse como das outras vezes. Sou uma idiota, Jason. — Passo a mão na lateral de seu belo rosto desesperado, mas ele não se move. Ele não me toca. — Minha avó tem razão, eu tenho merda na cabeça.

Em silêncio, Jason me observa por alguns segundos, parecendo analisar o que acabei de dizer.

— Sim, sua avó tem toda razão: você tem merda na cabeça, Hellen. — Meus olhos se arregalam, e ele prossegue: — Mas eu ainda te amo, e não quero que você faça isso novamente. Se fizer, por Deus, eu não vou te esperar — ele afirma de forma dura, e sei que está falando sério como nunca vi. Jason está realmente magoado comigo e, de alguma forma, preciso consertar isso. Preciso ao menos tentar. Mas como? De repente, algo me vem à mente, algo que guardei para mostrar-lhe. Sem dúvida, este é o momento de fazer isso.

— Espera. — Tremendo e ansiosa, vasculho a bolsa, retirando o *pendrive* onde está armazenado meu primeiro ultrassom; aquele que o Jason deveria ter testemunhado ao meu lado. Coloco o pequeno *pendrive* em sua mão e ele me observa, com olhar interrogativo.

— O que tem aqui? — Ele parece completamente confuso.

— Veja com seus próprios olhos — incentivo, e ele se afasta. Juntos, caminhamos em direção a um quarto, estrategicamente localizado na frente do que estamos. Entramos, e eu me surpreendo ao ver que nossos móveis fazem parte de uma belíssima decoração. Estou perplexa.

Será que a decoradora passou por aqui? Espero, sinceramente, que não.

Jason abre o *notebook* e encaixa o *pendrive*, ainda sem entender o que quero mostrar. Em seguida, o vídeo revela somente a imagem do meu ultrassom. Apenas um pontinho pode ser visto, mas a expressão dele, ao visualizar isso, é impagável. Está paralisado, com os olhos presos ao monitor.

— Que porra é essa? — pergunta, confuso, quebrando toda a emoção do momento.

— É o seu filho — esclareço, e ele estreita os olhos, examinando o monitor novamente.

— Não vejo nada, Hellen. Só vejo uma tela com uma bola preta minúscula que se mexe de um lado para o outro.

— Essa "bola preta" é o seu filho. Nosso filho, Jason — explico, e posso ver em seus olhos que ele finalmente entendeu.

— Isso... é muito pequeno — ele sussurra, e seus olhos marejados revelam emoção.

— Ligue o som — eu peço, e Jason aumenta o volume, permitindo-nos ouvir o coração do nosso filho bater. As lágrimas, para variar, já estão inundando os meus olhos, e Jason volta sua atenção para mim.

— Isso é... — Vejo que lágrimas tímidas descem dos olhos dele, e apenas concordo com a cabeça, também emocionada. Jason se abaixa, ficando rente ao meu ventre, que tem apenas um leve volume. Encosta vagarosamente o rosto sobre ele e tenta ouvir algo em meu útero.

Seguro a cabeça dele, acariciando-a com os meus dedos trêmulos, enquanto Jason está absorto com os braços em volta do meu corpo. A cena em que me encontro é, sem dúvida, a que eu mais esperava nos últimos meses e que jamais sairá da minha mente.

Jason

Homens solteiros sempre acordam com a esperança de transar, mudar o cardápio do dia ou, no caso dos mais sortudos, comer algo diferenciado. Isso, sem dúvida, descreve minha vida em um passado não muito distante. No entanto, hoje em dia, minha vida se resume a apenas uma mulher. Sim, eu sei. Eu deveria ter transado com outras nesse período de seca; fazer uma orgia, um *ménage à trois* ou, talvez, buscar apenas um sexo oral sem compromisso, como nos velhos tempos, mas não; meu cérebro apenas mandava, o tempo todo, informações erradas, como imaginar com quem a Hellen estava ou se algum ex, filho de uma vaca, estava à espreita.

Tudo isso me enlouquecia, sobretudo sabendo que mulheres precisam ser preenchidas; elas nasceram para isso. Hellen também estava há um bom tempo sem "dar", e isso me deixou bem apavorado. Todos esses detalhes, simplesmente, não me saíam da cabeça, e para piorar, o Google, meu querido "amigo" e conselheiro, informou que mulheres grávidas têm muito mais desejo sexual. Elas ficam safadas e querem trepar. Isso, sem dúvida alguma, resultou preocupação extrema da minha parte e... pau duro.

Você consegue imaginar a dimensão da minha vontade sexual reprimida durante todo esse tempo? Consegue imaginar o que fui capaz de fazer com a Hellen em uma semana? Acredite, ainda tive de esperar até o dia seguinte para perguntar ao médico se isso iria prejudicar meu filho. Sim, estou falando sobre aquele pontinho do ultrassom, que parecia estar em uma festa *rave*, e não dentro de uma barriga.

Eu precisava saber que a gravidez da Hellen era totalmente saudável, e então, para meu alívio, o médico me deu sinal verde, mas sem exageros, claro. Depois disso, não pude esperar muito tempo para acomodar um coitado pênis sofrido, que desejava mais do que tudo aquela mulher. E, por Deus, foi como a primeira vez, como se eu nunca a tivesse tocado. Estar dentro dela é ainda melhor.

Eu a devorei. Não literalmente, claro, mas você entendeu, certo?

O cansaço físico de Hellen me impediu de continuar. Ela é uma safada, que agora tem sono, muito sono, mas, por ora, estou satisfeito. De verdade. Estou feliz por tê-la novamente aqui, onde é o seu lugar. Sim, crianças, admito, sou um capacho de merda, como jamais pensei que me tornaria. Não, ainda não descobri um modo de viver sem essa mulher, e quer saber? Não tenho a mínima intenção de descobrir.

Logo, encontrarei a Hellen em uma roda-gigante. Na verdade, essa não é apenas uma roda-gigante comum. Ela é, simplesmente, a maior roda-gigante do mundo até agora.

Queria poder, ao menos, trocar o terno e colocar algo mais casual, mas Hellen insistiu que eu fosse direto do trabalho. Segundo ela, deveria chegar no horário, já que reservou uma cabine. Enfatizou umas oitenta e nove vezes que eu não poderia me atrasar, e é exatamente por esse motivo que sou este cara, bem aqui, correndo feito louco, como se estivesse com diarreia aguda, à procura de um banheiro. Na verdade, estou correndo em direção ao meu carro. Não quero me atrasar, e se não correr acontecerá exatamente isso.

Assim que pego meu carro, sigo pela Las Vegas Boulevard, com destino ao The Linq, localizado próximo ao Hotel Flamingo, que carrega uma grande história. Ele foi o primeiro hotel construído na

Las Vegas Boulevard, onde começaria uma nova Vegas; fica na avenida mais famosa, comumente conhecida por "Strip".

Deixo meu carro com o manobrista do hotel e faço mais uma breve corrida, passando pelos muitos bares e lojas na pequena The Linq. Atravesso o chafariz com luzes coloridas, atropelando alguns turistas que insistem em interromper minha passagem. Ainda correndo, sigo até o fim, onde se encontra meu destino final: High Roller.

Como eu disse antes, Hellen já reservou uma cabine. Meu cérebro me envia imagens do que poderíamos fazer a cento e sessenta metros de altura. Se você pensou em sexo, é um pervertido, mas acertou. Claro.

Acelero os passos e, à medida que vou me aproximando, percebo alguém muito familiar parado próximo à entrada. Franzo o sobrecenho. Adrian está impecavelmente vestido. Seu sorriso largo evidencia a alegria que sente em me ver.

— O que você faz aqui, idiota? Onde está a Hellen?

O sorriso sarcástico continua estampando no rosto dele, enquanto seus dedos pressionam as teclas do celular que ele segura.

— Eu também te amo, meu amigo. Que bom que chegou a tempo, babaca. Hellen está à sua espera na entrada das cabines. — Como sempre, Adrian parece se divertir com minha expressão de surpresa.

— Gostou da surpresa? Kate e eu queremos participar do passeio. Ah, não se preocupe, ela preferiu deixar os tacos de golfe guardados.

Hellen não me contou que havia convidado Adrian e Kate, e, neste exato momento, meus pensamentos eróticos sobre aquela roda-gigante caem por terra. Ainda ofegante, posiciono as mãos sobre os joelhos.

— Certo. Vamos. — Inclino o corpo e encaro-o, ainda sem entender o que, diabos, ele faz aqui.

Enquanto subimos as escadas rolantes, Adrian ainda está preso ao seu aparelho celular. Pouco tempo depois, finalmente estamos perto da cabine, mas não vejo Hellen em lugar algum. As cabines não param, estão sempre em movimento, embora bem lentamente, dando-nos, assim, a oportunidade de entrar sem que ela precise parar.

– Vamos! – Adrian me guia e entra rapidamente. Faço o mesmo, mas assim que meus pés tocam o interior da espaçosa cabine, congelo. Completamente. Minha boca se abre, formando um "O", e assim permaneço por alguns segundos.

É louco o que vou dizer agora, mas eu simplesmente estou vendo Hellen vestida de noiva bem diante dos meus olhos. Engulo em seco e meu coração dispara. Os cabelos dela estão soltos e caem como cascatas sobre seus ombros. Hellen está simples e incrivelmente linda. O termo estupefato não descreveria o estado em que me encontro.

Ao nosso redor, estão os familiares dela, Kate, Adrian e meu avô. A cabine está inteiramente decorada com rosas brancas.

De repente, algo puxa a barra da minha calça, e um breve latido se infiltra em meu cérebro, trazendo-me de volta à Terra. Sim, até o Mike está aqui, com uma bela gravata borboleta. Eu nem percebi, mas as portas já haviam se fechado e, lentamente, a cabine, faz seu caminho em direção ao céu.

Ao lado da Hellen, vejo um senhor de cabelos brancos, vestido de preto, com uma Bíblia nas mãos, que presumo ser um sacerdote ou algo do tipo. É exatamente isso que você está pensando... Um casamento surpresa.

Hellen está... casando-se comigo.

Ela está nitidamente emocionada quando nossos olhares se encontram. Confesso que esperava qualquer coisa, menos ser surpreendido dessa forma. Pensei em várias maneiras de fazer um casamento para Hellen; no entanto, aqui estou eu, com cara de idiota, dentro da cabine de uma roda-gigante, sendo totalmente surpreendido pela mulher da minha vida.

Tudo isso é maluco e inacreditável. Afinal, quem casaria em uma roda--gigante?

A avó de Hellen encontra-se inacreditavelmente muda. Eu diria que está pensativa. Todos ao nosso redor estão felizes, e meu avô está muito emocionado. A mãe de Hellen chora de maneira tímida, e o pai dela tenta nitidamente controlar a emoção. Aproximo-me da mulher mais linda que já vi em toda minha vida, e ela está com os olhos inundados. Não sei por que, mas minhas lágrimas também querem transbordar. Insistentemente. Okay, isso pode ser nauseante para você, mas eu, simplesmente, não posso acreditar no que vejo.

Hellen segura um simples buquê de rosas brancas, e, pela primeira vez na vida, eu amo rosas. Ela ostenta um sorriso largo, agora abrilhantado pelas lágrimas. Inspiro, expandindo ao máximo meus pulmões, e sorrio.

— Parece que, no fim das contas, irei participar de seu plano de saúde, e não o contrário.

— Meu plano é bem mais interessante — Hellen afirma, e eu me concentro em controlar meus batimentos cardíacos.

— Imaginei. Os papéis estão invertidos por aqui, mas... dane-se. Eu não me importo.

— Eu amo você, Jason. Você aceita se casar comigo?

Ergo as sobrancelhas e mostro um sorriso irônico.

— E eu tenho outra escolha? — Digo e olho ao redor. — Em breve iremos alcançar cento e sessenta metros de altura. Você me prendeu, Hellen. Literalmente. — As pessoas presentes riem baixinho, e não posso deixar de notar a música que toca ao fundo, preenchendo todo o ambiente. "All you need is Love", The Beatles.

— Você é meu melhor plano de saúde.

Seguro o rosto dela com as duas mãos. Merda. Eu sou o filho de uma vaca sortudo, e nem acredito que, finalmente, estou me casando com Hellen Jayne.

Já se passaram alguns minutos desde que entrei aqui. Nossa cabine atinge o ponto mais alto e podemos admirar o pôr do sol. O sacerdote, padre, bispo ou ministro que nos casou profere agora suas últimas considerações, enquanto o céu alaranjado colore todo o horizonte de Vegas.

— ...Eu vos declaro casados. Pode beijar a noiva.

Posiciono-me na frente de Hellen, seguro seu rosto e... tento conter as malditas lágrimas, que insistem em sair novamente.

—Vamos acabar logo com isso, antes que alguma coisa atrapalhe. — A vovó Elise, finalmente, interrompe, e o riso das pessoas preenche todo o ambiente. Ela tem toda a razão. Precisamos selar logo a nossa união.

— Eu te amo... — Aproximo-me do ouvido de Hellen. — Vestida assim, você me deixou de pau duro — sussurro para que apenas ela ouça. Ela arregala os olhos e um sorriso escapa de seus lábios. Puxo-a pela nuca e beijo-a profundamente nos lábios, selando assim nossa união de casamento.

Aplausos de todos os presentes. Beatles ainda ressoa ao fundo...

HELLEN

Sim, casamentos podem ser realizados dentro dessa incrível roda-gigante. Não é maravilhoso?! Eu pensei nisso quando a avistei, de longe. Pensei que seria diferente, impressionante, mas, na verdade, não foi. Está sendo extraordinário. Tudo supera minhas expectativas.

Eu precisava consertar, de alguma forma, o erro que cometi. O erro não foi ter me afastado (disso não me arrependo), mas ter me afastado mais tempo que deveria. Jason não merecia isso. No entanto, a nossa separação acabou gerando algo positivo para ambos. Aprendi que não devo subestimar um homem como Jason.

Se voltaria a fazer isso? A resposta é um "não" bem grande. Acho que não estava raciocinando muito bem, e agora estou tendo a oportunidade de reparar os danos. Digamos que aprendi a lição.

Fizemos todo o ritual de uma cerimônia quase normal e trocamos as alianças que tinham sido dos pais de Jason. Tudo combinado com o senhor Hoffman. Ele me confessara que, antes de toda aquela confusão, Jason estava armando um casamento quase surpresa para mim, e era por esse motivo que eles estavam naquele maldito restaurante.

A única intenção do Jason era se casar comigo, e eu estraguei tudo ao prestar um favor ao Joe, que, finalmente, voltou a sorrir. Ele conseguiu convencer seu marido de que Jason é heterossexual e totalmente meu. Bem, não foi difícil convencê-lo, pois todos conhecem Jason Hoffman por aqui. Agora, Joe está em uma segunda lua de mel no Havaí, aproveitando suas merecidas férias.

Claro que tudo isso me impulsionou a continuar e acabar com esses desencontros e mal-entendidos.

Nada no mundo me daria mais felicidade que ver a expressão que Jason exibe neste exato momento. Ele parece realmente feliz. Mais que isso, ele parece emocionado, o que me dá a certeza de que fiz a coisa certa, ao menos dessa vez.

Jason tem um autocontrole impressionante, e algo me diz que contém as lágrimas bravamente. Ele se aproxima de mim e coloca as mãos sobre minha nuca, encostando a testa na minha.

– Eu deveria ter usado essa tática quando queria me casar com você. Se a tivesse prendido em um lugar bem alto, você jamais escaparia de mim.

Sorrio com a brincadeira, mas sei que ele, no fundo, ainda se lembra tristemente da minha fuga.

– Deveria... – Essa foi minha única resposta.

Envolvo o pescoço dele com meus braços e dançamos ao som de "Stand by Me", de John Lennon.

Este, sem dúvida, é o dia mais feliz da minha vida.

Depois que a roda-gigante fez todo trajeto, no decorrer de trinta minutos, o sacerdote foi embora, e então fizemos aqui mesmo uma festa privada, ao lado das pessoas mais importantes, as únicas e necessárias. Tenho muitos parentes, mas mal nos encontramos há alguns anos. E Jason sempre deixou claro que sua família era apenas o avô. Sei que ele tem alguns parentes distantes, mas nunca foram presentes em sua vida, principalmente por morarem em lugares afastados. Mas Jason sempre teve amigos, e isso, para mim, pode ser muito melhor que qualquer grau de parentesco.

Agora estamos aproveitando a noite, contemplando a vista panorâmica da cabine da maior roda-gigante do mundo. Las Vegas é ainda mais incrível à noite. As luzes da cidade se tornam ainda mais impressionantes daqui de cima. A cabine é climatizada e "Viva Las Vegas", cantada por Elvis, ecoa ao fundo, atribuindo mais alegria ao momento único que estamos vivendo.

Brindamos todos, a maioria com champanhe; para as grávidas, coquetel de abacaxi. Para mim, não existe felicidade maior que isso. Poderíamos ter feito uma grande festa. Poderíamos ter convidado a metade da cidade, mas não era isso o que importava de fato. O que importa é o amor. O nosso amor.

— Espero que agora, casados, vocês tomem juízo — vovó diz, nos repreendendo, e Jason sorri. Ela não deveria estar aqui, mas fez questão. Veio de última hora, somente após o médico liberar, e não havia nada que pudéssemos fazer para impedi-la. O enfermeiro dela também está aqui para cuidar de todas as suas necessidades. Achei que não daria tempo, mas esperei o tempo necessário para que ela também participasse desse momento único e importante para mim.

— Diz isso para a Hellen, que desapareceu — Jason diz em tom brincalhão.

— Essa imbecil quebrou o recorde mundial da idiotice, mas subiu no meu conceito te prendendo a cento e sessenta metros de altura. Eu faria exatamente isso. Você não pode escapar, meu filho. — Todos rimos.

— Eu não pretendia escapar. Gosto de resolver meus problemas...

— Fazendo uma orgia de mentira na sua casa, acertei? — vovó o interrompe, deixando Jason absolutamente sem ter o que responder.

— Certo. Eu precisava disso.

Kate se aproxima, com as mãos sobre uma barriga de fazer inveja a qualquer grávida no início de gestação.

— Estou louca para ver a sua barriga enorme — ela diz, animada, e minhas mãos já estão sobre as dela.

— Quem diria que encontraríamos nossos futuros maridos em Vegas?

Ela curva os lábios e toma um gole do coquetel de abacaxi sem álcool.

— Agora, basta curtir a vida e a gravidez, senhora Hoffman — Kate me chama por meu sobrenome e, pela primeira vez, cai a ficha de que estou casada.

Meu nome, daqui por diante, é: Hellen Jayne Hoffman.

Jason

"Porque tudo começa por alguma coisa, mas alguma coisa seria nada. Nada se seu coração não tivesse sonhado comigo."

Essa frase poderia ter sido dita por Sócrates, Aristóteles ou Friedrich Nietzsche, mas quem a disse foi... Justin Bieber.

Achou isso engraçado? Ponha-se no meu lugar, esperando sua mulher decidir que vestido comprar, enquanto ouve toda a trilha sonora do Justin Bieber, desde o começo de sua carreira. Ou ele paga *royalties* para essa loja ou alguém aqui precisa de tratamento. Sério. Só não vou me matar agora porque hoje é um dia muito importante para mim. Logo saberei o sexo do meu filho. Não tenho dúvida de que será um meninão. Um menino forte e um futuro pegador, como o pai. Okay, como um dia o pai já foi. Por outro lado, uma preocupação ronda minha mente. Hellen diz que estou me precipitando, mas é apenas intuição masculina. E se minha intuição falhar? Nego com a cabeça e um pavor se instala em mim. Acho melhor não pensar sobre isso. Não agora.

— Acalme-se, senhor mal-humorado. Já estou pronta para irmos. — Hellen surge na minha frente com um vestido de grávida que a deixou ainda mais linda. A barriga dela já está apontando para fora e o vestido destaca de forma adorável seu corpo, que, por sinal, continua delicioso. Honestamente, confesso que nunca imaginei que pudesse ter tesão por uma mulher barriguda. E, pasmem, aqui estou eu, semiereto por essa mulher. Exatamente, tenho muito tesão por ela, e sabe o que mais? Tenho uma teoria sobre mulheres grávidas: elas podem ser extremamente gostosas.

Não estou brincando. É verdade. Durante grande parte da minha existência, não foi segredo para ninguém que busquei mulheres lindas e, dependendo do nível alcóolico em que me encontrava, essa análise de "beleza" poderia ser facilmente questionável. Mas o fato é que sempre me encontrava com mulheres que mexiam os cabelos de forma despretensiosa e que mudavam o tom de voz para parecer mais ousadas, sexies e sedutoras. A verdade, contudo, é uma só: todas que conheci antes da Hellen sempre atuaram em um grande palco chamado "vida". Sempre fui um puta poético, eu sei, mas agora consegui me superar.

Bem, continuando... Sempre que essas mulheres se tornavam "minhas" por algumas horas, havia algo que me fazia correr para bem longe. Por mais lindas que fossem, eu não me importava. Nunca vi nada além daquilo que me mostravam. A beleza pode ser um complemento. Apenas um complemento. Hellen está além da beleza externa que tenho o prazer e a sorte de ver todos os dias.

— O que você tem, afinal? — a voz macia da Hellen se infiltra em meus pensamentos, trazendo-me de volta.

— Estou pensando em quão filho de uma vaca sortudo eu sou por estar diante da mulher mais deliciosa e linda do mundo.

Ela arregala os olhos e curva os lábios, compondo um sorriso travesso.

— Mais tarde, Jason. Mais tarde — ela me repreende, mas vejo em seu olhar um brilho de "quero dar muito hoje". Não sei se te contei, mas a Hellen está ainda mais safada na gravidez. Não que ela não fosse antes, mas... sim, por Deus, ela está deliciosamente tarada.

Minutos depois, já estamos dentro do consultório médico que fica no mesmo shopping a céu aberto em que estamos. Hellen está deitada na maca com a barriga exposta. O obstetra passa um gel transparente sobre o seu ventre volumoso e minha respiração parece estar presa. Tenho aquela mesma sensação de estar no fim de um campeonato em que ambos os times estão empatados e falta apenas um ponto para a decisão que mudará tudo. Hellen também olha atentamente para o pequeno monitor à nossa frente. A tela que se abre revela uma cabeça enorme e um pequeno corpo com braços e pernas bem curtos. Fixo meus olhos no monitor, com uma expressão confusa. Se Hellen não tivesse me explicado que isso é totalmente normal, eu chegaria a pensar que ela havia me traído com um ET. Viro o rosto para encará-la e percebo que lágrimas deslizam de seus olhos. Me seguro para não dizer a ela que "essa coisa" não ficará assim para sempre, que não teremos um filhote de Alien, e reprimo a vontade de dizer ao médico que "isso" não pode ser uma criança.

— Bom, vocês terão um menino — o médico declara, e o que estava preso em meus pulmões sai como um sopro de alívio. Dou um soco no ar (mentalmente, claro) e beijo Hellen na testa, demoradamente. Ela também sorri, já que não está tão preocupada com o sexo do bebê como eu. — Desculpem... — o médico nos interrompe, e minhas sobrancelhas se unem, enquanto o encaro intrigado. — Parece que tinha um dedinho em um lugar errado por aqui. Menina sapeca... — ele diz e meu sorriso largo se esvai lentamente.

— Menina? — Encaro a Hellen, que agora sorri ainda mais. Os olhos dela estão marejados, e acho que eu não estava preparado para isso. Sim, agora é oficial, sou um maldito fornecedor.

Você parou para pensar que a palavra "hormônio" é bem parecida com o termo "demônio"? Depois que notamos isso, percebemos que, realmente, tem tudo a ver. O humor feminino, na altura da vigésima sexta semana de gestação, oscila de muito calmo para muito irritado. Hellen está excitada e animada, mas, de repente, fica muito cansada e irritada. Isso tudo pode ocorrer no intervalo de apenas cinco minutos. Resumindo: você não pode levar em consideração o que uma grávida quer, pois elas se tornam bipolares. Sobre a gravidez, ainda acho que mulheres grávidas são totalmente comestíveis pelos maridos. Hellen está cada vez mais barriguda e, ainda sim, deliciosa, embora extremamente cansada. Ela tem chorado muito ultimamente e implora, quase todas as noites, que eu converse com a nossa filha, exatamente como agora.

– Vamos, Jason. Fale com ela. – Não há nada mais humilhante e ridículo para um homem que se ajoelhar e falar com um umbigo. Com a porra de um umbigo. A barriga de Hellen está relativamente grande e o umbigo dela está olhando para mim, dando a impressão de que espera que eu fale alguma coisa. – Vamos, Jason, ela precisa se acostumar com a sua voz. Afinal, é a sua filha que eu carrego aqui dentro – ela insiste, e eu inclino a cabeça para encará-la aqui de baixo.

– Antes de estar aí dentro ela esteve dentro do meu saco, e eu nunca, em momento algum, pedi que você conversasse com ele. Aliás, eu carrego vários deles aqui dentro e não vi ninguém dizer a ele "bom garoto". Isso é injusto.

Hellen me encara, tentando segurar o que parece ser uma risada, mas falha vergonhosamente e explode em uma gargalhada descontrolada.

– O que foi? – Seguro a barriga dela, tocando em cada um de seus lados, e, repentinamente, um chute. Hellen para de rir e se fixa em meus olhos. Engulo seco e nos encaramos com expressões de surpresa.

– Você sentiu isso? – ela questiona com as mãos sobre as minhas, que continuam a segurar sua barriga, e eu concordo lentamente com a cabeça.

– Isso foi um... chute?

Hellen sorri, e as lágrimas que estavam em seus olhos por causa da risada multiplicam-se rapidamente. – Sim. Um grande chute.

Aproximo-me ainda mais da barriga de Hellen e ela segura minha cabeça, observando-me atentamente. Olho para o umbigo dela e começo a imaginar não mais um alien, mas um bebê... um bebê de fato.

– Isso será exatamente o que você fará quando encontrar qualquer engraçadinho, filho de oitocentas vacas. Chute, filha. Chute como a sua mãe faria – sussurro e, de repente, mais um chute. Afasto a cabeça e sorrio amplamente. Meus olhos estão marejados, e as mãos da Hellen não saem da minha cabeça. Lágrimas intrusas novamente me fazem parecer idiota. Como é possível amar alguém que ainda não vimos?

HELLEN

Fim da gravidez, e nosso corpo não nos pertence mais. Definitivamente. Tornamo-nos uma espécie de incubadoras ou imensas vacas. A essa altura, ando feito um pinguim, com as mãos nas costas, como se isso fosse ajudar a equilibrar meu peso. Meus pés estão inchados, não consigo ficar mais que cinco minutos em pé, e meus seios parecem tetas de atriz de filmes pornôs. Com essa barriga, perdi total noção de tamanho e espaço. A magia da gravidez perdeu a graça, e tudo o que quero neste momento é ver o rosto da minha filha. Ansiedade me define neste momento. Não me entenda mal, mas, diferente de muitas mulheres, eu me senti muito linda em praticamente toda etapa gestacional. Tive muito carinho e fui previsivelmente mimada por Jason e pelo senhor Thed.

Como eu imaginava, meu marido não me deixou fazer nada. Ele me surpreendeu com o excesso de preocupação. Todos os dias, vai para o trabalho com a certeza de que as minhas frutas, vitaminas e tudo mais está preparado para o dia. Isso para não falar de seu avô, que se tornou um segundo pai para mim. Seus dotes culinários, até então desconhecidos, vieram à tona. Jason, por outro lado, está sentindo algum tipo de medo ou insegurança. Não sei ao certo qual é o motivo, mas, há alguns dias, minha pressão arterial subiu, e ele, desde então, mede-a frequentemente com um aparelho que fez questão de comprar em uma farmácia. Algo me diz que sua aflição está relacionada às perdas do passado. Ele sempre enfatiza o fato de que não aceitaria perder, perder-me. Mas eu estou bem de saúde e sentindo uma falta absurda de me mover como um ser humano normal; temo ter de fazer um curso intensivo para isso.

– Qual o problema? Você está linda e está exagerando.

Ergo as sobrancelhas enquanto observo a mãe de Kate, que balança o carrinho para que o bebê continue dormindo. Um lindo menino de cabelos loiros chamado David. Ele parece um bezerro, e dormiu depois de sugar todas as energias da mãe. Estamos no restaurante da Torre Eiffel, que fica no hotel Paris. Estamos todos reunidos em comemoração ao aniversário do Jason. Isso mesmo. Embora ele não goste de comemorar seu aniversário, fizemos questão de sair, já que toda minha família estará na cidade até o dia do nascimento de nossa filha, daqui a três semanas. Aproveitamos que vovó está muito bem de saúde e a trouxemos para cá, antes que o médico a proíba e ela decida vir por conta própria. Jason me repreendeu por convencê-lo a vir até aqui, devido ao meu estado, mas não estou doente, e estive todo esse tempo presa, saindo apenas esporadicamente. Queria comemorar em um lugar especial o aniversário dele, mas confesso que já sinto vontade de me deitar.

– Eu me sinto como um pinguim obeso, mesmo que o Jason me elogie quase todos os dias.

Kate faz uma careta, tentando esconder a risada, mas eu percebo.

– Não tem graça – repreendo-a. Kate nem parece ter dado à luz há tão pouco tempo. Ela não engordou quase nada e já está linda, quase com o corpo de antes.

– Não estou rindo de você. Estou rindo da maneira como você está se enxergando. Okay, seus seios estão enormes, mas os meus também estão. Não sofra por isso, eles voltarão ao normal.

Acho que ela tem razão. Sinto-me insegura neste último mês, mas não tenho motivo para isso. Talvez sejam os hormônios.

– Espero que você não esteja comendo todas as tortas e doces deste lugar, ou vai continuar uma vaca depois da gravidez. Lembre--se, a maioria dos homens não envelhece rápido. Eles não engravidam e têm um metabolismo melhor que o nosso, por isso, fique atenta – me alerta vovó, que está sentada perto de mim, junto à enorme mesa. Seguro a mão dela com um sorriso divertido.

– Você tem toda razão, vó. – Ela, de fato, mesmo sendo dolorosamente franca, diz o que precisamos ouvir. Afinal, se não seguir seu conselho, é o que realmente vai acontecer comigo.

– Eu sempre tenho – ela responde e encara meus seios. – Aproveite enquanto está com essas tetas grandes e deixe o Jason se esbaldar nelas. Eu faria isso – ela diz e joga uma grande colher de torta de maçã na boca.

Kate reprime outra risada e eu olho ao redor, certificando-me de que ninguém ouviu o que ela acabou de dizer.

– Hora de medir a pressão. – Jason se aproxima, encaixando o aparelho em meu braço. Estreito o olhar, não acreditando que ele esteja fazendo isso bem aqui.

– Jason, eu estou bem.

– Só estou aqui porque você me prometeu que eu poderia medir a sua pressão – ele diz, arqueando as sobrancelhas com um olhar de desaprovação.

Bufo e deixo que ele faça o seu trabalho, afinal, para convencê-lo a vir, prometi um milhão de coisas.

– Hellen, tomou suas vitaminas? – o senhor Thed pergunta, com expressão preocupada. Sim, eles estão no meu pé, e eu, definitivamente, amo isso.

– Sim.

Ele sorri aliviado, enquanto Jason retira o aparelho do meu braço.

– Sua pressão está excelente. Podemos continuar aqui por mais meia hora.

Encaro-o perplexa.

– Não. Vamos desfrutar o momento, Jason. É seu aniversário, meu amor. É o seu dia.

– Uma hora, no máximo – ele diz e me lança um sorriso enviesado.

Bufo. Não adianta argumentar.

– E aí, Jason. Qual é a sensação de ser o mais novo fornecedor de Vegas? – Adrian pergunta e, discretamente, Jason devolve um dedo do meio para ele.

– Cuidado, David estará à solta – Adrian informa, entre risadas.

– Sabe quando isso vai acontecer? – meu esposo questiona de forma ameaçadora. – Quando o inferno congelar – então, todos ficam em um silêncio, e Jason percebe o que acabou de dizer. Bem, foi exatamente essa a expressão que ele usou quando disse que jamais iria se relacionar seriamente com uma mulher.

– Então, prepare-se... – Adrian diz, ironizando, e todos riem.

Meus pais e vovó não entendem a piada, mas acham graça da mesma forma.

– Jason? – Uma voz feminina interrompe nosso momento de descontração. Inclino a cabeça para ver quem é encontro a tal decoradora. Sim, a mulher absurdamente linda que passou um bom tempo ao lado do Jason enquanto a idiota aqui esteve longe. Okay, podem me chamar de burra e de anta mais uma vez. Eu mereço.

Jason, que estava ao meu lado, levanta-se, abraçando-a de forma carinhosa, e isso faz meu coração se acelerar. Merda. Por que, diabos, estou sentindo isso? Ele já me explicou tudo sobre sua relação com ela, mas meu ciúme não entendeu ainda.

Jason a apresenta a todos da mesa, e ela me cumprimenta de forma muito gentil. Além de linda ela é supereducada. Em seguida, eles engatam uma conversa animada, e isso me faz mal. Jason não costuma ter amizades femininas.

Eles se afastam um pouco e ela lhe mostra algo no celular. O que será? Serão fotos dela nua? Jason parece muito interessado no que for que seja que ela estiver lhe mostrando naquele bendito celular. O ar parece fugir de meus pulmões. Só quero que ela vá embora. Não gosto da forma como eles conversam. Reparando bem, percebo que se tornaram muito mais íntimos do que eu poderia sequer imaginar. O pior de tudo é que formam um lindo casal. Droga. Os dois estão próximos e Jason até ri de algo que ela lhe disse, e isso tudo bem diante dos meus olhos.

— Hellen, você está bem? — Kate pergunta, com um olhar de preocupação.

Ninguém está reparando no Jason ou em mim; estão felizes e conversando uns com os outros. Nem a vovó, que ainda come como se o mundo fosse acabar amanhã, repara. Tento responder, mas, no mesmo instante, algo inesperado acontece. Uma enorme pontada.

— Não sei, mas senti uma pontada agora.

Uma ruguinha se forma entre as sobrancelhas dela. — Se acontecer novamente, me fala. Talvez esteja entrando em trabalho de parto.

— Acalme-se, Hellen. — Vovó finalmente repara no Jason, que ainda está absorto na conversa com a tal decoradora. Outra pontada, ainda mais forte que a primeira, e em seguida outra. De repente, as pontadas aumentam, e eu simplesmente não consigo dizer nada além de: "Sim, estou entrando em trabalho de parto."

JASON

— É só você me falar o dia — Ronda diz, enquanto mostra umas cadeiras de amamentação inteligentes na tela de seu celular: elas tocam música e aquecem a mãe.

— Assim que Hellen for para o hospital dar à luz, quero meu quarto com uma decoração rápida e funcional.

— Hellen vai amar a surpresa. Você é um grande homem, Jason — ela me elogia e um sorriso escapa de meus lábios.

— A disciplina e a compaixão que adquiri no decorrer de meus longos anos de vida me impedem de enfiar essa Bengala no seu rabo. Idiota. Hellen está entrando em trabalho de parto! — Eu estava distraído, mas quando ouvi a voz da vovó se infiltrar na conversa, giro o corpo abruptamente para encará-la em sua cadeira de rodas.

– O que disse?

– Vá logo, imbecil. Hellen vai ter o bebê! – Vovó pressiona a bengala em meus quadris, e eu, desesperadamente, corro em direção à minha esposa. Kate já está ao lado dela, e meu coração dispara na garganta ao perceber que Hellen parece estar sem ar. Não pode ser.

– Hellen, amor. Vou te levar para o hospital.

Ela faz uma careta, demonstrando que sente muita dor, e eu me repreendo mentalmente; deveria saber que era arriscado trazê-la até aqui. Merda.

Lentamente, carrego-a em meus braços e ela encosta a cabeça em meu ombro. Tenta puxar o ar para os pulmões, mas vejo que não está conseguindo, o que me deixa em total pânico.

– Não a leve, a ambulância já está chegando. Eles a levarão mais rápido que você – diz meu avô, claramente apavorado. Todos parecem tensos.

– Jason, vamos esperar a ambulância – Hellen consegue pedir entre respirações pesadas. Coloco-a novamente na cadeira e pego o aparelho de pressão. Coloco o aparelho em seu braço e, desajeitadamente, com as mãos tremendo, o seguro.

– Merda. Sua pressão está alta – informo, e levo as mãos à cabeça.

– Acalme-se, filho. Ela vai ficar bem. – O tratamento dela será diferenciado. A ambulância já está chegando e a levará para o melhor hospital.

– Por que esse bebê decidiu vir antes do tempo?

– Porque você estava com o rabo onde não devia, idiota! – Vovó me espeta novamente com a bengala, e só agora percebo a burrada que fiz. Confesso que não imaginei que a Hellen ficaria incomodada ao me ver com a Ronda. Já contei tudo sobre ela, mas parece que não adiantou nada. Os paramédicos chegam e, rapidamente, a colocam na maca. Meu coração parece estar fora do peito, enquanto eles fazem os primeiros socorros e a levam para a ambulância. Sigo rezando atrás das pessoas uniformizadas e concentradas em seu trabalho. Isso mesmo, você não ouviu mal. Estou rezando e pedindo, à minha maneira, que tudo fique bem.

Estive refletindo sobre como jogamos deliberadamente as coisas mais preciosas que temos nas mãos de apenas uma pessoa. Isso não se limita a situações como um parto, mas acontece também quando entramos em um avião e entregamos nossa vida nas mãos do piloto ou quando entramos em um carro e confiamos nossa vida ao motorista. É isso, confiei a vida da minha mulher e da minha filha aos profissionais que acabaram de fazer exatamente aquilo que deveriam: trouxeram minha menina ao mundo.

Felizmente, eles controlaram a pressão de Hellen no caminho para o hospital e tudo correu muito bem. Participei do parto, e quando minha filha saiu de dentro da Hellen e percebi que não era um alien, respirei aliviado. Não estou brincando. Na verdade, eu desmaiei. Sim, existe algo mais humilhante que isso? Falar com um umbigo pode ser, mas desmaiar não estava em meus planos. Definitivamente.

– Quanto tempo fiquei apagado? – pergunto para meu avô, que sorri.

– Alguns minutos – responde.

– Ela é linda, Jason. Venha, quero que conheça a sua filha.

Levanto-me da maca improvisada em que me encontro e me sinto meio tonto. Sigo em direção ao corredor e, quando me aproximo, vejo que todos já estão lá, observando-a através de uma grande parede de vidro.

–Venha, Jason. Venha conhecer a sua filha – chama a mãe de Hellen. Estou bem próximo ao vidro, vendo o único bebê na incubadora. Ela nasceu apenas algumas semanas antes do previsto e... ainda é meu aniversário. Só agora tudo me vem à mente. A impressão que tenho é de que minha filha queria vir hoje ao mundo, já que, aparentemente, tudo estava planejado e certo para o próximo mês.

Apoio as mãos e a testa no vidro e olho fixamente para o bebê, nu, dentro da incubadora. Intrusas, malditas e inconvenientes lágrimas transbordam dos meus olhos. Engulo em seco, e aquela sensação de perda desaparece como mágica.

– Minha filha – sussurro, enquanto meu avô me abraça. Encaro-o.

– Como está Hellen? – pergunto.

– Bem, feliz e no quarto, à sua espera e do bebê.

Em minha vida, tive, ao todo, sete anos de convivência com uma mulher. Minha mãe me deu todo amor, e lembro-me apenas de quanto ela lutava para fazer inúmeras tarefas ao mesmo tempo. Fazia questão de participar de tudo o que se referia à minha vida. Agora, terei duas mulheres que, de uma hora para outra, transformaram--se nas pessoas mais importantes para mim. Hellen ficou por muito tempo sentindo dores, e tudo isso me conduziu a uma pergunta: como elas conseguem? Elas usam maquiagem, sobem em saltos e morrem de dores... Afinal, onde está o sexo frágil?

FIM.

Eu sei, você não está preparado para um fim. Sei que não quer que eu vá. Também sentirei a sua falta, afinal, passamos um bom tempo juntos. Você foi a única pessoa com quem pude compartilhar tudo. Absolutamente tudo. Você foi meu confidente e melhor amigo. Espero que sua vontade de arrancar as minhas bolas tenha passado. Fui um maldito filho de uma vaca de merda, mas me arrependi. Se eu disser que não sinto medo em relação ao que vai acontecer na minha vida daqui para a frente, estarei mentindo, mas é um medo bom. Estou ansioso e, ao mesmo tempo, animado. Chega dessa merda! Acho que você entendeu que não farei mais merdas. Serei um pai, um adorável pai. Frases de duplo sentido são uma droga, mas foda-se! Até um dia...

Agora, sim... Fim.

Epílogo

QUATRO ANOS DEPOIS...

JASON

Quer mesmo saber o que acho da vida de solteiro agora que estou casado há alguns anos?

Pessoas casadas podem programar uma vida de solteiro com direito a se divertir como antigamente, pelo menos de vez em quando. Podemos beber como loucos e fazer muitas merdas. Na parte de "fazer muitas merdas", não imagine coisas. Não pense em traição, por exemplo. Não sinto vontade de trair, sabe por quê? Bom, eu ainda tenho uma Ferrari, e trocá-la por algo inferior não está em meus planos. Definitivamente.

Isso respondeu sua pergunta? Ótimo!

Sobre estar solteiro, acredito que seria difícil uma pessoa solteira programar uma vida de casado, a não ser que esteja bêbado em Vegas, mas, provavelmente, se arrependeria na manhã seguinte. O casado pode ter seus momentos com amigos, já os solteiros não podem simplesmente ter um momento de casado. Entenderam minha lógica?

Bem, o que quero mesmo dizer é que não sinto falta da minha vida de solteiro estando diante de uma cena como esta.

— Acho que esse bebê esfomeado deveria dar lugar a um pobre pai que espera na fila há uma hora para ter essas tetas.

Hellen ergue as sobrancelhas, enquanto se ajeita em sua confortável poltrona de amamentação. Nosso filho parece insaciável.

— Tenho a sensação de que meus mamilos foram amputados por sua sucção — ela diz e faz uma careta, enquanto o pequeno bezerro mama desesperadamente. Estou sentando de frente para minha mulher e completamente impressionado com esta criança, que, claramente, suga-a bem mais que a Lizzie quando era bebê.

— Meu Deus, ele gosta mesmo das suas tetas. Imagine quando descobrir que você tem uma vagina?

Hellen arregala os olhos e abre ligeiramente a boca, parecendo não acreditar no que acabei de dizer.

— O que foi que eu disse de errado? Ele é um minijason, é natural isso.

— Ele não será um tarado feito você. E eu sou a mãe dele.

— Ele gosta de tetas, e vaginas são melhores que tetas. Essa é a lógica. Além do mais, meu filho tem olhos que remetem à sensação de estar admirando os mares do Caribe. Ele é exatamente minha cópia — digo, apontando o dedo indicador para mim mesmo.

— Papai, papai... — Ouço a voz estridente de Lizzie, que corre feito louca até chegar ao seu quarto, onde estamos.

Sim, esses foram os nomes que demos a eles: Daniel Hoffman e Elizabeth Jayne Hoffman. O nome do meu filho foi escolhido por mim, e o da Lizzie, pela Hellen, que é apaixonada pela protagonista do livro *Orgulho e preconceito*, de Jane Austen. Carinhosamente, nós a chamamos de Lizzie. O motivo de eu dar este nome ao meu filho? Nenhum. Apenas gosto do nome.

— O que há de errado com você? — questiono a pequena Lizzie, com as sobrancelhas erguidas, enquanto ela se aproxima de mim. Seus cabelos são loiros e estão completamente bagunçados, cobrindo parcialmente seu belo rosto. Pela expressão de seus grandes olhos verdes, vejo que está chateada. Ela me observa com um ar dramático. Está suja de chocolate, e não faço a mínima ideia de onde o conseguiu. Suas mãos também estão sujas e, neste momento, ela faz beicinho para me comover e... quer saber? É exatamente o que consegue.

Lizzie é minha companheira e sempre será. Não. Ela nunca terá um namorado, se foi isso que pensou. Ela irá estudar, se formar e morar comigo até completar 59 anos. Exatamente. Ela nunca terá tempo para pensar em namorados.

— Mike. — Ela está falando sobre o "dobra". Lizzie parece sofrer com o pobre Mike ignorando-a todo tempo.

— Lizzie, sabemos que não fez por querer, mas você tentou afogar o Mike duas vezes, enquanto lhe dava banho. — Coloco-a sobre as minhas pernas. — Meu amor, você tentou jogá-lo na máquina de secar no Dia de Ação de Graças.

— Eu "quelo" Mike, papai. — Lágrimas se formam, inundando seus olhos, clareando-os ainda mais. Drama. Muito drama.

— Sim, eu sei, mas o Mike não é mais um bebezinho, e você é tão delicada quanto uma pata de rinoceronte.

Ela cruza os bracinhos e fecha o semblante, fazendo um adorável beicinho.

— Jason, você disse que iria me ajudar a trocar a fralda do Daniel. Hoje você não me escapa — Hellen diz, repreendendo-me.

Encaro-a com perplexidade.

— Mas eu não sei fazer isso — esquivo-me, e ela ergue as sobrancelhas.

— Aposto que você consegue. Tenho certeza absoluta. — Hellen encontra certa dificuldade em tirar o pequeno bezerro de seu seio, dando a impressão de que ele irá arrancar seu mamilo. Ela se ergue e o coloca no meu colo. Seguro-o desajeitadamente, enquanto minha mulher puxa Lizzie pelos braços.

– Prontinho. É todo seu. Preciso dar um banho na Lizzie e tirar todo esse chocolate dela. Você cuida do Daniel. – Hellen segura as mãos da Lizzie e sai sem um pingo de remorso por me deixar sozinho com uma bomba de merda prestes a explodir.

O cheiro que vem do meu filho me faz suspeitar que ele não mamou leite materno, mas jantou carniça de gambá. Esse cheiro que entra pelas minhas vias aéreas não vem deste planeta. Definitivamente.

Seguro-o pelas axilas e afasto-o de mim o máximo que posso. De repente, um peido, e eu faço uma careta, já que não posso usar os dedos para tapar o nariz.

– Isso foi um peido ou uma explosão nuclear? – pergunto, e meu filho fica vermelho. Ele está fazendo força para evacuar ainda mais a carniça que carrega dentro de seu pequeno corpo.

Faço meu caminho com Daniel pendurado entre as mãos e ele, agora, observa-me atentamente.

Como uma criança de apenas sete meses de vida pode feder mais que um gambá morto enfiado nunca piscina de merda?

Daniel me observa, sua mão direita praticamente inteira dentro da boca. Pergunto-me como ele ainda pode sentir fome se acabou de sugar até a alma da Hellen. Meu filho parece ainda querer as tetas da mãe e eu somente preciso fazer isso. Respiro fundo, na verdade não tão fundo assim, e continuo seguindo o caminho até o trocador, que fica ao lado do berço.

Coloco-o lentamente sobre a superfície plana e, não demora, um de seus pequenos pés já está na boca. Ele faz contorcionismo, caga como ninguém e gosta de tetas tanto quanto eu gosto de vaginas. Neste momento, olhando-o desta maneira, penso que minha vida depois que meus filhos nasceram se resume a fraldas. Outro dia, um amigo me disse que gastou mais de quinhentos dólares em uma noite na balada, e eu lembrei que sempre gastei o dobro disso com festas, bebidas e mulheres.

Hoje, faço as contas de quantas fraldas poderia ter comprado com todo aquele dinheiro. Temos de comprar muitas fraldas ou elas podem nos deixar na mão, e isso seria quase a morte, já que os bebês defecam carniça. Afinal, porque crianças defecam o tempo inteiro? O que pode haver de tão destrutivo em uma inocente porção de leite?

Começo a tirar a fralda com uma mão, já que estou usando a outra para tapar o nariz. Daniel se movimenta e faz alguns ruídos estranhos com a boca. A impressão que tenho é de que ele está falando outra língua. Talvez árabe, mandarim, não tenho certeza.

Quando puxo a fralda de sua bunda rosada e percebo que nela há o equivalente a um mês de merda, tenho ânsia de vômito. Se eu pesar a fralda em uma balança, vai dar mais que o peso de Daniel.

Pego um lenço umedecido, ou melhor, pego uns dez lenços de uma só vez e fecho os olhos, apertando-os o máximo que posso. Seguro as pernas do bebê para cima com uma mão e, em seguida, passo os lenços em sua bunda. Sem olhar, jogo-os dentro do lixo ao meu lado, e o quarto está ainda mais impregnado com esse cheiro do demônio.

Pego mais dez lenços e, dessa vez presto atenção ao que estou fazendo enquanto limpo os resíduos de merda. Depois, pego mais uns dez e termino de limpar.

Seguro o talco e viro-o como uma arma, mirando em direção à bunda, jogando quase todo o conteúdo sobre ele. O lugar fica com uma nuvem branca de fumaça por alguns segundos. Posiciono outra fralda e... *voilà*, está feito.

Seguro-o novamente nos braços e encosto seu pequeno corpo contra meu, feliz de ter concluído minha tarefa. Porém, percebo que algo está errado, e quando abaixo a cabeça, vejo que a fralda já está no chão. Daniel se contorce em meus braços e um peido vem logo em seguida.

— Merda, merda, merda... — Sinto algo pastoso e quente sobre minha camisa, tocando minha pele. Acho que ele defecou em mim.

HELLEN

Abro os olhos ao ouvir vozes. Sento-me na cama e olho para o espaço vazio, onde Jason deveria estar dormindo como uma pedra. Ele não está aqui. Estreito os olhos, ainda sonolenta e sem entender de onde vem sua voz.

— ... *e então você irá encontrar uma mulher e ela será tudo de que você precisa. Mas transe muito antes disso, okay?* — A voz de Jason ecoa através da babá eletrônica ao meu lado. Ele está conversando com nosso filho e um sorriso escapa de meus lábios.

Levanto e vou até o quarto de nossos filhos, que fica na frente do nosso. Assim que entro, deparo com a cena mais... linda que já vi. Jason na cadeira de balanço com Daniel sobre a barriga. Ele me vê e sorri.

— Ele estava chorando e eu vi que você estava apagada, aí decidi fazê-lo dormir. Te acordei? — Jason se ajeita na poltrona, enquanto nosso filho dorme profundamente sobre ele. Olho para a babá eletrônica e não consigo disfarçar um sorriso.

— Acho que você se esqueceu de desligar.

Ele segue meu olhar, encontra a babá eletrônica, e fica momentaneamente sem graça.

— Delete a parte em que digo para o nosso filho transar.

Tento segurar uma risada.

— Eu te amo, Jason.

Os lábios dele desenham outro sorriso e ele se ergue lentamente da poltrona e, com delicadeza, coloca nosso filho no berço. Lizzie está desmaiada em sua cama. Jason se vira e se aproxima de mim. Ele toma meu rosto entre as mãos e fixa seus olhos nos meus. Sinto seu fôlego sobre minha pele enquanto ele desliza o polegar na linha da minha mandíbula.

— Hellen... — sussurra com um olhar apaixonado, e meu coração acelera por este homem como se ainda fôssemos namorados.

— Pode falar, amor.

Ele fecha os olhos e pressiona a testa na minha. Suas pálpebras se abrem.

— Vamos trepar?

Fecho os olhos, tentando conter outra risada. Por que ele tem o poder de me fazer rir em momentos tão inapropriados?

— Tão romântico... — ironizo, e ele sorri. — Daqui a pouco nosso bezerro acorda morrendo de fome. Você o fez dormir sem comer nada.

Jason faz uma careta de frustração.

— E um boquete nem pensar, né? — ele sussurra e eu nego com a cabeça, tentando não rir, mas está cada vez mais difícil me conter.

— Você é um tarado incorrigível.

— Eu sei, e você adora isso, não é?

Concordo com a cabeça e toco os lábios dele com os meus.

— Sim. Te amo exatamente do jeito que você é...